我与四川

叶圣陶的第二故乡

叶圣陶 著

四川文艺出版社

图书在版编目（CIP）数据

我与四川/叶圣陶著. —成都：四川文艺出版社，
2017.8
ISBN 978-7-5411-4688-6

Ⅰ. ①我… Ⅱ. ①叶… Ⅲ. ①中国文学－现代文学－
作品综合集 Ⅳ. ①I216.2

中国版本图书馆 CIP 数据核字（2017）第 188956 号

WO YU SI CHUAN

我与四川

叶圣陶　著

责任编辑　孙学良
封面设计　叶　茂
版式设计　史小燕
责任校对　蓝　海
责任印制　喻　辉

出版发行　四川文艺出版社（成都市槐树街 2 号）
网　　址　www.scwys.com
电　　话　028-86259287（发行部）　　028-86259303（编辑部）
传　　真　028-86259306

邮购地址　成都市槐树街 2 号四川文艺出版社邮购部　610031
排　　版　四川胜翔数码印务设计有限公司
印　　刷　成都东江印务有限公司
成品尺寸　145 mm×210 mm　1/32
印　　张　10.75　　　　　　　　字　　数　280 千
版　　次　2017 年 9 月第一版　　印　　次　2017 年 9 月第一次印刷
书　　号　ISBN 978-7-5411-4688-6
定　　价　45.00 元

出版说明

　　叶圣陶是我国著名文学家、教育家、编辑出版家。抗日战争爆发后，他在四川重庆、成都、乐山等地居住了八年之久；新中国成立后又曾四次入川。收集在本书中的作品，就是他到四川时写下的书信、日记、散文、诗词，共分为四辑。

　　这些作品，或倾吐对彼时辛苦艰难的忧愤之情，或揭露、控诉日本帝国主义的侵略罪行，或反映当时教育的真实情况和坦露自己的见解，或歌颂民族气节、表达战胜侵略者的决心，或记述文化、出版界人士的生活与活动，无不真实地记录了作者的思想和生活。这些作品不仅是作者性格和人格的真实反映，而且是当时社会生活的真实反映，具有可贵的史料价值，是后人了解、研究叶圣陶的思想、生平与创作的不可多得的资料。

　　叶圣陶的作品，以风格朴素自然、语言凝炼精致著称。本集中的作品，也鲜明地体现了作者的风格。

　　本书由叶至善、叶至诚选编。

目　录

第一辑

渝沪通信

　　这是一九三八年我在重庆写给上海朋友们的一组信。

　　一九三七年秋，抗日战争爆发不久，我带了一家老小离开故乡苏州，先到杭州，次到汉口，一九三八年年初入川，在四川一住就是八年。一九四五年日本投降，那年年底全家乘木船东下，跟留在上海的朋友们重新见面，已经是一九四六年二月间的事了。在这段漫长的岁月中，我跟上海朋友们的通信大多寄给伯祥兄，或者把写给各位朋友的信并在一起，或者只写一封信请各位朋友传观。总之每次寄信都是厚厚的一叠，信封撑得鼓鼓的，收到的回信当然也一样。当时朋友间相响相濡，所凭借的就是几张信笺，所以每接到一封信，每寄出一封信，那种虔诚而又愉快的心情实在难以描摹。在八年多的岁月里，来往的信件各有二百来封，当时也曾相约彼此好好保存，可是后来经历了许多人事变迁，那些信都在无意中散失了。没想到伯祥兄逝世之后，他的子女整理遗物，却发现了我在抗战头两年寄给上海各位朋友的一包信。从编号看：我在重庆的十个月间，一共发出二十八封信，包中缺少五封；初到乐山的十个月间，一共发出二十封信，包中只缺一封；此外还有入川之前在南昌和汉口发出的几张明信片和几封信。对于我来说，这一包信的发现很关重要。因为我在抗战期间写的日记，头两册在乐山被炸的那天烧掉了，而保存下来的那包信，只有最后两封是乐山被炸以后写的，所以那包信正好补足那两册被烧掉的日记，使我在抗战期间的生活有了完整的记录。

现在发表这一束书信，是接受了黄裳兄的建议。黄裳兄最近两次来信，都从日记谈到书信，还谈到抗战期间他在《文学集林》中看到的我的《乐山通信》。他说当时觉得很有味道，虽然过了四十多年，有些小事至今没有忘怀，因而建议我再整理出一批书信来发表。黄裳兄当时觉得有味道是可以理解的：一则由于挂念我，很想知道我流寓在四川过的是什么样的日子；二则我在信上写下了不少所经所历所见所闻所思所感，虽然只是零零星星的，而在困居孤岛的黄裳兄看来却桩桩件件都很新鲜。现在再发表这些书信，还能给读者一点儿新鲜的感觉吗？我不敢断言。但是想到这些书信能保存下来是多么不容易，我就同意了黄裳兄的建议。我决定发表其中比较完整的两个部分：在重庆写的《渝沪通信》，在乐山写的《嘉沪通信》。

为了"存真"，我重看这些书信的时候，只删去了极少数无关紧要的琐事；此外还作了少许修润，这可以说是当编辑的改不了的职业病。至于当时的所思所感，现在看来，有的显然是偏了或者错了，我一仍其旧，不给删掉。写在给朋友的信上的话全是实话，绝没有一点儿虚假做作。让读者知道我就是这么一个人，有什么不好呢？回想当时，上海的报刊发表了我的几首诗，我就受到了一些热血青年的指摘，说值此国难当头，我竟然有那样的闲情逸致，简直无可救药。几位朋友就写文章为我辩护。我倒觉得热血青年骂得也有道理，因为我自省的确没有为抗战做出什么积极的贡献，连激昂慷慨的话也少说。但是有一点倒应该说明白的，当时上海在敌人的掌握之中，政治情况非常恶劣，要是我在信上写些激昂慷慨的话（当然没有这样的必要），很难想象被困在孤岛的朋友们将会遭到怎样的无妄之灾。

一九八二年八月十六日

第一号

（一九三八年一月十一日）

丏、邨、山、伯、调、均、索诸位均鉴：

于离汉之前曾上一短简，报告即将动身，想承赐览。廿六日再访陆佩萱先生，蒙彼慨允，买统舱票例无铺位，而得住其船头部之餐室。餐室中共居三份人家，凡十七人。夜间睡于沙发上，餐桌上，地板上，略为不舒服一点；白天则比大菜间还好，大菜间绝无此宽畅而有回旋余地也。

船以廿七晨开行，行四日而抵宜昌。途中与那两份人家谈得极投契，宛如旧识，又有同载青年多人时来共话。到夜开留声机，合唱所习歌曲。真如最舒适之旅行，迥非逃难情况。

到宜昌即宿旅馆，系雪舟兄托杨昔侯先生所预订。其他旅客到埠而无处投宿，在旅馆柜台前过夜者比比皆是。闻停顿在宜昌者达三万人，而上水船少，且多供差，每开一艘不过载去一二百人，来去不相应，已成越聚越多之势。弟当初颇着急，停留在宜昌如何是好。但经陆先生之介绍，识民生公司宜昌经理李肇基先生。李本教育界中人，办学十余年，于开明所出书籍深为爱好，一谈之下，立刻允诺，谓四日五日内必有办法。及四日，李即招往购票，系统舱票，每张廿五元，有固定铺位。此似无足奇，而得之实大难。盖民主轮系运军械西上者，所载均兵工署员工，民生公司只有十八张票可以支配，而我们得其七，岂非大幸。普通旅客买票须在公司或警备司令部登记，顺次购买，法似甚善；但两处登记者俱有三四千人，而每天疏散者不足百人，故自以为已经登记而睡在旅馆中老等，至少要等一个月才有希望。此种情形或非公等所知，故详述之。若乘外国公司轮船，船票以外还须买铺位。冼翁即系乘外国轮船者，其铺位价廿五元，共认为便宜之至。但铺位在厨房之旁，风吹气薰，极为难受。后找得乘大菜间之熟人，在两榻之间睡地铺，犹与茶房以吃他们的大菜为交换条件，始不遭屏斥。大菜费又是二十元光景。故以非正式手续乘船，又花钱，又受气，实为两失。我们幸得民生之票，可谓福气极矣。

民主轮以六日晨开行，行四日，于前日下午抵渝。途中看山确属至乐，但非文字所能描摹。同舟亦渐渐熟识，谈笑多欣。傅赓新夫人馈我们五茄皮酒与罐头食物，弟因得"把酒临江"。到时有舍甥刘仰之在码头招呼，种种便适，即暂寓其家。此次由汉到渝共用三百五十元，平均每人五十元，除了搭乘差轮不用花钱的人以外，我们是最便宜的了。

冼翁已偕冯月樵附乘某君所雇汽车至成都游览，闻三五日后仍返重庆。冯君极为积极，颇怂恿冼翁在渝或蓉重振旗鼓。冼翁意动，谓等弟到后再说——此冼翁寄弟宜昌旅舍书中之语也。

李诵邺兄之酒栈已去过，二层楼，且买热酒。设坐席八，如冠生园模样，颇整洁。略备卤菜，不供热菜。酒却贵得可以。昨夕舍甥从"浙东"买酒二斤归，价至一元，真吃不起。

周劢成之巴蜀小学已去参观，设备很好，孩子们在里边享福，人称为贵族学校。孙伯才、卫楚材二君也见到。晓先最近有信致周、孙二君，也想到重庆来。周、孙告弟，教育部搬动时，吴研因竭力劝他走，他不走；现在要走，非特经济困难，车船也困难了。

邺公何日到沪？未得到达之信，总不能不远念。丏翁近况何似？可否惠一短简以慰相思？前致伯翁一长函，未识达览否？请语弟以生活详况。如有苏州消息，尤望不遗纤屑，尽量书之。调孚兄之尊人等已有消息到沪否？念此念彼，均不得解答，真闷煞人也。惠书可用薄纸，人各一二纸，越一月或半月寄一次航空信，彼此通通音问，想亦为诸公所乐愿也。

途中得诗数绝①，附录于后，聊博一粲。

匆上，即颂

诸府安吉，诸位佳胜。

弟钧上　一月十一日上午十一时

第二号

【原　缺】

第三号

（一九三八年一月廿五日）

〔自此函始编号以便称说，一月十一日所寄一函为第一号，附于洗翁书中者为第二号，此为第三号。〕

丐翁：

沪渝第一号书中获读手翰，欣感欲涕。愈走愈远，竟成事实，未依尊戒。然事势所限，莫能自主，萍随波迁，想蒙宥原。在汉既无所可为，而须纳高价之房租，不如移作旅费，处较为安全之地，且可一览三峡之胜。现居重庆，固亦一无可为，静待窘境之来临耳。为文殊无心思，且何处可得笔润耶？或思老着面皮登台作教，而现任教员失业者且繁多，复何容我插足其间。前言设一小书摊，以老板而兼伙计，借谋微利；但一经探问，此路不通，前言只成戏言而已。思之思之，殊无曙光，虽不致忧郁成疾，究未免怅怅无欢。

---

①　诗见本集第四辑：《宜昌杂诗》与《江行杂诗》。

夏丏尊（1886—1946），即丏翁，名铸，字勉旃，号闷庵，别号丏尊。上虞崧厦人。文学家、教育家、出版家，开明书店创办初期为编辑主任。

洗翁租定一屋，为开明驻渝办事处。月租四十金。屋为三层，层各二间。三层之二间归我家分租，家具均前此房客所遗，我们范围内有大小写字桌各一，藤椅四，几四，橱二，自己仅借了二床一榻，又买了一床。布置之后，居然楚楚，自离苏以后，半年内无此宽舒也。玻璃窗上贴上薄桑皮纸，以隔绝外景。路上有售红梅折枝者，名曰"太平花"，以二分钱买一枝，用盛油之瓦罐供之。若心绪安泰，睹此纸窗瓶供，亦复可以悠然自得矣。

饭菜由自己弄。备燃煤之风炉二，为节省煤炭，恒用其一。晨起煮水，大家洗面。然后买菜者出门，由墨、小墨、满子、二官四人轮流任之。买菜者回来，粥已煮好，于是吃粥。接着就煮菜煮饭，忙到中午。下午五时许，炉旁又忙起来。早睡之习依然，通常九时以前上床。

此地日用东西并不比苏沪便宜。惟有橘子又贱又好，尽可畅吃。劳力特别不值钱，轿子人力车均便宜。如乘人力车，以上海地方之远近来比，由四马路开明门前至北四川路底只须八百钱。听了八百钱也许会一吓，其实只是四个大铜板（每个当二百文），合起普通钱来，只不过三分多一点而已。但我们亦不常坐轿子与车。坐轿子下山坡，仿佛要跌下去似的，殊觉胆寒。人力车上斜坡，车夫甚可怜，咬牙屏气，举步如移山石；下斜坡时一冲而下，亦复堪虑。以此我们总是步行。走马路还好，走旧式街道动辄须上石级下石级。出门一趟走五六百级，回来上气不接下气了。想来多锻炼一些时候，脚力也许会强健起来。我们这里用电灯，电灯原有，自己接线装表。水用自来水，装管装表均归房主料理。因想夏师母、王师母、吴小姐诸位必然乐于知道我们生活常况，故琐琐述之。见面不易，权以此代替日常过从耳。

青石弄小屋存毁无殊，芳春未挽，惟有永别。遥想梅枝，应有红萼。曩昔曾想，此树此屋不知毁于谁手，亦不知何时与别。今乃如此，实非初料也。

子恺居桐庐，殆更将西移，如有音信，幸乞续告。

尊体幸多珍卫，敬掬至诚为言，非漫然作寻常尺牍语也。

满子本欲修禀，见此书述琐事已详，不复另作，她所要写者不过如此，此外则遥祝双亲安康，兄嫂诸侄健旺而已。

邨公：

四言书翰及录示诸词均诵读再三，心声互通，聊慰相思。

重庆冬令，烟雾漫天，恍如天压眉宇，令人胸怀不舒。今日居然见晴光，来此后第一遭也，值得大书特书。气候如江南之仲春。田间蚕豆已开花。芭蕉不枯，仍为绿叶。蔬菜则吃莴苣、豌豆苗、菜薹，苏沪之阴历年底均无此等物也。据谓再历一个月树木即将发芽。半年以来，他俱不堪，惟未遇严寒算是占了便宜。前往南昌接眷时所遭之烈风严寒，盖半年中最甚者矣。

诵邨酒店，时时一往。洗公固是老主顾，而轮中所识二苏人，一蒋一潘，并皆嗜酒，时相招邀，买饮遂多。酒座中多下江人，初则识面，继而问名，迄于最近，多成熟识。观大家举杯徐酌，固亦其乐陶陶，而聆其言谈，则或断家信，或忆父兄，庐舍已墟，田园成梦，唏嘘之余，继以默然。

前此数日，曾往中央大学一观。白木为架，涂泥作墙，屋顶只盖瓦片，别无他物。桌椅均竹架板面。卧室中则白木制之双层床，位置几无隙地，不如寻常工人宿舍。图书馆挤得像货栈房，四百七十箱书，开了七十箱，已把房子塞满，四百箱无法再开。当初大学均抱洋房主义，建筑何等轮奂，今乃简陋至此，殆所谓物极必反欤。教师学生据云大部与家乡断了音信。学生更无从得到接济，只好过苦日子，读苦书而已。

尊夫人及小宝、密官等已否由绍到沪？仲盐先生之机械铅字等能否设法取还？山公耳疾已否痊愈？均以为念。想下次来信必一一提及也。

伯翁：

前次托兄转交韩渭源一信，想已送去。韩曾否到来拜见？有无苏州消息？翼之、怀之弟兄处或可听到一些？此间颇盼兄能够示知，无论佳音噩耗，大事小件，均所愿闻。简约言之，语无愤嫉，谅无妨也。于尊府详况，亦望琐琐述之，如弟书然。我们谈谈家常，当然不关人家什么事也。

承公等好意，提起满子与小墨可宣布结婚。弟与墨熟商已久，以为今日两小同游，绝无不便，而留佳境于将来，尤觉其味弥旨。若同居以后，难免生男育女，此在今日逃难时期实属至不方便。好在二人年纪尚轻，我们结婚也在二十四五的时候，他们迟一些岂成问题？弟此言想丏公与夏师母也当赞成，而公等亦必许可也。

二官在教部之战区中学生登记处登记了，若审查合格，将被派往临时中学肄业。临时中学设在何地尚未定，若设在重庆，那就方便了。三官拟入勘成、伯才、楚材等主持之巴蜀小学。读书固然无甚道理，但不读书又复如何。他们三个前途均有一线希望，独弟前途殊为茫茫。然念并不比公等特别不好，弟与公等盖同其命运，则亦差足慰矣。

调孚兄：

寄弟函至汉口者似尚有数封未见到，现不复按日期号数细查，等一些时也许雪舟兄方面会转来的。兄书凄苦之至，读之只有怅惘，复有何语相慰耶。不知近来有无尊大人消息，同乡人出来，也许会带来万金家书也。

云彬已抵衡山，依其婿李伯宁。有一信来，云将往汉口一行，未知果往否。茅兄则在长沙，大约探视其子女，将来父母子女四口何所往，殊未可知。剑三想仍在沪，彼之命运已同于弟。

自己出书，在重庆殆不可能。且不说写不出什么，即写得出，此间印三十二开书，印工纸张等费一切在内，每页成本须二厘至三厘。一本一百面之书，成本即须一角至一角半，这如何卖得出去。封面纸更贵得可以，八十磅者价八十元，而且颜色不多，不容你挑选。以上皆是洗翁在那里打听，弟从旁听来的。

弟现在想定一定心之后写些童话，成否殊未可必。写成之后殆亦只能借以自娱，换稿费过日子大概是无望的。

前送郇公词，承兄赏可，惭愧之至。词诚平常，而意境确萧瑟。弟犹如打马将者能赢不能输，输了就要面红耳赤，大为懊丧。其实只表示其人之不坚定，受不起挫折。如此不坚定之人，让他心理上受些痛楚，固其分也。此言兄以为何如？芳春如竟挽，化尘沙绝无所怨，弟恐芳春终莫挽耳。

均正兄：

历次惠书均欣然读之。锡光在汉某书店得一助理编辑之位置，可得食宿，他不遑求。主之者为楼适夷。其刊物与《新少年》相类。昨得雪舟兄来信，代他们拉稿。其店又欲出文艺杂志，拉茅兄帮忙。

此间书摊头看看，薄薄的杂志很多，皆匆促写成，语多一律，毫无看头。一般读者颇牵记《月报》，无奈《月报》无法应读者之热望矣。以"文摘"名者有三种之多，选来选去，无非这几篇东西，自编自译稿简直一篇都没有。至于报纸，看惯了从前的上海报，只汉口的报觉得尚可，其余各地的均不过瘾。此间新出一种《新民报》，系从南京搬来者，小型，大约如《立报》，倒还可以看看。冰莹女士即在此报编副刊。宋易在汉，助柳湜编一种杂志，兄或已知之。

天然妹：

久未通信，但从王先生处一定知道我们的消息。贝二官曾在汉口与小墨遇见。他说要来重庆，但我们到后并未与他相遇。此外贝家潘家及令兄诸人，不知有无音信，殊以为念。苏州方面若有任何消息，均请告知。写了信可交与王先生，请他于寄信时附来。

现在上海渐次平安，居民又聚集起来，妹之接生业务想不致无人请教。如在法租界多多托人介绍，过些时也可以做到如在人安里时模样也。我们在此甚安好，一切请看前面的信，写得很详细的了。江家仍在汉口，红蕉因职务关系，绍铭须仗红蕉照顾，故只得住家在汉口。希望妹来信，在数千里外得一信，真比万金都宝贵矣。

这封信写了三点钟，手已酸，不能再写了，且待下月再写。祝诸位安康佳胜。

弟钧上　廿七年一月廿五日

弟寓曰"重庆西三街九号"，以后惠书寄此，可不再由商务转交矣。

第四号
【原　　缺】

第五号
（一九三八年二月廿四日）

伯翁、调孚兄同鉴：

剪寄沪报的一信，十六日一信（新三号），均拜读了。在前天，

章锡琛（1889—1969），即邮公，别名雪村（邨）。
浙江绍兴人。出版家。1926 年 8 月创办开明书店。

你们于去年十二月卅日寄汉口的一信也转来了，在路上走了四十几天，真是慢极。苏州消息得二兄两信示知，可谓已得其大概。青石弄房屋尚在，自是可慰。有人愿意去住最好，但此事亦不便勉强。至于弟自己，回乡之想已颇渺茫，照现在情形，或许要做"迁蜀第一世祖"也未可知。吴小姐说要回苏看看，不知已动身否。她自告奋勇，愿意到青石弄走一趟，所见当与怀之同。前日汉口信中附来不知谁何之字条一纸，告我计老先生之通信址。今书就呈计老一信寄尊处，如有便人到苏，乞托其带往，交与信局。虽不望其必达，然投到之希望亦非绝无。计老囊无余钱，仲靖澜辈想亦甚窘，不知如何过活也。

弟自开学以后，每天八时出门，十二时回来，挤公共汽车，上坡下坡，均颇吃力，且不管他。作文有六七十本，须三个半天方了，最为麻烦。但有事则心有所寄，比枯坐无聊总胜十倍。索文者常有，不免应付一下，以是也竟日不得空了。云彬在汉编杂志颇起劲，拉弟列名编辑，每半月也得勉强作一篇。

重庆已闻数次警报，但真的空袭只有一次，在十八那一天。重庆人因是初试，颇惶惶，弟等有了经验，较为定心。刘甥劝我们住到他的岳家去，地在距此五六十里外，我们谢他说等到真危急时再说。

诵郑处之酒涨价了，一种为四角八，一种为六角四。洗翁以旧价预订一坛，以后更将节省地喝了。

我们来此自开伙食一个月共用六十余元，每人平均八块钱，与包饭相同，但比包饭吃得好。

小墨亦已往临时中学登记。沈亦珍亦在该校主持，或许可得审查合格之结果。如是则兄妹二人都可以入该校了。小墨再读半年可混得一毕业资格，将来或许方便处。

茅兄已自汉返长沙，云将往九龙，从事写作。

此间气候早，杨柳绿了，碧桃快要开花。不知上海法国公园中已有绿意否。

章元善兄近亦来此，即在此办事，昨日来访，恍疑梦寐。商务同人，曾遇张良辅与蒋不鸣，颉刚有信来，谓或者也要来渝。

弟所选文选系抄近时之文章，加以修润，可供高小初中之用。选得廿余篇，已付排。此是洗翁之意，弟遵行而已。

余后陈。诸公均此不另。

弟钧上　二月廿四日

第六号

（一九三八年三月八日）

丏、郱、伯、孚、均诸翁同垂鉴：

上月廿一、廿四两书同时收到，弟所获甚丰，诵读再三，喜可知矣。

弟现在每天到学校上课，去了半天，改作文每周也要三个半天，又要作些应酬文字，殊不得闲。昨夜陈子展、伍蠡甫来访，云要弟往复旦教课。复旦在北碚，距此半日之程，他们说可以为弟排得紧些，每周去两天就够了。弟早已立志不做大学教员，而他们二位不容分说，似乎非去不可，分别之际，彼此含糊其词。为拿一点钱计，破戒似乎也不妨，只是来去不便，巴蜀方面也不好意思请他们把国文钟点挤在三四天内，实是难决。据说今明还要来，不知究竟如何决定也。

巴蜀学校中碧桃海棠均含苞待放，每晨看看，为之心喜。花不必开在自己家里，有得看总可欣然。

满子很佳健。昨天与小墨、二官跟了舍甥媳到南温泉去了，今日此刻尚未回来。其地有山水划船之乐，温泉洗浴，云极快适。弟不及他们闲散，至今还没有去过。

邨公二词即录入抄本，至此当已是全璧。以后有作，尚乞示之。他日相见，或许可以奉还一厚册之词稿也。

予同之本国史由弟与洗翁录副，今寄上。为减轻重量计，凡绝无改动之页均不寄。原稿仍在弟处。

选名文细加评隲，可否恳丐翁先选文章，再商评说，或提出若干要点而据以选文。此事原已谈过多次，但迄无具体结论。最好文白各选一册，而先来白话。倘丐翁以为不妨文白混合，如理由充分，弟亦赞同。只要商定凡例，选定文章，弟做起来是可以计日而成的。

伯翁劝弟东行一观，此在现刻殊难实现。全体七人，要走则同走。独自东行，留东则于心不安，再来则道途多阻，况独走亦并不容易。由渝至沪之飞机票已预订到五月间，此犹是上星期的话，今日去问，或许要到六月里了。并且弟又哪里坐得起飞机？洗翁现在虽因事未能即走，而时时在打听走的方法，亦一无把握。何日洗翁走成，弟惟有怅怅然送别而已。

绍虞之老太爷作古，闻之殊怅惘。上海战事将作之前，弟与颉刚同往探听绍虞在平消息，老人家为不得北平音信而烦闷殊甚。苟无战事，或不遽死。以是想来，弟现在真是万幸。奔走数千里，老幼无恙，连热水瓶也没有打破一个，目前仍有大写字桌可以伏着写信，有洗翁在这里，每晚对酌两壶，满足极矣。个人方面毫无所怨，耿耿于心者惟春回何日耳。

调孚兄问起诵邨串戏。他只登了一次场，去褚彪。与黄天霸分别之后，值场人授给他马鞭子，他慌了，没有接，就此踱了进去，引起观众大笑。他本是凑凑的，原担任人不在，被人强拉登场。经此一回，他再不想登场了。

《晶报》记载苏州情形与前此剪示之报纸通信迥殊。大约各人有

017

各人的看法，真相是不能从文字中看到的。

化鲁到了香港，是否再转他处？

调孚兄忙而忙出滋味来，足见精神犹昔，可喜之至。

中学国文存弟处者为部批原稿，抄本在汉口，要排须照抄本排（因换入之文章已在内，原本中是没有的）。故请嘱雪舟径寄。此间有信寄汉口时亦当提起一声。尚有第六册没有编完全，如决定发排，弟当抽出来慢慢地编。不过此中颇有"违碍"文章，能不能排印发售，要不要出乱子，还请斟酌。如果因此而引出什么问题来，那是犯不着的。

弟之童话尚未着手，歌曲亦未成一首。照现在这样做教师，恐怕很难有做成之望。暑假总是有的，到了暑假，身无系累，当可写些东西。不过据闻此间夏令甚热，最高至华氏一百十余度，蚊子、苍蝇、臭虫三害齐备，恐怕不能安安舒舒地过也。

此间西瓜极少，价甚贵，每个一元以上。四川人无吃西瓜习惯，难得买一个，大家吃一两块，就算了。有人投机，想种西瓜，供下江人之需求，倒是一种生财之道。

这几天我们已在吃香椿头、枸杞头一类东西。天气热甚，女子的胳膊都露出来了，弟已换穿夹袍，宛如江南季春初夏光景。难得有风，只前夜吹了几阵较猛的东南风，此外尚未经历过，大概所谓二十四番花信风在重庆是未必然的。

云彬编杂志很起劲，弟又作了一篇卷头言与他了。一、二两期都由弟作，以后还要作，是包办了。可惜公等看不见，见了一定要说宛然《新少年》模样。

余容再谈，即颂

诸公康娱，诸府安吉。

弟钧上　廿七年三月三日下午五点廿分写毕

丐翁：

嘱探陆伦章君消息，幸已得之。其人已抵武昌，通信处为武昌左旗龙华寺对面东吴家巷十一号。曾有信来，谓将于上月中旬来渝，但尚未见到，亦无后音。然人确安全，则亦可以慰其戚友矣。

弟在巴蜀教国文，用东华所编之书，觉所选文章多不配十余龄学生之胃口，而所谓"习作"者，讲得吃力而学生大半茫然。我们所编书大体与之相类，其不切实用自可想见。闭门所选之车难合外间之辙，今益信矣。至少初中国文教学还得另起炉灶，重辟途径也。

复旦招弟教课，已面辞三次，函辞两次，或将再来缠绕。课程为文法、修辞与写作练习。弟之所以不愿往，一因于此数者仅有零星之知解，无系统之研究，不足以教人；二则重庆北碚来去不便，殊不能每星期跑一趟也。国立戏剧学校曹禺君亦来招弟教写作练习两小时，其事尚容易，已应之。然又是要改作文本的。

前日此间天气大热，竟如初夏。昨忽转凉，降下二十度，于是大家伤风。据报纸所载，今年各地疫疾将盛行。幸各自珍卫，留得此身在，总有相见之日也。

言不尽意，即请道安。诸位均此。

弟钧上　三月八日

第七号

（一九三八年三月十一日）

伯翁、调孚兄均鉴：

二日手书昨日接到。苏州情况如报上所载，回城者恐亦大无趣味。兹有一事恳伯翁，不知有无方法可以托人带一些钱与计老先生。彼往黄埭时并无所携，今学校不开，无薪可得，想必甚窘。元善与弟拟略为资助。如有方法可想，即拟托兄在开明支一些交去。此事下次赐书时乞惠答。

柏寒、冰黎也在上海，岂甪直亦罹劫耶？芝九又到沪，其所为教育工作殆亦徒耗心力。今日章嘉禾来，彼前日方到，为无线电方面工作。

弟于下星期起，往戏剧学校多教两小时。复旦方面不复来缠绕，大约可以不来矣。戏剧学校只教十数学生的一班二年级，想还容易对付。

丏翁《文章偶谈》将出版，喜甚。能否惠寄一册？不必航寄，让它在路上多走几天，总会到的。

化鲁来去匆匆，究为何事？茅兄之杂志将于四月一日出版，弟文尚未作成。云兄办杂志很起劲，且开起书店来了，名曰"大路"，弟也被拉为发起人，五千资本，大约容易招齐。

余容后陈，即请大安。诸翁均此。

弟钧上　三月十一日午后

第八号

（一九三八年三月十三日）

丏、伯、调三翁赐鉴：

前日方寄第七号书，昨日又得三日手教，数千里之隔，宛如苏沪，鸿雁不绝，快何如之。

《文章讲话》凡十篇，所论及之方面殆未必齐全，以后再有所成，可出续册。《文章读本》拟于暑假中为之，丏翁意见请于通函时示知。选文彼此共商，解说各分任若干篇；如是则集事较易。

前一书谓复旦不复来缠绕，孰知昨晚陈子展又来，学校破格迁就，谓只须每两周去一次。盛情如是，若再拒却，将被骂为不近人情矣，即一口答应。惟往北碚须溯嘉陵江而上，舟行五六小时，较之乘京沪车更为气闷。到后须两宿而归，预备，开讲，改卷，其事至劳困。今为预想，殊感吃不消。然既已实逼处此，则只有硬着头皮做去耳。

上海酒价每瓶涨至七角，以视重庆尚甚便宜。我人既耽曲蘖，欲求经济，不妨去黄而就白。此间白酒曰大曲，味亦醇净，饮半茶杯亦复陶然适意矣。

致计老先生一信已蒙伯翁交益苏办事处，感甚。该处能否代寄银钱，便中乞为探询。计老先生若有复书，或者亦寄尊处，则又将烦劳转递矣。有一事忘问：郭际唐居处仍为娄门新桥巷耶？

颉刚曾有信来，谓俟春暖拟请其尊人等南行入滇。弟以为大可不必，作书劝之，兄等所示之剪报悉数附去，彼欲知苏州消息也。弟意彼家中窖藏之古物必已不保。

沈从文居沅陵，来信颇念调孚兄，已答以安然居孤岛。彼为弟致书四川大学朱孟实，劝朱延弟任教，盛意可感。不料弟此次西行乃交了教书运。孟实若从其言，弟又只得婉辞谢之，再举家至成都，太麻烦矣。

即颂
安善。

弟钧上　三月十三日

第九号

【原　缺】

王伯祥（1890—1975），即伯翁，名王钟麒，字伯祥。江苏苏州人。历史学家、编辑出版家。曾任开明书店编辑，襄理。

第十号

（一九三八年三月廿二日）

伯、孚二公均鉴：

　　新八号已拜读。丏翁精神转佳，闻之最为欣慰。苏州消息，此间亦有人传言，留居者酣嬉犹昔，殊不足责。吴树伯到沪，殆天然并未动身返苏。其实没有什么要紧事，还是不要多此一行为好。子恺、晓先家属皆不少，大批人自湘到沪，恐非易事。

　　调孚兄编《阅读与写作》，其名已滥，似不甚好，但他名亦想不出。弟在《新少年》之数篇，题为《文艺作品之鉴赏》，似稍好。此间并无《新少年》，请调孚兄校时留心吧。在此间《新民报》副刊所作五六篇亦可入此册，方拟剪寄，而重看一遍均有违碍字样，遂作罢。

　　记得《语文》上有一篇为《文章要写得纯粹》，如查得到，可以收入。此外没有了。

　　调孚兄来信详述生活琐况，最使弟高兴，读此一书，如重逢也。此间有川调，除弟与小墨、满子外，我家都去听过，大约如秦腔，而有帮腔，爽直而少抑扬。杨小楼等逝世，此间尚未之知。梅老板仍演戏，足见上海人到底有钱。

　　弟上课虽忙，已成习惯，改卷为常课，其他事情不能多做了。下星期要到北碚去，以半天工夫上五课，第二天再上一课，然后赶回来。未曾试过，不知事实上办得到否？六逸已在公共汽车旁遇见，彼此只说了三四句话，再想去会他，而旅馆房门关着。他大概将常居北碚，他是系主任也。

　　前有一函致丏翁，报告上虞人陆君下落，未知到否？

　　匆匆作答，不能写长函为歉。即请

大安。诸翁均此。

弟钧上　三月廿二日下午六时

丏翁：

　　刚作一笺致伯、调二公，而尊书十一日一函又至，快慰之极。对于青石弄敝庐，承如此关怀，感极感极。带去二十元与陈妈，并叮嘱她云云，妥当之至。春山老板去时，或不注意庭中树木。前数日曾买大把海棠插于瓦瓶，因而颇忆苏州之一树海棠，不知今年花事何如。

　　府上合第平安，欣慰欣慰。此间亦安。满子这回因信笺已重，不复修禀矣。

　　读调孚兄函，知心南有意作成弟，如弟在上海，此刻当去福州，赚他的三百元。剑三于此道不甚注意，似乎不见合式也。弟下半年如果仍在复旦，拟开"中学国文教学研究"一课，此题可讲两个学期。

　　玄珠处弟已去了一文，长三千言，系言现在文坛一般的马虎，此风断不可长。《言林》方面则尚未有以应之。

　　伯翁告吴氏昆仲消息，甚慰。前闻济昌提及，勖初之子在浙大，曾与通信，今浙大或在江西境矣。济昌往汉口后，尚无信来。武汉大学已来渝，方欣庵亦到，惟尚未会面。计老先生在黄埭，闻苏州学界中人在那里者颇多，当不致有什么。

　　上星期忽有教次顾君来访，弟不识其名，及见面，方知是顾一樵也。马褂长袍，微有官气。询对于中等教育有无意见，未及弟开口，即兴辞而去，则问亦多事矣。

弟钧上　三月廿二夜

第十一号

（一九三八年三月廿七日）

丏、伯、孚三公均鉴：

十九日来信敬诵悉，欣慰之至。弟现在不只做初中国文教师，且做大学国文教师，从所得实感说，中与大之作文，无甚分别，总之不求表现之精当适切，只把所有情意马马虎虎写了下来就算。随时把所感记下来，久有此想，而平时没有做笔记之习惯，至今尚未记下一个字。若教了一年半载，实际经验一定不少，即使没有笔记，也可以编一部国文教学法的讲义矣。《文章病院》很有做头，但时间不够，教罢了课，改完了卷，总想休息休息，与洗公及家里人打四圈卫生麻将，《文章病院》只得俟诸异日耳。

麦加里并未毁去，丏翁府上或可留下一点东西，物不足贵，而可为纪念之物殊可贵，虽一瓶一碗，亦当传之子孙，俾永永无忘。春山老板返沪时，若述苏州街坊情况，敢乞一并书告。计老先生处不来回音，寄钱又非常周折，只得暂息此念。或有便人到苏，可托一视彦龙，从彦龙处或可得计老先生确实消息也。

元善几乎每天来，他家眷在昆明，一个人住青年会，晚上如无饭局，必来吃饭闲谈。其老太爷之《四当斋集》闻已送完，将谋重印。弟离开苏州那一天正收到北平寄来此集，即装入小皮箱中，一路阅之为消遣。此集当以序跋为第一，有识见，有风趣。碑传第二，传统气味十足。本可以转赠伯翁，但航空寄邮费大概要十元光景，太贵了。将来洗翁回沪时，如章重印本尚未出版，当托洗翁带沪也。

甪直同学方仲达君曾在汉口看我两次，他开袜厂，送我半打袜子，并嘱我刻一图章。图章未刻，他到许昌去了。最近接他汉口来信，说就要回沪。弟不知他上海通信处，无法寄信。他或许要去拜访伯翁，如去时，请伯翁代为致意。甪直地不重要，交通不便，不知何以日军亦光顾其地。

云彬办大路书店，股款可招足，每月出书二三种，云颇有希望。少年杂志闻销路颇广，内容确也不错。宋师母则将于下月随女婿来渝，云彬来信云，俟宋师母到时，又可以同叶师母等打小麻将矣。

上星期弟曾往听大鼓书，唱书家系自南京避难而来。以山药旦为压台，可见其平庸。话剧团体则唐槐秋一班将行，继之者为洪深一班。戏剧学校也演戏卖钱，并且演街头剧。该校以曹禺为灵魂，此君能干，诚恳，是一位好青年。这个星期四，将往北碚复旦上课，曹禺也有课，约定同去，而洗翁久慕北碚之名，亦将同往。预定在那里上课之后，玩各处风景，在温泉洗浴，松散一天，到星期六回来。

我们家里打小麻将，一百和一角钱，输赢记账，打了两三个星期，前天结账，满子独赢，共得八块有余。她遂做东请客，昨天买了六块钱的酒菜，十人共吃（我家七人外，为洗翁、祥麟、元善三人）。全体动员，忙了一天，鸡是洗翁杀的。有红烧牛尾、红烧鲤鱼（鱼是难得吃的）、红烧蹄子、猪脑汤、全鸡，共十余色。笑谈盈室，达于户外。瓶供有海棠和马兰。共谓此乐殊不像逃难人所应享受。因来书提及二元会，故亦述此间近况，俾知所谓吃苦实还没有轮到我们，非以自欣，实可共愧。据元善从可靠方面得来消息，谓春回大有希望，下月当可见颜色。敢告故人，聊宽郁抑。

子恺将至汉口，与某君合编歌曲集，内容与弟前所言者相近。子恺笔下殊闲适，于此似不甚相称，然经过这回播迁，或许风格一变。他近来仍作漫画，弟观之依然有形式与内容不相应之感。

随便谈谈，又满一纸，其余以后再写吧。

祝

各府安吉，诸翁佳健！

弟钧上　三月廿七日午后一时

第十二号

（一九三八年四月八日）

丏翁：

上月卅日手教昨日拜读。白马湖平安，非独满子欣慰，我们大家都高兴。照现在情形看，白马湖殆可终得平安也。

来示言及满子之零用及添置，此在翁自是关顾弟之盛情，感何可言。惟寻常留客，情谊上亦当供应，况满子非寻常客人可比耶。弟若要破费尊款，成何话说。此话请勿复提起为祷。

弟最近让去初一国文，单教初二。戏剧学校每周二时。复旦每两周八时。后二校尚未领到薪水，但与巴蜀束脩合计，每月可得百元（不多不少），在此俭省使用，亦可敷衍过去矣。

小墨、二官已在四川中学取得入学资格，惟在渝登记者比自汉、宜来者要破费一点，每月膳费六元，又制服费十元。开学期尚无明文，大约为时不远。小墨至合川，二官至北碚，均溯嘉陵江而上。惟小墨究竟去否尚待探听，若该校有三年下期则去读半年，取得个毕业资格；若仅有三年上期，则去读一年未免犯不着，就拟不去了。上次洗翁寄信，小墨附寄一信致周为群、陶载良二先生，其中即系请求出一证书，并将列届分数抄来，以便设法参加此间之中学毕业会考。苟不再入学，则此层很关重要。翁若遇见周、陶二先生，务乞代为致意，请他们早日将证件寄下。

上星期往北碚，与洗翁曹禺同行，曹亦往教课。课后游温泉，江山之胜，难以言宣，心静身闲，如在世外。自温泉乘肩舆至缙云寺，为时一点有余。太虚法师居之。其人满面酒肉气，与语神思不属，殆徒负虚名者，令人有"太虚"之感。该寺设"汉藏教理院"，僧众均须上课，功课注重藏文。有法尊和尚自西藏归来，钻研教理甚深，惜以入山散步，未获见面。

六逸已自贵阳来北碚，与另一教员同处一室，两榻一桌而外，他无长物。复旦总办公处假一道观，供奉禹王。殿前天井即大会堂，戏台为演讲台。教室则假一小学校之教室。学生宿所则村人之余屋也。走往教室上课，小路上时时遇小猪。简陋荒凉，殆难描状。选弟课者，现代文习作四人，修辞学五人。弟讶其少，他们说并不少，最少者一人，亦为开班。统计中国文学系全系，亦不过数十人耳。如此大学教育，其最大意义为养活几个教员，此语弟昔曾言之，今乃益信。

调孚兄：

九号信弟并未发，系属误记，遂有了此空号。《春》出版后，一俟书到，即登广告。洗翁如是决定，特告。巴、靳二公到了广州，将重办《文丛》，于五月一日出版，拉稿托曹禺，情不可却，又得搜索枯肠。汉口做主席团之一，于报上知之，惟参与此会，则事前由楼君提及，不能算假托。最近有中苏文化协会来拉，命做研究部副主任，他们说得有理，此时大家要尽可能做点事，亦只得应之。实则弟"中"既不甚了了，"苏"尤弄不清楚，委以研究，实属滑稽。此外又有好几个刊物要文字，如真肯实做"出门不认货"，卖文也未尝不可生活。

剑三如决往福州，请兄转告他，对于国文教学上有何意见，尽可来信相商。

子恺已到汉口，在《少年先锋》上见其一文，知其离去浙江意志甚坚，再回沪上殆非所欲也。昨曾寄与一长信，讨论作新歌曲，并劝其改变漫画之笔调，使形式与内容一致（彼虽画一趄趄武夫，仍令人觉得是山水中人物，此殊非宜也）。

伯翁：

此次得计老先生回音，真是喜极欲涕。芷芬亲戚如有法可汇款，即如尊意寄与百元，最妙。计老先生书中云生活将不能维持，思之心恻。

尊寓现与邨公分占，最为便适。藏书又将开箱列架，此是兄之至乐，遥为致贺。困居孤岛，读书亦消遣良法。

此间天气比下江早，前昨两夕均大雷雨，而白昼则晴明。植物经此蒸润，长发至速。菜场上亦有"着甲"，闻只须四角钱一斤，比苏州便宜得多。日内拟买一二斤，饱啖一顿。

附去致计老先生一信，便中乞转与。邮票五角，作为交益苏办事处之寄费。

邨公：

赵厚斋自苏到沪，其他到沪者亦纷纷，可见苏州人尚惴惴。

杭州书物即尚在，恐亦难以移动。

马山尊府移居僻远处，今搬回耶？为念。

近来有无新诗词？乞一一录示，以慰远念。

晓先已抵贵阳，闻生活颇不安舒。

余后陈。祝

诸翁佳健，诸府安吉。

弟钧上　四月八日上午十时书

第十三号

（一九三八年四月十七日）

诸翁均鉴：

沪渝十一号、新十三号均读悉，承详示种种，又有苏州消息及铎兄等集锦书翰，欢跃之情无殊闻捷。刻洗翁寄书，急欲附去一笺，而手头尚有作文本十数本未改，不能详陈近况，幸谅之。

春山老板带钱已达，甚慰。致计老先生者，已由伯翁托定妥人，决不致有失。

沈从文在沅陵，不日将至昆明。

宋师母及其婿女前天到此，暂寓旅馆，将租房屋住下。作此书时，正在这里打麻将。听渠述途中所历，比我们狼狈多矣。

《百八课》如丏翁有兴，弟决勉力同作。现在固然忙，再行挣扎一下，也可以对付过去。

如铎、予、愈、望、守、乃诸公到福州路，乞郑重代致相念之忱，现因匆忙，不及作复矣。

鲁翁全集，弟想买一部最便宜的。乞调兄代为预约，或向刊行会订，钱在弟之存折上取。

余俟下星期再写长信。即请

著安。

弟钧上 四月十七日

俞守纪现为世界书局成都经理，近来重庆，畅谈一阵。此公收藏书籍、碑帖、字画甚富，均在苏州，大约全失矣。

第十四号

【原　缺】

徐调孚（1901—1981），名名骥，字调孚，笔名蒲梢。
浙江平湖乍浦镇人。编辑出版家。曾任开明书店出版
部、编审部、推广部主任。

第十五号

（一九三八年四月廿八日）

调孚兄：

十九日手书敬悉。承嘱记述远行，以留鸿爪，徐当勉为之。玄兄嘱以此为材料，为文刊于其所编杂志。弟以所见所感皆平常，无异于人，谢焉。但供友好传观，则亦未尝无可述者，拟以五古若干首记之，将俟诸暑假中耳。其实弟历次所寄书信皆信笔乱涂，无殊日记，而最为亲切，兄等观之，当较有意做作之诗篇为有味也。

重庆曾大热，寒暑表达八十余度。夕间大风雨忽作（据孙伯才云，他们来此五六年，未之前见），气候突转冷，我们至尽着冬令之衣。于是大家伤风或发热。弟亦发热二天，昨日到校，勉强上了两课，今日本应往北碚，即借题赖学，在家偷得三日之闲。当教师偶得赖学，其味较学生尤隽永也。

《雷雨》编电影，未闻曹禺谈起。

伯翁：

计老先生处之款既托妥人，必可达到。吴氏昆仲有方法通信，最为欣慰。济昌自己或亦在设法通信，彼有两途，一为仲川，一为颂皋，皆有力者。

嘱书"书巢"二字，自当遵命。题记亦可作，拟作一篇桐城派古文，何如？且俟暑假。前呈一诗如以为可用，即用以替代，亦是一法。

二官今日动身往北碚，由校中人带领前往，不须家人护送。小墨往合川，则须迟至下月一日。云彬子剑行亦得入学，以四日前往，地址为白庙子，在北碚下游十数里。此次小墨、二官为自费生，各缴三十九元，以公费不敷分配之故。小墨之入学，先曾与多人商量，共谓他去年一场病最为吃亏，此后会考制度未必再行。他若不补读半年，将终其身得不到文凭，而立达之证明文件，据云不能发生与毕业文凭同等之作用，因此只得再读半年，完全为文凭而读书也。剑行来后，由弟往托吴研因，得为半自费生，省却十几块钱。四川中学校址分三地，学生数达二千，冠以"国立"字样，可谓大规模。功课即使不好，让二千青年生活在一起，总是好事情。

日来江水暴涨，嘉陵上溯，虽轮船亦殊吃力。此江又有所谓"沙水"，水涨时混流而下，木排遇之，颇难幸免。沙水究是何物，语者不详。观报纸记载，嘉陵江、长江合流处已有数渡船为沙水冲翻。弟前数次往北碚时，水尚未涨，而旅客均有戒心。有青年喜跑来跑去，大家劝他静坐，谓嘉陵江上乘船不是玩的事情。浪激入舱，一客衣衫尽湿，起立欲移座，而人皆促渠速坐下。于此可见江行一回亦小小冒险也。

邮公：

承示一切，欣喜无量。租界居民拥挤，想粮食将成问题。江浙产米区去秋收成大打折扣，必无法供给。

丏翁回湖上，似无要事，何妨从缓。音信时通，有秋云姑娘详陈一切，亦何异于亲往探视耶？

来书提起吃茶，此间对门即有四层楼之茶馆，登其三、四层楼，则公园中之新桐叶在襟袖间。吃其"龙井"，确是杭州货，四五冲后犹甚甘冽，而价只一吊四（七个大铜子，合大洋六分）。章元善兄喜吃茶，来时辄偕往，而洗翁亦间或同登。我们家中吃的是北京香片，吃腻了，到茶馆去吃一碗龙井，亦觉是无上享受。至于酒，闻诵邮在汉口或将设法从绍兴运来。果尔，则每夕小酌可无间断矣。

闻公将有汉皋之行，私心窃盼。乘江水已涨，沿溯无阻之时，

来此一游，盘桓一二旬再了公事，亦正无妨。未识公有意乎？届时作词相迎，声调绝不如去冬之凄苦矣。即颂

诸翁安吉，诸府咸吉。

弟钧上　四月廿八日午后二时

第十六号

（一九三八年五月八日）

诸翁公鉴：

沪渝十七、十八号信均欣然拜读。天气已热，前数天热至九十余度，弟每当春夏之交恒患"湿阻"，神思昏昏，困倦思眠，近来复然，遂懒写信。复旦、戏校、巴蜀均赖了几节课，昨日转凉，精神觉好一点矣。

吴朗西君到沪时，不特携《四当斋集》，且将以此间生活琐状一一述告，公等闻之，快慰当胜于看有限之书信。

报载苏沪交通已断，硕丈之无复信，或以是故。芝九到沪，不知遵何道而行，彼岂初未避开耶？其新居落成，迁入之后不到一月而战事即起，应悔多此一举矣。

君畴之县今已吃紧。彼似乎还能来一手，但吉如、秩臣辈皆懦弱，不知能否佐君畴拒守也。

丏翁转忧为喜，岂但上海诸友满怀春温，我家诸人亦极为欢庆。弟近来颇想作诗，此一诗题也，缓日当作一二律寄呈。

弘一法师照相慈祥之至，又是一诗题也。

《百八课》题目来时，当抽暇徐徐为之。我近来觉得书上讲得好是一事，学生是否能容受又是一事。像东华这部书讲得何尝不好，但学生实在消化不来，弟讲得很吃力，而他们至多领受到十之二三。

我们的书大概也是如此而已。

教了三个月的课，觉得担任太多了吃不消。弟讲课惯用高音，语语使劲，待下课时累得要命，有几天连上五节，待回来看见椅子就坐下，再也不想起来了。下半年不想再到北碚去。重庆地方的课，如他们还是要我，则仍担任下去。改作文也是苦事，戏校只有十二篇，但昨天今天两天工夫就只改了这十二篇，余事都没有做。但这十二篇改作就是下星期两节课的教材，仔细讲说，两点钟还不够呢。

鲁翁遗集预约价是否二十元？出版时可否有便捷办法，托重庆代售店家将书划付与弟？此书每页字数太少，似乎不经济，版式也不好看。日记及关于碑版造像的辑集不收入，大是遗憾。鲁翁的旧体诗好得很，不知多不多。这大概都在日记里，似乎可以转告编辑委员会，请他们从日记中辑出来，收入全集。又，他的字也了不起，如有抄录什么东西的成卷的墨迹，也可以印在里头。弟久想请他写一张字，因循未果，现在是永远无望了。

诸公来信，弟一一"归档"，绝无散失。敢告调翁，可见彼此同心。

小墨、二官到学校后都来了几封信。生活当然很苦，但他们都说这时候吃点苦不算什么。住的都是庙宇，床是白木双层床，几十人一大间。水是江水，一杯有半杯的泥沙。那些地方现在都有传染病流行，叫他们自己当心。但实际也无法当心。

丏翁《流弹》那篇小说的女主人公昨天忽来一信，寄给满子。她现在在贵阳国立医院产科当学生。信写得长而好，自述几年来的经历。那男主人公死了。她去秋到今春曾转徙各地，独往独来，找救护工作做。虽然文字间带点感伤气味，但也流露出勇敢和兴奋。弟词句说"民质从今变"，每见可爱之青年辄默诵之。

何步云君来后，此间即托其担任每天买小菜。此事本属小墨，今小墨去而何君来，可谓凑巧。

宋师母已租定房子，离我们不很远。其婿及婿之友人已往磁器口（离此三十多里，申报馆地图上有之）做事，她母女二人及一小孩一女佣居家，熟人只我们一家。

川省新主席王君即巴蜀校主。此君系秀才。私德尚好，酒烟赌均不来，自奉亦俭，只有一点，老婆太多。是个收藏家，眼光据说还不错。家里书籍字画均不少，可惜他不在重庆，不能托勰成引去看看。中央军入川是他所主张，刘湘无法不依他，遂开了川省的新局面。其名字我们本来不知道，现在报纸上却天天看得见了。

我们都安好，间或背酸腰痛，伤风咳嗽，那算不得毛病。诸公及诸公府上想均佳胜，特此遥致祝颂。下星期要往北碚，整个星期不得空，大约要十天以后再写信了。

弟钧上　五月八日午后

第十七号

（一九三八年五月十八日）

丏翁：

五月九日手谕欣然拜读。《感慨及其抒发式》一篇连读两遍，完全同意。据此看来，感慨文字最容易做，而感慨本身实是无甚意义之精神浪费也。惟尊作中于陈子昂一诗未能解释透切。弟亦不能解释，惟以为此种感慨为较深至而确难排解之一种耳。

《百八课》文话可由弟作，为急于成书计，第四册由翁先作亦好。

重庆大风大火，均夜间事，我们睡得安稳，都没有觉着什么，乃劳数千里外之公等惴惴于心，极感关怀之切。

上次调翁来信言翁回愁为喜，即预约作诗奉赠。今成二律，乞赐吟正。迩来春讯迟迟，第一首几乎成为"讨嘴上便宜"。但徐徐俟之，终将有成为事实之一日。第二首则为描摹将来之图画，彼此健在，必当实现也。此外又录新作三首。《策杖》可想见弟之近状。以尚在中年之人，策杖而行，其态甚可笑。《夜至温泉》一律颇自满意，三、四一联，曾溯嘉陵江者殆将叫绝。是夜独自买舟而往，生平所未历，深可纪念。《今见》一首①，五、六一联先得，有深味，翁或颔之。

我们拍了一张照，请与诸翁传观，即存在尊寓。小墨、二官远在百里之外，三官跟了人家去看电影，都没有拍进去。本拟仿《饮中八仙歌》题一诗于其上，事忙未暇动笔也。满子单独拍了一张，并寄呈。得一句曰"阿满面如满月圆"，亦有趣。她近来常与宋小姐在一起，你来我往，颇不寂寞。

文兄又不舒服，祝他早日就痊。

伯翁：

硕老先生已有信至尊处，快慰之至。

芝九近是否仍在上海？彼描绘群丑之状，可否略举一二，俾得有所触发，写些文字？所谓群丑者，从忠厚人眼光看，自是维护桑梓，但严格说来，实在要不得，人尽如彼辈，天下事无可为矣。

题匾，写诗，作题记，弟样样可以遵办。毫无价值之笔墨，有兄嗜痂，亦乐得借此练习练习。

最近黄任老、江问老、杨卫玉三人两次电来，邀往广州主编职教社之《国讯》，弟不欲投拜在他们门下，不加考虑，即谢之。前日晓翁来信，邀往贵阳，与同编适应现时之小学课本。弟不能独往，亦谢之。下半年大概还是做教员，只希望精力好一点，能连讲四五

---

① 诗见本集第四辑。

个钟头不吃力耳。

韩溢如近有信来，他也曾往青石弄看过，言一猫一狗俱尚在。今复彼一信，附此缄中，请代为投邮。

调孚兄：

新出书迟寄不妨。鲁翁全集第一回发送本，不知何时可以出版？

传玠入川，或可找穆藕初。穆近住巴蜀校内。为免麻烦，不出外应酬，外间鲜有知之者。彼与妻女在一起，打打中觉，吃吃小馆子，又邀巴蜀男女教员数人，教他们唱曲子。后天他的女儿出嫁，嫁一个苏州人为中大教员者。弟今天代那几个学曲子的同事撰一副喜联，曰："晓起卷珠帘，共看蜀中山水。闲来霏玉屑，应关宇内烟尘。"国文先生难免此等差使也。

潘博山得明抄元曲三百余种，真是了不得的大事。此人与湖帆极密，伯翁可以去找湖帆，则公等可先睹为快矣。

青年刊物的确难办，青年已前进，而编者掉在后边，如何办得好。

此间新来一班蹦蹦戏，其正牌曰钰灵芝，日内拟去看一次。

邨公：

承告上海市况甚悉，感极。

诵邨已自港返汉，即将来渝，闻其夫人将同来，则彼迟迟其行殆为候其夫人耳。绍酒云已设法起运，如无阻障，两个月可以抵渝。惟价则殆涨至八角或一块矣。

子恺近甚起劲，作画作文均有生气。弟以其画之线条有出世味，劝其改变作风，用新线条。他以弟言为然，谓将徐谋改之。

歌曲一道，弟有野心，而迄未动笔。诚以时下流行者固看不上眼，而谋有以胜之，亦颇非易易。萧而化作曲，据云甚佳，他日终当一试之，请萧谱曲。近来文坛颇主旧瓶装新酒，以弟为苏州人，嘱编弹词。弟以为弹词这种形式，在现在根本要不得，无已，还是大鼓为宜。因此又有编大鼓词之想。其欲甚多，其力不济，恐怕终于鲜所成就耳。

吴朗西君度已到沪，彼述此间状况，公等闻之必甚感兴趣。

余容后陈，即颂

诸翁安佳。

弟钧上　五月十八夜九时写完

第十八号

（一九三八年五月卅一日）

诸翁公鉴：

新二十号信早到，迟复为歉。

诸翁与吴朗西均不甚熟，遂未向吴询问弟处琐状，待洗翁到沪，诸翁必能偿此愿也。

詹聿修为负贩，吴致觉为书记，闻之凄然。

伯翁嘱书"书巢"二字已写好，甚平常，或将重写。于调孚兄则书《今见》一律应命。均托洗翁带去。

鲁翁全集已由铎兄代约，甚喜。其精印本，愈之委弟为重庆通信员，负责推销，恐一部也推销不出去。

丏翁词确未前见，今日何不再作一些，亦消愁之一法。昨读雪公致洗翁书，言丏翁心情又一转，弟欲致慰而无辞。此间所闻，多消耗即胜利，颇可谥为战争哲学也。总之，乐观既未许，悲观又何为，弟诗云"情超哀乐"，未识丏翁能垂纳否？

剑三处不复写信，他来时请调孚兄代说一声，信已接读，远道各相思。

弟最近已辞去复旦教务。本来每去一次，六点钟的轮船实在怕，这次他们送薪水，糊里糊涂短少了十数元，与聘书不合，弟即借此为由，说他们不能敬事，以"醴酒不设，穆生去楚"为辞，表示不再去了。

晓先屡来信，要弟到贵阳同他合编教科书。弟说在非必要时怕再跋涉，在重庆编则可勉为之。他主张多开会多讨论然后编，又已以弟名告教厅教部，不去则近乎拆他的台，去则非弟所愿，在重庆编大概亦办不到，所以弄得很僵。

余容后陈，即请

大安。

弟钧上　五月卅一日午后

第十九号

【原　缺】

第二十号

（一九三八年六月廿八日）

丏翁：

十八日手教敬悉。因忙于改作文，久未写信。下星期过去，即放暑假。我家于七月十日左右迁入校中居住，下次寄书，如与店事无关，可寄通远门外张家花园巴蜀学校，以期便捷。

洗翁以廿四晨动身，弟与祥麟、步云涉江送之。相聚半年，忽焉判袂，后见何期，未免怅怅。昨已得其自松坎场来信，描状开汽车人"带黄鱼"，殊有风致。坐公共汽车而亦须为"黄鱼"，可见汽车之少，行路之难。翁到贵阳后拟耽搁一星期再往昆明。意其时卢芷芬君必先在昆明矣。

重庆近日并不热，每天下雨，如江南黄梅天气。穿衣盖被大家未免少当心一点，因而人人伤风。此刻满子到宋师母家去了，未能叫她附上一禀。宋师母日内就要搬到磁器口去了，搬去之后会面就不容易了。

小墨于下月十五左右回来，二官则延至七月底。暑假中住在巴蜀的，有留校教员学生，有中华职业学校一部分教师，有自东战场来的一批战区教师，有难童二百名，可谓热闹之至。好在地方空畅，房屋广多，尽可容纳也。

伯翁：

尊手有病，不知何病，记邺公前曾提及兄因病未能到店，但未言手病也。

今日接到绍虞信，言将独身返沪，到苏视其家，或再迎母北上。计其时日，此刻彼当与兄会见矣。君畴之县似尚未陷，何以能径自离去，翩然到沪。彼与兄晤面时说些什么？弟料想彼于今此之事当甚漂亮，不致为受人唾骂之行为也。硕民老先生近日有信到否？

今有一事奉托，请在弟之存折上支取五十元付与上海新华银行"复记户"，并说明是重庆叶圣陶所付。"复记户"即鲁翁纪念会，弟在此拉到了全集订户一户，收了五十元，汇寄费手续，故用此法。兄不妨托金才去一办，如有收据之类，即存尊处，不必寄下。但须请即办，因为六月底是寄款截止期也。

化鲁君已任事，不知兄等有所闻否？据云其第一炮即大受人欢迎，大有"恨不早受教益"之感。此公可谓"智多星"矣。

颉刚之老太爷决留平，其夫人将南下，或居昆明。老太爷一个人留平亦殊非便，不知何以如是决定也。颉刚云将于下月南来，经过四川时或可与一面。

日来我们大吃桃子。此间桃子有两种：一种如下江之猪血桃，平常；一种皮色青白，肉纯白，味甘美，逾于水蜜桃。价亦贱甚，一毛钱可买八个至十二个。荔枝则坏得很，肉薄味酸，核大。云下月方有好的上市，则甚贵矣。从前杨贵妃吃的是涪州产，不知我们能得一尝否。

调孚兄：

端木蕻良写信来，问起他的长篇，据说兄曾复他已经排好，但他接雁冰信说原稿已烧掉了。弟不能回复，只得请他直接与兄通信。

吴朗西君尚未走，如鲁翁集第一批已出，而彼可以带，即请托彼带来。

匆匆，即请

诸翁大安。

弟钧上　六月廿八日下午

第二十一号

（一九三八年七月二日）

丏翁：

上月廿七日手教敬悉。武汉虽紧张，重庆似舒泰依然，只义民多耳。义民系许世英君所标举，谓避地之人不应称为难民也。

校课已完毕，只待考试看卷子。十日左右搬往巴蜀，如在花园中住，生平未尝消过这样适意的夏也。计划亦无所有，心思虽不颓丧，而总不得宁定，云何计划！只希望作几篇短文，应付一下平日索稿之友人耳。《百八课》五、六册及《国文读本》翁若已有规定，乞以其目示知，即可动手。

今夕戏剧学校演莎翁之《奥赛罗》，满子偕墨林及宋氏母女往观，尊谕尚未付与。大约回禀须待下次付邮矣。戏校每次公演总有赠券，可看白戏，亦一乐事也。

今夕初供晚香玉，不及上海的粗壮，飘流数千里，幽香不违，亦可慰事。

伯翁：

接此次惠书，方知兄所谓手病之详，今已霍然，自深欣慰。

君畴居然交代而后行，走得好舒服。芝九有信来巴蜀，闻须过了暑假再到上海。致觉陷于苦境，岂其职务已被挤轧而去耶？济昌一去之后迄无来信，不知到汉口后如何。现在青年大致不会碰僵，然在家乡之长辈一定遥念泪落也。硕丈探问出门旅费，或者仍欲令圣南远行。其实现在旅行，除钱以外，还须有体力与识力，而圣南是一位小姐，恐皆不胜也。绍虞果已到沪，且已回苏，俟其出来，乞转告彼第二封信已接到，并乞将弟近况告之。昨日见报载燕大有迁天津之说，想在平总多不自由也。

上一封信中请代付新华银行五十元，想已付去矣。

调孚兄：

手书欣悉。鲁翁全集五册已托芷芬兄带出，大约一个月内弟处必可接到，感感。芷芬确是干才，彼与洗翁会见后，当有翔实报告到沪。弟甚盼兄等一部分人到昆明，虽仍相距甚远，而感情上似乎近了许多矣。

兄已将尊翁尊堂等接出同住，最是可慰之事。居沦陷区域，只有做地下工作才有意思，除此则毫无道理也。

巴兄，冀野俱未晤见，既已来此，将来总可见面。子恺入桂，早已知之。彼此次在汉作文甚多，几乎无一杂志无之，可谓大努其力。

铎兄代购之元曲，中间有无出色之作？教部居然有此闲钱，亦殊可异。现在只要看到难民之流离颠沛，战地之伤残破坏，则那些古董实在毫无出钱保存之理由，我们即没有一只夏鼎商彝，没有一本宋元精椠，只要大家争气，仍不失为大中华民族也。以教部而为此，亦不知大体之一证矣。

以后惠书请寄巴蜀。匆匆，即颂

诸翁大安康，诸府大吉祥。

弟钧上　七月二日夜七点半书毕

第二十二号

（一九三八年七月廿二日）

伯翁：

十四日手书昨日读悉。会字一三一号单及鲁翁集之收据均收到。惟新华银行弄错了一点，弟系重庆通信处负责人，收到书款照规则须汇新华，弟在重庆卖去了一部，所以交新华五十元，预订收据已由弟出与人家了，而他们误会了，以为弟订一部，又给弟收据，岂非一款而出两收据乎？今不必再向新华说明，弟当通知雁冰，请他弄明白就好了。

颉刚尚未到，亦无信来。俟其来时，弟拟留彼住巴蜀。

红蕉于上月廿五日动身。本言抵温州时即来电报，而至今已将一月，乃杳无音信。不知系路中阻梗，抑大小害病，我们非常耽心。沈绳武有他们十五日到沪之说，不知何所根据也。

我们搬至巴蜀已历十日。从未住过山林，觉幽趣甚多。不必出校门，巡行一周，可消磨半个钟头。随处有小林，有泉石，可憩坐而观玩。此十日来天气不热，时时下雨，饶有秋意。居然作了一篇小说。仅出外两次，一为戏校宴毕业生，一观曹禺《日出》之上演。

我们占了三间，我们夫妇一间，我母、满子、三官一间，小墨与京周的儿子一间（京周的儿子独身来重庆，入四川中学，与小墨同班，今因无处可栖，亦借寓于此）。住此者又有吴研因，钟灵秀，职教社诸人，教部实验教育训练班诸人。间间住满，宛如一消夏旅馆。晚间乘凉，无论什么人坐在一起，即随意闲谈，亦是一乐。开学后即拟住在附近，寻房子托勖成，他大约总有办法。

小墨算是毕业了，报告单尚未拿到，据说列入甲等。他预备考中大，如果中大考不取，四川中学也会替他们寻出路。

弟这两天复各处的信，待复完后即作《书巢记》。现在想想，此文写出来大概不十分坏。洗翁或许已经到上海了，弟的写件兄看了觉得如何，如嫌不好，尽不妨重写。不过手总是这一只，重写也未必会好到哪里去。此间买不到好笔，亦是一难。五六毛的笔还是强硬不听使唤，真是无可奈何。

汪仁侯亦来此，彼在童军总会任事，随机关而来。

调孚兄：

山公赴港，或当与洗翁在那里会见。昆明一个大地方，何至无日电，恐未必可靠。即确无日电，既有电厂，放日电只要加煤而已，并非难事。若取得原料，运输各地诸问题俱觉方便，似尚可考虑迁滇之计也。

鲁翁集第一批尚未收到，第二批当然更远。昆明来此邮件大约没有资格坐汽车，其慢宜也。

端木君无第二次信来。他的小说出版后，弟倒想看一看。

丁玲通信处无从知道。她大概在西北各地跑来跑去。她与舒群合编一种杂志叫作《战地》，其实是挂名而已。

弟近年来所作文确可以出一本了，但留在苏州，没有带出来。现在连题目也想不齐了，当然难以收集。且待将来再说吧。

卢大块头也当了参政员。前天黄任老、江问老坐飞机来此，听他们说，卢同机而来。待遇见了，当与他同喝一顿浙东酒栈之真绍兴。

丐翁：

近来续作《百八课》乎？如第五、六册之文话题已定好，乞即惠下，趁此静居时候可以把它作完，了却一事。

朱怙生先生住在沙坪坝，见了一面，尚未重逢。他似乎想谋学校的事做，到教育部去登记了。但重庆学校俱川人势力，至难插足。搬来的下江学校，非有大力或派系关系，亦不易投入也。

近见报载，南京组织中陈群为教长，正在编新课本。编辑员中有相识者。弟倒想看看他们编的课本，说的一套什么话。

昨天观《日出》，在松鹤楼吃酒（此间也有松鹤楼，几个从苏州逃来的伙计开的），遇程祥荣与夏承法。夏为来渝后初次见面，与程同在军校任教。兴致很好，亦全家在此。

前天因勘成宴客，初见顾荫亭，此君似不甚懂得教育。又，顾一樵为教部次长，到处演说，俱传述陈立夫部长那一套，用几个德目调来搭去，说些似真理又似游戏的话。大家说今后教育必须彻底改造，看见了他们，殊觉希望无多也。

洗翁：

途次惠教多通俱敬诵悉。因恐投书时大驾已前进，致弗达，遂未作报，幸谅之。半载追陪，最为欣快，忽然判别，实深怅惘。颇盼开明定西迁之计，翁重作旧地之游，嘉陵江畔，再共斟越酿也。

此间近况已详前纸，恕不重写。自来巴蜀，由市廛入山林，蝉声泉声而外绝无他响，殊觉享受非凡。

元善暂离此间，以一月之时间历黔、滇、湘、鄂各省，推行合作事业。

机关来渝者益多，房屋更成问题。但我家要在附近觅屋，周勘翁恒言总有法想也。

诸公均此。

弟钧上　七月廿二日上午十时书毕

第二十三号

（一九三八年八月七日）

伯翁：

新廿八号信今日接读。红蕉全家行踪，焦念已极，今蒙告知，感甚。玉官玉雪可念，而遽夭殇，闻之凄然。舍妹生七儿而殇其五，今又怀孕数月矣，愁煎之身恐亦难得健婴，为人母真是受罪矣。而红蕉一年以来亦复心力交瘁，不胜代为忧叹，然又何辞可慰之耶！巨福路不识距霞飞路近否。尊夫人及天然有暇，尚乞时往一谈，解舍妹之愁怀，拜恳拜恳。

颉刚尚未来，且无音信。

《书巢记》尚未动手。前因黄、江二老复刊《国讯》，被拉为基本撰稿者，勉强作了一点文字。而沈起予亦来要稿，又得执笔。二官自学校归，常与谈说。庞京周之子健谈，来坐坐常是谈之不休。于是长日消磨，无异冬令。

来此不觉已将一月矣，再一个月，虽寓所未定，总之不能复得如此旷畅之所。下半年在巴蜀仍教一班，廿五元。若仅此一处，决难敷衍，必须另想办法。然作文总不是办法，他法又不知到底是什么。

我们居然吃到了西瓜。是下江种，为枕头瓜、马铃瓜一类，产自北碚西部科学院之农场。一毛钱一斤，一元九角买了四个小的，分两天食之。我们这里八人，各得一瓜之四分之一，甚甘美。此所谓"尝尝新"，求如从前之半个一顿，不可得矣。闻上海西瓜亦稀见，则相距数千里，缺憾正复相同也。

丐翁：

令孙又患了一场病，非惟破费，抑而劳神。愿以后阖府安康，勿复与医药为缘。舍间各人幸均安佳，偶有微恙亦一二帖汤头而愈。重庆殆生不得病，医费贵西药贵且不说，求如杜克明医生那样之态度真挚、治疗精详者亦寥寥。

《百八课》文话目录已看过，凡有圈之各题弟决执笔。如无他阻障，暑假内当可将第五册之八题作毕。

长江战事渐紧，承关念，感甚。现在弟亦不再做何准备，若欲再走，交通舟车与经济能力俱成问题。惟有置之不想，与大多数人共其命运而已。至于空袭则不足虑。巴蜀校内有可容六七百人之防空山洞，有四个出入口，进去则相通。拱形之隧道大于小县分之城门洞。靠壁设板凳可以憩坐。头顶之山厚三丈，苟非最大之炸弹当顶投下来，绝无问题。本月一日来了一次空袭警报，其实是弄错的，是我国飞机飞行过高，报警者认不清，以为是日机。是日我们全体进山洞，洞中凉甚，有数人因而伤风。此后我们寓所总在学校附近，设有警报，走进来总来得及的。且日机纵起劲，来重庆也只能每天一次，不会如在广州之终日盘桓不去。特此详陈，以慰远念。

邠公：

　　承示种切，感甚。子恺和平中正，今变而为激昂慷慨，弟深能体察其心理变化之过程。弟自己剖析，与子恺之心状为近。"八股"虽未必有用，然而连"八股"也不作，岂非更无办法？地方上办维持行亲善者，有人谓此辈别具苦衷，未可厚非。弟则以为此辈无论心迹如何，事实上为蟊贼之尤。将来宜摈之幽冥，不与同人世。苏州一些新贵，半为诗礼之家出身。颉刚来信云"可见诗礼之家鲜克由礼"，可叹可恨。现在希望到底在青年。这回小墨回来，有许多同学来看他，弟与他们谈话，觉识力充富，饶有干才，大致均不错。此非学校教育之成绩，乃时代锻炼之功也。巴蜀校中近有难童百数十名借宿，小者五六岁，大者十五六岁，作息游戏均有秩序，歌声洋溢，各有至乐。此一队将来往西康，现在正习藏文。他们多数无父母，毫无挂碍，将来或许是开辟西陲之先锋也。看见这些人，总觉前途乐观。

　　关于店务，弟不敢有所主张。惟依感情说，若迁徙无法，宁可关店也。

调孚兄：

　　芷芬所寄鲁集五册已收到。排校均不坏，看之可喜。山公所寄，不日当亦可到。

　　《百八课》题目，弟同意尊见。因戏剧部分话多，若附于"曲"，恐说不畅。所示参考书可弄到，当遵命致之。承询《国文课本》事，该稿部批本在祥麟处。在汉口誊清原只三册，第六册并未缮写。

　　此间天气白天较热，但室内亦不过九十一度。夜间总可以睡得着，不致汗流满身。人均谓重庆热天难受，今亲试之而不然。

　　此间今年初有冰棒。勖成、研因、楚材及我家几个小孩出资集股，在校内贩卖冰棒鲜橘水，供住在校内之二百多人消费。前天结算，三星期内居然有了十分之二的红利，可谓大好生意。然一部分战区教师今来入实验教育训练班者殊可怜，某日有五人生病，医生由教部出费，开了五张药方，其四张均弃而未用，因药费须自理，而此四人无钱。其一人愿意自己买药，但以皮夹子示办事人，中间只有一块钱耳。

说起这个训练班，可笑亦可叹。原来有李步青者，前为中华编辑，与顾荫亭至好，他创一"卡片识字教学法"，本无足奇，小学亦多用之，即以实物与卡片同时认识之法也。而彼夸言用彼之法，初级四年课程可缩至两年教毕。顾荫亭闻之，以为了不得，即令在汉口办一训练班，招战区教师训练之。受训者廿多人，用去一万元。今来重庆开第二班，另定预算为七千元。一切均衙门气派，不惮靡费。李自己三百元一月，一子一媳挂名为指导，月各八十元。而所讲毫无道理，听者生厌，惟利其有廿元生活费，即亦勉强在那里坐坐。而顾荫亭常常来，面有笑容，好像办了一件大利于教育之事。弟曾往作一次临时演讲，得车马费十元，七千元之浪费中，弟亦有分赃之嫌矣。弟尝语研因，谓我们应对此公开炮，不可再让他往他处开第三个训练班。研因对此固不满，而只笑笑而已。

所陈已多，即此为止。即颂
诸翁康泰，诸府安吉。

弟钧上　八月七日上午九时

第二十四号

（一九三八年八月廿七日）

丏、邨、伯、调诸翁均鉴：

盼来书不得，意者被击落之"桂林号"中有公等赐信也。

近二十天间，为诸人之病所扰，心绪不佳。先是三官病痢，西医中医共看三次，迄未见效，其形消瘦，四肢骨出，如照片上之难童。最近购得与"药特灵"相似之"安痢命"服之，始渐见愈。此间"药特灵"二十五粒瓶装卖七块半，且存货已无多，"安痢命"则较便宜，每粒二角。三官病作后数日，满子亦发热腹泻。延中医诊之，云非痢而为湿，居然一帖药即愈，今已复原。昨日午后，墨林忽腹痛发热，至夜而泻，一夜六七次，热度升至三十九度七。今晨热少退，泻亦渐止。她不要看医生，即取满子之药方自为加减，刻小墨出去买药尚未回。"安痢命"可治一切腹泻症，亦令小墨买若干粒，按时服之。此间近日大热，胃肠病盛行，至可忧虑。观报纸记载，知今年各地皆流行痢疾，似上海亦颇盛。

昨日陈通伯来访，欲招弟往武大教基本国文十二时。武大在乐山，云其地生活较便宜。弟为生计计，自宜允之（打下折扣，实得二百元）。然一则有违不为大学教师之夙愿；二则为上课而看书预备，实不胜其烦；三则又要搬一次家，麻烦之至；四则二官、三官又须换学校（把他们留在重庆不放心）：有是数者，未能骤决，答以且容考虑。而墨林与小墨、二官之意见则均倾向于应聘。公等试为代谋，去乎，不去乎？陈君托代邀予同，今致予同一笺，乞转去为感。无论如何，请予同复弟一信，以便交代。

戴应观亦借住在我校内，同舍一个多月，前日方知之。彼亦有老母、妻、子，南京之家或未毁，杭州之家已无望，观其态度似亦泰然。彼嘱向诸翁致候。

老舍、老向、何容、蓬子、王平陵来此，上星期日晤见，快叙半天。老舍忠贞热忱，大可钦佩。

颉刚仍未来，杳无音信。韬公、柳君同在此办三日刊。

巴蜀于下月十日开学。三官已考取六年上期。小墨已考取国立中央药学专门学校，入学与否未定，如考取大学则宁入大学。

匆匆不尽，即请

秋安。

弟钧上　八月廿七日上午九点半

第二十五号
（一九三八年九月十八日）

诸翁均鉴：

　　廿四号信发出后，接丏、伯、调三翁八月十五日所发信（新廿九号）及邮公八月十八日所发信。迟迟未复者，盖我家又经过了一回提心吊胆之苦斗。其事为小墨病伤寒。

　　前次作书时，提起墨正患病，后知确为痢疾，未经延医，服"安痢命"而愈。虽为日无多，而她形容已憔悴不堪。上月廿九日起，小墨病作，经西医诊断谓恐是伤寒。三四天内请教了五位西医，所言俱同。于是墨坚决主张此病必须请中医。适戴应观介绍南京来渝之名医张简斋，而凡自南京来者亦俱称道其人不置，即往请之。张年事五十许，诊脉瞑目凝思，开方如作大文章，构思良久，又须起草稿。迄于昨夕，凡请了他十三次，今日为"第三候"之末日，病人体温已如常人，神色亦见佳，惟全身瘦甚，有如灾民。昨夕张说吃了此方两剂之后，可停止吃药五六天，多吃药没有意思，至多五六天之后再请他一次就是了。全家闻此言，如释重负，写信告诸翁已不致引起惊慌，故即写此一信志喜。弟此次与张接触，于中医之佳处渐有所悟，我们往往崇奉西医，鄙薄中医，实属偏见。张之医费，出城须十三元二角，因戴应观之介，不作出城论，每次六元六角。此次连西医西药，大约用去二百元。在四川吃中药很便宜，每剂不过二三角，最近加了西洋参，也不过一元一二角耳。今后只须当心饮食寒暖，遵从张医之戒，最近十天内不给小墨吃荤汤，固体东西则拟迟至廿天后再吃。此次看护，墨最辛劳，而母亲、满子及弟亦轮流值班，无间昼夜。廿天以内，大家瘦了一匡，然得此佳果，亦足慰矣。小墨愈后，决进药学专科。该校于十一月间开课，大约不致缺课。此次我们受了三次大吓。一是第一候时，小墨腹痛甚剧。二是第二候时腹泻不止。三是元善介绍了一位西医来（第二候末），开了一片退热药，服后大汗，两小时方停止，体温突低，脉搏微弱，手足俱冷，人也昏迷不醒。（请西医吃退热药的事未敢告知张简斋，当晚张来按脉时惊讶地说："你们给他吃了什么东西了！"我们硬着头皮说没有，张只是摇头。）这三次惊恐真不容易禁受。现在回思，犹有余悸。

弟已于口头答应陈通伯，但聘书尚未来。大学开学均在十一月中，如决定去，照事实上说，只好弟一个人到乐山去，且去看看嘉州好山水，游游凌云寺，也是佳事。现在仍在巴蜀上课。我们仍住在校中，承周勷翁特别照顾，我们一家插在学生宿舍之间，须俟小墨起床方始搬出去。城外空气清爽，休养病体至适宜。二官已往北碚上学。三官已在巴蜀上课。我家有病人，全校人无不关切，温情充溢，可感已极。戴应观夫妇亦时时来问询。

洗翁大约已返沪上，途中劳顿否？甚念。

文兄之病近复何如？满子尤相念，希下次来信再及。

颉刚迄未来，而其家信已寄在弟处，嘱转交，不知何故。

邮公所示，弟读之能明晓。特欧战若作，寇必取租界，则孤岛亦将陆沉，势非退出不可耳。

心绪尚乱，不能好好写信，希谅之。即请
秋安。

弟钧上　九一八上午

053

第二十六号

（一九三八年九月廿四日）

伯翁：

新卅号、卅一号手书同日收到，所获甚多，读之良快慰。弟篆书"书巢"二字不好，既有袁仲濂之作，大可不用矣。《书巢记》久蛰胸中，自觉颇不坏，只缘忙乱无暇写出。大概将俟到乐山后为之，以为消遣旅愁之资。

上海报纸骂弟不前进，弟本未前进，骂得其当，无所不快。青年人之心理，我们均可原谅。

硕民太太之病甚是可虑。今距硕丈来信时又多日，此后节令转换，至不宜于病体，不知下文为吉为凶，思之心戚。今附去一笺，乞于去书时附致。并恳在弟折子上支取五十元，托便人带交，以资零用。

颉刚仍无消息。

致觉已到沪，得有教职，甚好。他托弟打听济昌，弟已向中大同学探问，迄今尚无切实回复。此语请记尊怀，见时望转告。

即颂

覃吉。

弟钧上　九月廿四日早

丐翁：

本月二日手教昨日拜读。文兄病已愈，大慰。小墨之病已过"第四候"，每日仍有一度之热度，入夜而出汗，午夜热退净。据许多人说，伤寒将愈时本当如此。因遵医嘱，已停药五日，今晚仍请张老先生一诊，再请他开一剂调理药。小墨自己切盼速愈，庶几于十一月中可往药专报到，但经此大病，须得休养，届时能否前往，殊未可必，但学额自可保留也。我家现仍住校中，一以小墨生病不能动，二以已看定之学校房产一幢有人强占，硬不肯搬走。将来大约即住该处，不搬回办事处矣。

武汉大学方面已寄来聘书，陈通伯且劝弟早去，以便直达嘉定，不须在叙府换乘小汽船。弟也只得去，不为学问，不为文化，为薪水耳。本拟携家前往，重庆、嘉定同为羁旅。今小墨病后须调养，二官、三官均已上了学，中途不便换校，事实上只得独自前往。但离不开家庭系弟素习，骤欲改之，难乎其难。且江水枯时，轮船达叙府亦不易，所以短期放假时亦不便返渝看视。此一去须至明年暑假再回，八九个月之别尤可怕。方欣庵在该校，算是熟人。袁昌英、苏雪林、凌叔华三女士去秋曾见过一面。

满子所需衣物既托便人带来，迟早总可收到，她闻之欣喜。而于章育武君之逝世，非惟满子，我们亦惊叹不已。

《百八课》第五册文话延至今未动手，只盼小墨早愈，临时病房恢复为寝室兼书室，即当执笔。敬请

道安，并颂覃吉。

弟钧上　九月廿四日早

洗、邨、调三翁同赐鉴：

手教敬诵悉，欣慰之至。《中学生》复刊，自是佳事。但在上海出版，为店之安全计，下笔不免多所顾忌，于是即不配内地人胃口。岂惟内地人，恐怕也不配上海租界中青年之胃口，试观他们对于弟之诗、子恺之文要大骂，可以知矣。而且，上海出版了，寄递迟缓，使内地人三月中看一月出的杂志，亦殊不妥。对于上面的话，不知诸翁何以答之。

公等有便宜而好之绍酒可喝，闻之心羡。弟现在每日喝浙东之五加皮，取其价廉。墨林亦喝一点，因为整日在病人旁边，借此给肠胃注一点预防剂。满子、三官都打过预防伤寒的针了，家母高年，可以不防。

近在商务买得瞿宣颖所辑《中国社会史料丛钞》一部，甚可观。瞿君读书甚勤，用力甚专，可佩。

林庚白、卢冀野俱已遇见，皆诗兴甚豪。

此间气候已如深秋，弟之绒线背心已每日不去身。阴雨兼旬，令人闷损。江水上涨，时时断航。

郭源新君到沪未？剑三到开明时，乞告以其子曾来过，留宿一宵而去。即请

秋安。珊公均此。

弟钧上　九月廿四日早

第二十七号

（一九三八年十月八日）

洗、丏、伯、调四翁均鉴：

上月廿九日接到第卅二号赐书，敬悉种种。计老太太去世，我们很伤感。去秋匆匆离苏，彼家在黄埭，未及一别，讵知遽成永别。前恳伯翁代支五十元设法寄与硕丈，想已得便。今附去一书，仍乞转致。

重庆前日遭空袭，公等见报，一定代为忧念。此次落弹虽至四五十枚，然"我方损失甚微"，距巴蜀均不近。最近之一处曰牛角沱，其地有生生花园，规制如上海冠生园农场，本月二日曾与颉刚、元善、勘成前往聚餐，为卅二年前小学四友之会。我们步行而往，需时三刻钟。是日天气晴朗，北岸诸山如展手卷。不意后此二日即

为石飞血溅之所。昨日亦有警报，但日本飞机至石硅即折回。以后大约仍要来袭，但亦管不了许多。请公等放心作如是想：圣陶未必有中头奖之福分也。

小学四友之叙确是难得，近又多一位当时之老师，即章伯寅先生。明日拟再为一会，并邀章师，共叙旧事，定多乐趣。章因苏州潘某等拉彼同流合污，为表其忠贞，只身远道来此，其高节至可钦敬。我四人有此老师，至足骄傲。弟向不善当众恭维人，但明日颇想敬宣此意焉。

颉刚真是红人，来此以后，无非见客吃饭，甚至同时吃两三顿。彼游历甘肃、青海接界之区，聆其叙述，至广新识。不久彼即离此往昆明，云拟在郊外觅居，以避俗事。然恐避地虽僻，人自会追踪而至，未必便能真个坐定治学也。

现弟已决定往乐山。小墨已渐愈，但入学则尚不胜，只得停学一年。为弟方便计，为节省开销计，为小墨休养计（乐山天气清爽，不像重庆昏沉），决全体同往，三官转学，只留一个二官在北碚。行期定于廿日左右，距今不满两星期矣。向民生公司买船票等事，有刘仰之君招呼，想必不难。仰之又为介绍几家书业同行，请他们代为觅屋购物，并作种种方面之指导。据许多人云，乐山甚似苏州，弟到那边或许有如在故乡之乐乎。洗翁嘱审慎迁移，自是至当，甚感。然弟已抱到处为家之想，而家中几个人也都无所爱于重庆，遂作此决定，想必蒙鉴察。不过今日之事很难断言，说要走了，必须上了船才算数。下次赐书仍可寄开明办事处，弟可托他们转来。

陈通伯要拉予同，予同回信回绝了，也就完事。但前日报载暨大被迫停课，而方欣庵（彼近在重庆玩）见之，便欲再拉一次，因与联名发一电，托开明转致。予同回电如何说，明后日当见分晓。若叫弟设身处地想，则只身远行这许多路，恐怕未必有此兴致。

小墨之病算是好了，体温已如常人。但仍在吃流质，坐还坐不起来。自病作迄今已四十日，伤寒真是可怕的病也。我们看护也算当心，连一位西医都佩服了，说进医院或请特别看护照顾没有这么好。现在还继续验尿，怕肾脏有什么坏影响。此次遇到那位国医名家张老先生也是幸运，中药虽无杀菌之力，但有培养本力之功，若非他老先生诊脉，或许没有这样顺当呢。而介绍张老先生的是戴应观，若不遇戴应观，我们决不会请张老先生。可见事情的进展往往是会逢其适，若信命运，这就是命运。

此后到乐山，与公等相距更远。此所谓远，盖言通信之日程更长。乐山有航空站，每星期有一班飞机，往还乐山重庆间。如不逢班期，则航空信由成都转。故来信仍可航递，以视重庆，大约延长二三天耳。如此一想，则亦未必太远。

计老先生事可否请伯翁为之留心。弟远在数千里外，竟无可为力。若能得一小事，自比闲居远胜。或者有相当人物，为圣南做媒，亦是功德。女大终须嫁，与其谋做事，不如谋结婚。计老先生与人落落寡合，在苏又无可靠亲朋，以后之事不堪设想。万一也有什么病痛，真无可奈何矣。（十月六日灯下书。）

近来弟亦甚瘦矣，两颧高起，双臂骨出，有如东华。此际除满子外，无人不瘦。得句云"经年流寓全家瘦"，尚未足成篇章也。

徐伯鋆君到时，我家已不在重庆，但已托定何步云君（祥麟将往万县）将徐君带到之衣料等物设法转往乐山。昨日满子遇见刘甫琴夫人，她闻我们往乐山，愿结伴前往。她母家在成都乐山间，她在乐山曾住三年，详知当地情形，为我们做向导，当翻译，再好没有了。她亦夸说乐山之好，为居家善地。

红蕉想甚忙，自到上海以后仅来一信耳。今恳伯翁于便中将此信交与一看，因为琐琐之事，简书之则不明，再详书一遍甚麻烦，不如省写一次，即以此书请红蕉看之。我妹及二甥想均安佳，望红蕉抽暇来信。

重庆遭到日军空袭。

1938年秋，将离渝之嘉之际，于重庆张家花园巴蜀学校与初三同学合影。左一为校长周勖成，右一为叶圣陶。

今晨四时忽又闻警报。重庆而来夜袭，真出乎一般人意料之外。但并未有飞机到来。数百学生均自睡梦中呼醒，群趋防空洞。我们因小墨尚不便行动，全体留居室中。去年中秋，饱尝此味，今日又逢中秋，要我们温理旧梦，亦佳事也。

彬然已到桂林，与子恺同居，有信来。

余后陈，敬颂

诸翁安吉。

弟钧上　十月八日清晨

第二十八号

（一九三八年十月十八日）

诸翁均鉴：

新卅三号信早接。弟家定于后日动身，江水已落，不能直驶，须至叙府换乘小轮，路上殆须历五六日。小墨已可起坐，乘轿上船可无问题。二官现决偕往，到乐山后再谋入学。她近病疟，正服奎宁。今年暑期以后，除弟以外无人不病，家母亦曾因食物不消化，卧床三日。途中及到嘉后，均经人介绍，托为招呼，大约无困难。知承关念，特闻。巴蜀同事及学生别情甚浓，人生得此，亦复温暖可欣。与公等相距愈远，但航空信仍可寄，惠书寄"嘉定文庙武大"可也。杂事忙乱，不能多书，后当详写。

即请

大安。

弟钧上　十月十八夜

嘉沪通信

　　上海在孤岛时期出版过一种不定期刊物，叫《文学集林》，调孚兄是编辑人之一。他曾经从我在乐山写的信中摘录一部分，在《文学集林》的第一第二两集发表，当时颇受读者欢迎，受欢迎的原因我已经在《渝沪通信》的小序中说过，这儿不再重复。调孚兄摘录的只是小一半，主要为了《文学集林》的篇幅不多，容纳不下。他删去的部分大多是无关宏旨的家常生活，还有一些是在上海当时的情况下不便公开发表的话。另外还有一些，分明出于他对我的爱护。举例说吧，我在信中常常说到喝酒，他删去了不少，想来是只恐有人骂我颓唐；还有我对某几位先生的评论，他也删去了，想来是只恐惹起是非。看他用心这样深，工作这样细，我永远感激和怀念他——这一位可敬可爱的老朋友。现在已经隔了四十几年，我信中说的种种都成了历史陈迹，想来不至于引起什么麻烦了吧，所以我把调孚兄删去的绝大部分恢复了。恢复只是为了"存真"，并不表明我那时的所思所感绝对正确；我自知是个偏激的人，话说过了头是常有的事，说些错话也在所难免。现在把当年在《文学集林》发表的部分和恢复原样的部分分别用两种字体排印，以便读者看了能体会到调孚兄当时的苦心孤诣。

一九八二年八月十六日

第一号

（一九三八年十一月四日）

诸翁同鉴：

弟全家以上月廿二日午后四时登轮，是晚何步云兄送来沪渝新卅四号信，凭栏披读，如承送行也。次早开行。第一夜泊江津，第二夜泊合江，第三夜泊纳溪，第四夜到达宜宾。江津、合江、泸县、宜宾四处，弟皆登岸观览，市廛皆修整，有柏油路或石板街，有街树，视江南小县远胜。我们所乘为房舱，除三官不买票外，共占六位。江行饮食起居颇为舒齐。在宜宾等候一天，廿七夜上一小汽轮。岷江水位已低落，此一趟以后，今年不复再行汽轮，我们居然挤上，亦云大幸。否则只得乘白木船而上，到嘉定须七八天，有风寒、滩险、盗匪之虞，颇可畏也。该轮只有统舱，我们七人仅占可卧三人之地位，局促不堪。廿八早开行，夜泊幺姑渡，距犍为尚二十里。廿九下午四时抵观音场，距嘉定二十里，水浅，汽轮不复能上。遂雇一划子，人物并载。船夫四人拉纤，逆流而上，直至八时始抵嘉定。夜色已深，江景一无所睹，惟闻大渡河发洪响耳。此行水程一千三百余里，两段之船票，每人廿五元七角半，盖以武大名义得七五折优待也。

嘉定房屋共言难找，而我们得之并不难。先由成都商务经理之介，嘱托该馆嘉定分栈黄君留意。黄君屡找不得，即以分栈后进余屋借与我们，于是我们登岸时住所已定，仅在旅馆暂宿二宵，以便洒扫与购置而已。弟一年余转徙各地，得人之助至多，友情之厚，如长处暖室中。即以居留重庆十个月而言，如非洗翁赐助，决无西三街之安居。后来勘成招住巴蜀学校，已开学而仍令留居。及乎登程，探听船期，介人招呼，临时帮忙，扶老携幼，有五六人之多。

到宜宾时已有刘仰之之书店朋友二人相候。到嘉定时，轮上之经理与护航队队长识弟名字，亦颇帮忙，而武大亦有校工来接。及访黄君，则住所已定。得此优遇，深可感愧。现已住定下来，试绘一图（图略）。

我们所买器具均最低廉者。木床三具，价四元。旧方桌一张，一元半。竹椅六把，或三角，或二角。竹书架每架一元半。我们夜间点菜油灯，或如画幅中之灯檠，或如下式（图略），手执，悬挂，直插，均方便。共有六个，已够用。我们在重庆买来三盏植物油灯，每盏一元二，今试用之，光线与方便均不及土式油灯，此三灯遂废置矣。此间有电灯，而电料太贵，只得返于古式生活，与竹器白木器亦相称。弟用一广漆账桌，价六元半，为奢侈品矣。坐则竹椅，不输于柚木转椅也。

此间生活便宜，肉二角一斤，条炭二元一担，米七元余一担。蜀中鱼少，惟此间鱼多，今日买小白鱼三条，价一角八分，在重庆殆须六角。昨与两位书店朋友吃馆子，宫保鸡丁，块鱼，鸭掌鸭舌，鸡汤豆腐，大曲半斤，饭三客，才一元八角，而味绝佳，在苏州亦吃不到也。大约吃食方面，一个月六十元绰绰有余矣。

街道亦柏油路。有街树，不甚修剪。无上坡下坡之麻烦。无汽车奔驰，仅有少数人力车往来，闲步甚安静。人口五万，现在多了一万，不见拥挤。除抽壮丁以外，全无战时气氛。说不好固然不好，说好亦有理由。城门据说有十七个，多数沿江，为便于挑水。挑来之江水经沙滤缸滤过，无殊自来水。水二百文一担，等于上海三个铜圆不到一点。重庆购自来水，一元仅十一二担。

此地无地方报，民教机关收听无线电广播，书于黑板，俾众观之。仅书比较重要之电讯四五条，遂觉与各地隔膜。成都之报隔日可到，重庆报则须隔五六天。

二官终于跟了来，转学入乐山县立女子初中。三官转学入私立乐嘉小学，原系武大之附小。城区甚小，他们徒步往返并不吃力。

武大于十日上课。但弟所教系新生，新生从他处来不易，大约须至廿日始上课。同任国文者为苏雪林女士。杨今甫君闻亦要来担任此课，还有一二位尚未晤见。昨与苏商谈，她推弟拟一目录，供一年教授之用。以前大学教国文惟凭教师主观嗜好，今新有课程标准，或可渐入轨道。武大房屋系嘉定府之文庙，大成殿改为图书馆，两庑改为十四个教室。注册课、会计课居二门旁从前悬挂钟鼓处。以视重庆之中大与复旦，宽舒多矣。

昨日下午始出游山。渡江访凌云寺，观大佛，登东坡楼。山深秀，多树木。大佛雕刻殊平常，而其大实可惊，以弟目测，其耳朵等于二人之身高。可游之处甚多，以后拟徐徐访之。

报告到嘉情形且止于此。以下请言杂事。

此信乞送与红蕉一观，以免弟重写一遍。

硕丈最近有无来信？圣南到沪否？

颉刚以上月廿二日飞昆明。伯寅先生以同日离渝，至湘西国立师范学院任事。而弟亦于是晚上船。前此两夕，师生谈叙，共谓五人三去二留，而去向不同，距离最远者到达却最先。

贺昌群兄家居成都，自往广西宜山，浙大搬在那边。

向觉明君已自外国回来，今在昆明。武大拟聘之，而浙大亦拟请他。

第二批《鲁迅全集》早由山公自广州寄出，但历时几及三月，尚未见递到，殆遗失矣。

丏翁编《百八课》近尚顺利否？今年暑中若无诸人之病，弟之十篇文话必已写成。今翁云恐通信不易，由翁独任亦佳。惟未能分劳，不免抱愧。

振甫兄惠寄一信，见示长诗，已拜读。请转告以不及作复，且容少缓再答。敬颂诸翁安吉，各府康泰。

弟钧上　十一月四日午前

第二号

（一九三八年十一月廿九日）

诸翁公鉴：

久盼来信不得，怅惘日积。今晨得信甚多，恍疑梦寐，乐不可支。观寄到各件，或以五日发，或以八日发，在途中二十余日矣，犹贴航空邮资。今此复书试贴五角五分，闻如是则在法国境内亦可飞行，到达较快。公等请验之，邮程究须几日。今此书先叙鄙况，乞为传观，并及于红蕉兄、天然妹。以下再分答各位所垂询。如是则可以免弟屡屡书同一语言之烦，而分答诸事，固亦无须守秘者也。

弟家居乐山，迄今日正满一月。以生活情况而论，诚然安舒不过。小墨正在大增食量，喜吃肉，肉价不贵，日买一斤或十二两。流窜经年，颇思鱼鲜，此间鱼多，间日购之。八九角可买一鸡，五六角可买一鸭，亦偶一奏刀。大约每日买菜，七八角钱已吃得很好，与在汉口，在重庆，迥然不同。城区狭小，而街市整洁（因武大迁来之故，县政府为要面子，令警察督促居民扫街，叫花子不许入城），小墨恒与满子出行一周，期得运动，恢复足力。母亲与墨有时亦同行，购饼饵以归。此间之饼饵糖食制作甚精，云乐山类苏州，殆以此故。门内无事，治膳食以外，或结绒线，或为补缀，闲谈偶作，足音稀闻。最活动者为三官，学校课余，仍是三朋四友，往还互访，收集旧邮票。最忙迫者为二官，天未明即起身漱洗，急欲到校。五时半始归来，晚饭方罢，即取灯做功课，直至九时。而弟则枯坐室中，随取架上书为遣，然依然有前诗所云"读书之味如啜糟"

066

之感。废书涉想，辄复搔首。故以心理方面言，亦无所谓安舒。近作《鹧鸪天》一阕①，另纸录呈，诸公读之，约略可以想见矣。

下月一日（后天）弟始上课。弟所任为一年级国文两班，班各三时，二年级作文一班，二时，凡八时耳。大学教师任课如是其少，而取酬高出一般水准，实同劫掠。于往出纳课取钱时，弟颇有愧意，自思我何劳而受此也！三班人数，合计不出八十人，作文两星期一次，则每星期改作文本四十本可矣。同行尚有三位，陈通伯君以为弟有什么卓识，推弟为之领导，选文由弟主持。实则弟亦庸碌得很，所选与陈所不满之老先生（旧时多黄季刚门人，今因学校搬家，他们未随来，现在老先生无一个矣）无甚差异。此间熟人有刘南陵、杨端六，刘为法学院长，杨虽仅任教授，而颇主校政。校中风习素称良好，主者以安心读书为标榜，今来嘉之学生均曾署决不游心外骛之志愿书。以故入其校门，空气恬静，如不知神州有惊天动地之血战也者。如此教育，于现状究否适应，亦疑问也。

嘉定名胜，首推乌尤，次为凌云。前一信已曾略述凌云，今请告乌尤大概。乌尤土名乌牛，象形也，黄山谷嫌其不雅，改为乌尤。然乌尤何义，迄今尚未之知。是山亦见于《史记·河渠书》，名离碓，及《汉书·沟洫志》，名离堆，为蜀守李冰所凿，兀立大渡河与岷江交会处，四面环水，秋冬水落，则有一滩与凌云相连，可由此而之彼。全山蒙密树，尤多楠木，大者五六围。（此间楠木不以为奇，寻常家具多用楠木制。棺材则贵杉木，不似下江之侈言楠木棺材也。）从树隙外窥，则江水安澜，峨眉隐约云表。山顶有郭璞注《尔雅》处，云实出附会。弟虽为登陟，实无游眺之佳兴，不过到过了一趟而已。惟年老如我母，衰弱如墨林，而亦得赏此蜀中佳景，不可谓非寇之赐也。

---

① 词见本集第四辑：《鹧鸪天·初至乐山》。

以下系分致各位者：

洗翁：

　　舍间迁乐已详前信，兹不赘。巧云并未带来，缘此后更将何往，莫能自知，多一人口，究嫌累赘。然巧云固依依欲随行也。现在用一女工，帮同操作，大家可以省力一点。惟其人系土著，言语不通，一语须三四申述，然后互通，殊为难事。

　　冯月樵之分店，弟屡往驻足。开明之书并不多，不过与生活、黎明、仿古各家等量而已。据人言，此间书业营业总数，每年不过七八万，以教本为大宗。开明与冯合作，在此间设一分支，弟以为其事可行。只须将青年丛书多运一些来，必可适应大学生之嗜好。观商务、中华、世界之特约店家，所陈书皆陈旧，大学生所不屑观也。

　　翁回上虞，想府上必均安善。近见报载，寇有谋浙东之信，尊府自以迁沪为是。或此书到时，翁已定居法租界矣。

　　弟迩来日饮大曲，每斤五角，可饮四天。烟则本地烟叶，自卷，以烟管吸之。备烟管两支，便轮流洗涤。购烟叶一吊钱，可吸四五天。小菜中时放一点辣椒，且渐用韭蒜，居然四川人矣。

丏翁：

　　从邮公信中知翁近来心情尚闲适，殊欢慰。龙文兄名列丁籍，依理不当避，而于情自是苦事，避之为佳。弟在此间，亦常见一列壮丁，背后则老妇壮妇趋从掩泣。世非工部乐天之世，何所见乃如他们之诗也！

　　多出课外读物诚是最妥善办法。今出杂志，编辑发行俱困难。且杂志亦多矣，何必在多种之中添一种乎。嘱为拉稿，恐无希望。武大中教员名册印成薄薄一本，可见其多，然安心著述者恐难一二睹也。

　　夏师母远念满子，想必怅甚。近时时叉小麻将否？满子助理操作颇为努力，时为笑谈，家中生气为之增益不少。彼常与贵阳蕙君通信。

邨公：

"带""东""哼"之辨似甚明，而公与望道竟屡辩不已，必有甚精微之剖析，俟有结论，乞书示之。

绍兴尚安谧，不知可延续几时。倘或有警，尊翁尊堂谅仍往去年所赁之乡居。士敏兄当秋发病，亦复可虑。此病不在医药而在调养，清新空气，充分养料，皆乡间所具，且少所劳作，亦为养病之上法。或者延至明春，可不复续发耳。

观战局大势，似黔桂亦非安稳之区。几百事业殆均将绝而复兴乎。开明之忧虑，商务、中华何独不然。成都商务存货颇多，现源源南运，囤于乐山。弟寓石库门以外，累累者皆盛书之箧簏也。乐山现在无军事方面之机关，殆可暂安，然他日则不可知矣。

伯翁：

绍虞尚无信来。弟以距离遥遥，去书如投大海，故亦久未寄书矣。

颉刚到滇后已来信，云曾往探苗人之居。此公壮志勃勃，殊不可及。

硕丈心欲离苏，而事实上则甚难，无可为力，思之怅然。兄去书时当已代述鄙况。

致觉想有机会遇见，请告以济昌尚无消息。

二官功课忙，不能常常写信与清华汉华，请她们谅之。

调孚兄：

仙霓社又在沪开演，兄等观之，或有杜老重逢李龟年之感乎。

乐山只有一家川戏馆，弟想往看看川戏规模，尚未得便。影戏馆有一家，开映国产旧片，皆三官等所不欲看者。此间四个小孩子皆有影戏癖，而无从问津，未免使他们苦闷。

嘉兴王店一带，及乌镇、盛泽，近均有战事。兄故乡人来，当知其详，或有快事可广异闻者，希示之。

振甫兄惠书，久搁未复，请以此书交振甫兄一观，亦可知弟之近怀。

钱君匋兄来书索文，弟实无文可作，无以报命，遂稽作答。兄或与会见，乞代致歉意。

巴、靳二位在沪乎？久未得其消息，有人且以为或陷于广州。

端木蕻良在重庆，为《文摘》编文艺副刊，又编《文学月刊》，屡来索文，亦无以应。

剑三之子近由教育部派来武大入学，曾来探访。今日之青年真将足迹遍国内矣。

鲁翁全集弟仅得五册。山公在广州寄出之五册迄今未到，殆已付浮沉。丏翁交徐君带渝之八册，现虽未到，总有到时。不知最后二册又复何如。弟颇盼看鲁翁之未刊稿，若正在徐君带渝之八册中，则大慰矣。

范文澜《文心雕龙注》在武汉销场特别好，均由黄季刚门人提倡之故。弟今欲买一本，四处求之不可得。上海如有存货，可运一些到此，想尚可卖出百把本。

铎兄：

两承惠书，甚欢慰。近来愧甚，毫无所作，对老舍诸位之勇敢精进，尤觉暮气已深，恐难自振。偶为诗词，亦殊无新意境，如候虫之自鸣，未足以为大时代鼓吹也。

兄云工作照常，弟亦约略闻之，尤慰。暨大除予同兄以外，光蓁、文棋、健吾、东华仍在否？如在，均乞代致远念。兄所发现元代轶曲，其中有何出色作品（以内容文辞言）？乞示其略。教部收入后不知预备出版否？近见卢冀野作一文记其事，盛道兄与教长陈君，谓非二位之力则此书将泯没不彰。而彼之自述用"趋赴行在"云云，殊足想见其一副文人恶习，一个顽固头脑。

令爱当已长成为美好小姑娘，令入何校乎？附问尊夫人安好。

红蕉兄：

五日手书已到，而前此两信终于不来，殆失去无疑矣。以后若有暇，乞补告以苏州之见闻。我妹已分娩，大小均安，全家大慰。生男生女都一样，兄与我妹深明斯义，当感欢忭。母亲言，自己喂乳，为母者比较辛苦，多处已消费，也无须惜此戋戋，还是雇乳娘为妥。特为转告，希能采纳。

我家均安好，琐况如前纸，请参看。

冬官在学校想甚用功。希望他在课本以外再看别的书，报纸也要看，地图也要看。身体要锻炼，如今的青年身体非好不可。

天然妹：

手书诵悉。上星期墨林有一信寄上，想已先到。我家近况已详前面数纸，请参看，不再赘述。计小姐父女在苏，确是无聊，但无法叫他们出来，十分惆怅。

此信计写了四小时，手酸矣，以后再写。

敬颂

诸府安吉，诸位康善。

弟叶绍钧上　十一月廿九日午后三时

第三号

（一九三九年一月三日）

诸翁同鉴：

沪嘉第二号信以上月廿八接读，历时十日，尚不算迟。徐伯鍙君带渝之书籍衣料，今日始接到鲁翁全集八册，衣料付邮在后，大约须再延些时。此八册寄了一个半月方到，可谓慢甚，盖由岷江水浅，渝嘉邮船班数不多之故。鲁翁集已有十三册在此，前山公在广州代寄之五册，不知有一日能寄到否。又，末了二册如何，乞调孚兄一查。

弟上课已一月，兴趣尚佳，不致感厌恶。学生程度不好，只嫌上课时间太少，不能多为讲解。作文三班共有一百廿本，两星期改一次，天天还不清的债，未免感苦。然学生似颇有领会弟改削之苦心者，则亦足以自慰。不久更将有两个国文先生到来（其一为冯沅君），弟之学生当可分去一部分，则弟轻松矣。

朱孟实近亦来此任教。缘四川大学闹易长风潮，朱牵入旋涡，此间邀之，遂离蓉来此。其夫人尚未来，不久将到。欣安亦独寓此间，时来谈话。近芬女士在湘潭乡间，一时不易来。

我们均安好，一切如寻常居家模样。小墨在武大旁听英文课，在家看一点史书。家母、墨林、满子治家事，虽不甚得闲亦不太忙。油灯之下不能看书作字，弟则为大家讲讲诗词。弟觉得四个孩子于语文均有长进。弟自己差不多不看什么，来此唯一工作即为改文（讲授无须多预备），以喝酒作诗词为休息，实亦太不长进矣。另纸录二律乞诸翁吟正。

弟近来瘦得多了，颧骨突出，四肢均是宽宽的皮。两鬓白发亦生得特别多。但朱孟实比弟更见老，背弯，目光钝，齿少了几个，发音漏风，竟是老人了。他以前壮健如运动健将，不知何以老得如此之快。

仲持患病，闻之怅怅。其兄在重庆，何以迄无音信寄沪。云彬在桂林。子恺有入浙大之意，而浙大尚无法以位置之。此是昌群来信所言。向觉明亦在浙大，有信来问及伯翁。浙大亦有招弟之意，约于今年暑后去此之彼。弟言今日之事焉能预料，且缓谈可也。若尚有书可教，即不愿再携家赴宜山矣。

《百八课》有何犯禁而亦被扣！然再一转念，甚于此者正多，此其小焉者，何足挂齿。

平伯、绍虞均无信来，路途遥远，弟亦无去信。

玄兄来信，谓以居港身体不好，将转往他处，何往尚未决。其刊物则由楼君接办。

今日尚作报屁股之争，足见文人无聊。他们如见老舍一班人热诚团结文人之态度，应当愧死。

红蕉久未来信，敢恳伯翁以电话告彼以我家安好之信，并言切盼其来信。如有便，以此信交与一看更好，因再写一遍亦不过此几句话也。

周莲轩来游峨眉，独自踏雪上金顶，可谓豪兴。弟与盘桓二日，同看山东戏剧学院之京戏。此君现为商务要人，其来盖往成都筹设印刷所，然工料俱不合条件，无所成。

洗翁已出来否？去年此时在重庆晤面，如今天各一方矣。

此信本拟白天写，而白天来了人，遂延至夜间。灯下实在不易写（弟眼光大不如前了，灯下看五号字也有点勉强），只得少写些，留待下次再写。即颂
诸翁道安，并颂
诸府佳吉。

弟钧上　廿八年一月三夜

第四号

（一九三九年一月廿一日）

诸翁均鉴：

又二十余日未接来书矣，虽无切盼知悉之事，而展诵数笺，欢如良觌，穷居之人甚需此乐之沾溉也。弟之作书，亦无必待上闻之语，而心神互通，虽恒言亦觉其畅适，以是情怀，遂又执笔。惟生活如刻板文章，言之弗能长也。时日匆匆，来此授课已过一学期之半，再历如是时日之三倍，便放暑假。不知更将经若干倍之时日而舍此生涯，又不知何年何月乃得去此乐山——乐山虽不恶，然所谓"非吾土"也。游观已遍，访问殊无聊，读书究乏味，则兀坐一室，视天窗日影渐移，以待夕暮。酒后与妻子闲谈，或涉诗文，或评世态，同学来杂坐，更引喉而歌，间以笑语，此是迩来至乐矣。生活渐贵，肉价已至二角八分，其他杂用俱见提高，惟尚不及重庆、昆明，斯可慰己。发现一家售土制仿绍者，试沽之，三角一斤，味尚不恶，即以代替大曲，每夕饮十两上下。

晓先在贵阳，以不胜生活之简陋欲迁重庆。勖成答以"来总有办法"，不知其已否启程。

玄珠已至新疆，任新疆大学文学院长，飞行而往，殆未携眷。此从报端知之，尚未接其书函。

大学殆是一骗局，师生互骗，学校与社会互骗。大学之最有意义者二事：一为赡养许多教师；二为发出许多文凭。教师得赡养，可以不饿死；文凭在手，可以填履历：如是而已。弟以作小说人之眼光观种种现状，颇得佳趣。若连续任教师三年，当能作一小说，以大学为对象，令教育专家爽然自失也。即弟自己亦骗局中之一员。弟何所知乎？而人以为有所知，同业与我商谈，学生就我问业。当斯时也，亦复俨然自以为有所知，正颜庄语，"像煞有介事"。另一个"我"在旁，不禁窃笑。此等语不便告同业与学生，然于家中诸人则拆穿言之。今书告公等，以公等如弟之亲弟兄也。

此地沿山，多见"蛮洞"。凿山深入，高可容人，广约五六尺，中有石台壁穴。相传是昔时蛮子所居。有人考据，则谓是汉代及其后之墓葬。其证为（一）偶见有雕刻之罘罳，其图案与汉代无殊；（二）曾于其中发现瓦棺之碎片。遂推断石台所以陈棺，壁穴则安置明器。二说未知孰是。要之即为墓葬，而蛮子据而居之，亦可能也。此为天然之防空洞，惜太龌龊耳。距乐山二三十里均产盐之区，闻盐井之开掘与盐汁之抽取，皆有可观。缓日将一访之，再以所见奉告。

此间接来书，每以不悉上海生活琐状为憾。公等能一一絮述以慰相思乎？此非弟一人之愿也。

余俟后陈，敬请
道安。

弟钧上　一月廿一日

第五号

（一九三九年一月卅一日）

邰公赐鉴：

承示语文教学会盛况，颇兴遥想。朴安先生识解通脱，自是渐染之效。若弟此间所见，殊鲜其俦。大都拘墟自守，笃旧者以经子为秘宝，趋新者以理论为纲维，而于语文教学之鹄的，学生习文之指归，均未涉想及之。因念学之前途似甚少曙光。最近教部请专家拟订大学课程草案，中国文学方面出佩弦手笔，中国语文学方面则属诸罗常培君。佩弦扩大文学史之内容，将周、秦经子与宋、元词曲兼容并包，而不复另立他科。罗君拆散旧日之声音、训诂、形体等科以归入现代语言文字学科，并注重文法、修辞。此亦至寻常之见解，而印刷品分发于各大学，讥之者蜂起。一般人盖以为往日办法已属至善，偶或更张，即为外行。其实循旧日课程，学生用功则成学究，荒惰则一无所得，求其继往而开来，未可得也。

尊见动词性质不同，弟以为此途大可进求。动词之名本不妥帖，严几道称为"云谓"，意义深长。且及物、不及物，或自动、他动，均就其作用而言，而如副词、状词之分类则皆就性质而言。苟能精为分析，继以归纳，看云谓词究有几种性质，一一为之分别部居，则亦文法界之盛事矣。今日之世，他无可谈，倾心此业，博弈犹贤，愿公勉之。

承询乐山地方病，诚有之，屡次作书乃忘提及。此病本地人谓之"pā病"，"pā"系软义，而此病病状则全身或局部瘫痪，不能举动，并不软也。武大于去年初夏迁此后曾有二同学患此病而死。旋校医发现有一种强心注射剂可治此病，遇患者即用此药，遂无复殒命者。至其病是否有病原菌，抑系感不良气候所致，尚不可知。苟有心于医学者，大可下功夫研究，惜无人有此野心也。此病患者并不多，武大不过二十余同学尝患之。患者皆男青年，女子患者尚未有。预防无法，医生惟言过劳或受寒皆宜戒之。[1]

山公驰赴各地，贤劳堪感佩。凡可以致力处所，绝不放过。此是我族最可贵之传统精神，将来复兴必基于此。

大作诗词亟盼拜读，下次赐书幸勿吝纸墨。王星拱为校长，凤治科学，而近颇为诗，殊不坏，科学似不谈矣。

余详他笺。即请

---

① 《文学集林》刊出时将此段移入二月十八日（第六号）致诸翁信中。

道安，并颂潭吉。

弟钧上　一月廿八夜

调孚兄：

惠书敬悉。《文心雕龙注》各处俱不可得，即亦拉倒，弟现在并非必需也。《十三经索引》弟手头亦无有，初来时见开明分店尚有数册，他日问之则已售去，而几位同行之案头皆新添一册矣。他们皆是第二次购买，诚好主顾也。此等书若能重印，自然仍有销路，惜寄递为难耳。

鲁翁全集由山公寄渝之七册，或许搁置中途，将来有送到之一日亦未可知。即不寄到，其各册自为起讫，亦无妨也。鲁翁之诗想不少，若能辑集印行，至有意思。兄若有便，似可向纪念委员会建议。

知堂被刺未伤，而连累及于朋友与车夫，懊恼差同。此后精神上之痛苦必尤难受。不知彼何以必须为北平寓公也。

雁冰赴新，弟早知之，惟以为彼独自前往，今接兄书，乃知与夫人子女偕。曾去一长函，探询其校详况。新省庶政与他省并不划一，今办大学或亦独辟蹊径。报载该校有外籍教师若干，殆苏人也。

弟在重庆除听穆藕初唱一曲外，未尝闻昆曲。前月接章元善兄来信，言公余无聊，加入曲局习曲，其教授未知是传铖或传芗否。元善兄勤劳不辞，事事务责实效，有墨家之风。而今乃亦度曲为遣，足以觇政界之平静无事，求有为而不可得矣。

本月十五日重庆被炸甚烈，死伤数百人。亲友数家俱已来信告慰，幸得无恙。大概中等以上之人家、店铺均凿山为洞，避匿其中，较下江之防空壕自见可靠。而贫苦之家无力凿山，则惟有听之天命耳。川省被炸县份已不少，嘉定尚未轮到，以常识度之，最近当不

077

致受殃也。嘉定有"蛮洞"，前信已提及，为天然之防空洞。惟此地两面濒江，弟寓所适在二江会合之角，欲返身往靠山处所或渡江往对岸山下均须相当时间，临时奔避必且无及。此亦只能不去管他耳。

说起冀野，尚有一事可告。彼编辑一种期刊曰《民族诗坛》，专刊新旧体韵文及关于韵文之论文。试展观之，则衮衮诸公之作为多，宜改名为《官僚诗坛》也，一笑。

兄仍寓西区否？每日乘电车往还，费时多而劳困，奈何？尊翁尊堂仍居故乡耶？

余详他笺。即颂

覃吉。

弟钧上　一月廿九日上午

伯翁赐鉴：①

接沪嘉三号信，欣悉一切。计老先生与圣南不知何以不寄一书来蜀，随笔书一二笺，托兄附寄，其事至便也。元善前此提起之徐君本在义赈会办事，与圣南对坐，近在贵州省府任秘书，本是好亲事，不幸其人已病故。上海方面若有相当人物，兄可为之作伐，亦代硕老稍舒胸怀。

汉华将与芷芬订婚，闻之大喜。芷芬朴实干练，东床佳婿也。敬代表全家老幼遥为伸贺。

青石弄房屋不曾炸掉，反而多一累赘。陈妈要求接济亦在情理之中。弟以为兄与红蕉所商定者最妥。若红蕉有便人到苏，即乞带去若干，其款请代为支付为感。房屋若能有人搬进去住，则无妨与陈妈交涉清楚，以后不再烦她照管。惜竟无其人。其实此屋究属弟

---

① 《文学集林》刊出时将致伯翁信置于其余各信之前。

与否，今尚不可知，而不免为之略一操心，且累及亲友，甚矣身外之烦人也！清真词曰："且莫思身外，长近尊前，"虽嫌颓废，完善自适。

弟近来每夕饮土制仿绍，半斤而止，亦复可以消磨一小时。家母、墨林则各饮大曲一杯。日间无功课，天气苟晴佳，弟恒与小墨、满子、二官等过江闲行。负暄迎爽，山翠四围，倦则披草而坐，兴尽则觅渡而归。友朋之寓鲜往探访，殆如块然孤寓也。此间同事风习，访问必回拜，纯属礼数，毫无情趣。弟不欲开端，必俟人来过。不得已勉一回拜，故往还无多。学生来者转多可谈，且无回拜之烦，意颇乐之。其中阅《中学生》杂志者不少，均于此志之注重语文研究特感兴味，且谓获益颇多，闻暂时未能续刊，皆致惋惜。而怀念《新少年》及《月报》者亦颇有其人。附笔奉告，亦使诸翁知外间对于开明有甚深之友情也。①

致觉近如何？仍在大同作教否？济昌迄无消息，不知彼处有无音信。以我辈揣测，宾若夫人必甚心伤也。

在乐山得一同乡曰彭枕霞，蒋企巩之姊丈也，无所事，携夫人子女居此，专为避难。以乡音互谈，各深欣慰。

余详他笺，即颂

覃吉。

弟钧上　一月卅日上午

洗翁赐鉴：

接手教有或将重行入川之言，为之雀跃。果有其事耶？抑令我空欢喜耶？大驾再来必先至重庆，其时江水方生，轮舟溯岷江而上

---

① 《文学集林》刊出时将此段移入二月二十八日"致诸翁"信中。

直达嘉定，为时才四日半耳。敝寓仄狭，固不足供翁下榻，然此间旅馆尚清洁，可安居也。剪烛夜话，烫酒深谈，其乐当尤胜于在渝之时。又，峨眉密迩，不可不往一游，晚虽有校课，亦必请假同往，一赏胜景。闻人云，上下虽可乘滑竿，而领略佳趣究宜徒步，不求速达，少进即止，遇寺而歇，亦不过七八日之程耳。翁其有意乎？开明既于浙东各邑尚须竭尽人力，冀得出路，则于西南广区自宜通盘筹划，开辟利源。而翁驾轻就熟，最为胜任者也。何日启程乞先示知，俾得伫候。"生活"在嘉定，近已与特约店家取消前约而自设支店。来者二人晚已遇见，皆精明强干之青年。"生活"中人自有风格，一望而知。嘉定有一武大，学生千数人，旧有书店皆冥顽不灵，新书店自可认为一个好地盘。冯月樵之分店营业亦马虎，嘱配书籍久而不至。若他店真能"为读者服务"，生意可完全转移过来。

十五日重庆被炸，自朝天门沿嘉陵江而西，至于曾家岩。受灾各地皆翁与晚所曾经，思之怆恨。现在多数店家改为下午三时开市，居民自动疏散者甚繁。沿嘉陵江、岷江各邑，闻皆人满为患矣。刘仰之有一同居李姓，其嫂与二侄往草场坝，俱被炸死。周勋成全校师生八百余人，责任至重，虽有最佳之防空洞，而临时照顾难周，殊无妥善办法，来信言正踌躇。

晚家来此后颇食鱼，鲫鱼、鲤鱼、青鱼俱有之。每斤价二角，不算贵。现用大灶，煮饭做菜方便多了，不复如在西三街之局促一炉。重庆大阳沟有花摊，此间乃无此一项营生，偶从人家乞得梅花，则视为珍奇。将来殆亦无海棠芍药可得。

余详他笺。即请

道安。

晚钧上　一月卅日午后

丏翁赐鉴：

手示敬悉。诗词意境萧瑟，弟初不自觉，今诸公皆以是为言，覆按之果然。弟心性简单无殊于三官，于外界一切鲜察其究竟，于未来之日亦不为预想。此在骨子里近于悲观，遂发而为萧瑟之音，未可知也。然感情上不甚喜萧瑟，以后当徐徐改之。

承示向公司提出停薪声明，高怀公义，至深钦佩。洗、邺诸公惠书，言已勉依尊旨，想必为之一快。时势如此，友好无多，开明一局非独营利，亦以气类之相合，遂团结逾十载，而此团结中之几个人固莫不愿翁身心安愉也。老大云云，正不必挂怀。弟近亦"视茫茫而发苍苍"，然只在写信时偶尔提及，平时不复管他。此或足征其识类童稚，然颇欲以是为翁劝也。

垂询善、满婚事，并示变通办法，而诸翁亦有从早举行之议，读之感甚。婚礼自当从简，而亦不可过于草草。在嘉请客，同事、学生取其接近者邀之，而孟实、欣安与我两家为熟友，可为证婚。至上海、上虞、苏州亲友，似可留待他日弟家东归时再说。现在尚未能定日期者，一须由医生为小墨检验身体，二须将寓所搬动一下（现在寓所无可为新房之房间），三须添置一些衣物器用。俟此三者毕举，即当选定日期，驰书奉告。惟念结婚而后，或不免即有生儿育女之事，此在青年新娘实非佳运，而家庭之中亦且增事不少。弟虽通脱，犹不能庄颜而与语生育节制，以此不无踌躇。谬妄之想，翁或笑之乎？

满子忠厚之至，与我们共处年余，弟益见其可爱。跑路既多，识见大有长进。近且于翻译小说、创作小说以外阅读东华所编国文教本，每日并写日记，如是久之，笔下必能顺适。今日彼寄一信往白马湖，问候其嫂（绍兴与此间邮递可通，亦不过一个月耳）。对于父母时时萦念，闻常有到家之梦。衣物由祥麟兄自渝转寄者，今尚未到。川省寄包裹本难计算时日，想不致遗失。夏

师母近况如何？不特满子，墨林等亦深怀念，以后赐示希一叙焉。即颂

潭吉。

弟钧上　一月卅一日午后

第六号

（一九三九年二月十八日）

诸翁赐鉴：

沪嘉第四号书前日接读，丐、伯二翁详示家庭近况，洗、调二翁缕述沪上近闻，读竟愉悦无量。邰公返绍，不知其尊人即复康泰否，遥念无极。昨见报载，敌有侵入宁、台之意。果成事实，则宁、绍朋友回乡颇感困难矣。颉刚尊人去世，弟已从彭枕霞处知之，送死惟一聋哑之孙女，极凄凉矣。

今日为阴历除夕，弟家略作点缀，祀先，吃年夜饭，一如年例。最近以二元四角买得麻将牌一副，灯烛之下，不便预备功课，批改作文，则偶尔打牌四圈。无胜负之劳心，诚"卫生"麻将也。

伯翁课儿女以历史，弟则课儿女以词章，以言实用，俱不相干，惟让他们多一点常识，究有无用之用。试以大学生之文卷令他们观之，颇能知其疵病，将来于语言文字之学不必多费心力，即是便宜。

调孚兄所称曙先，不知是否方光焘兄？东华文法新系统，有无文篇可寄弟者？弟亟盼闻之。芷芬受伤，轻重如何？下次读惠书，谅可得知其详。

屡次上书，此书最简短，亦以他纸已多，分量已重，不便再多写也。

洗翁有重来西南之说，果成行否？盼之盼之。即请

春安。

弟钧上　二月十八日上午

第七号

（一九三九年三月十一日）

丐翁：

拜诵手示，悉尊怀已宁适不少，为之欢跃。规范以绳己，宽容以待人，此论甚卓，最为处世善道。弟之凤习亦差近斯义，故于所遇纵至不堪，亦不至于愤怒。于大学教师生涯，尚未能言不快之感，弟以作小说之眼光观之，觉此中乃空无所有，遂不免作爽然之一笑。

马一浮先生近应蒋先生、孔院长之聘，即将来乐山创设复性书院。马与贺昌群兄为浙大同事，贺介弟于马，到时当来访。闻其人光风霁月，令人钦敬，则他日得追陪杖履，亦一乐也。子恺已在浙大得功课数小时，并兼训育职务，不日即往宜山。然宜山非善地，浙大更将他迁。前月曾被炸一次，百卅余弹落校中，殊骇听闻，幸未伤一人。

余详他笺。即颂

潭吉。

弟钧上　三月十一日午

调孚兄：

告兄一可喜事，广州寄出之鲁翁全集七册居然到矣。计其在中途时日，历半年有余。邮局总算负责，深可感谢。川中有是集者殆

不甚多，而弟书架上居然有之，足以自豪。尚有一事乞于便中向纪念会中人一问：弟代重庆巴蜀学校订乙种精本一部，其书有无方法寄渝？如无法，可否退还五十元？弟既为推销员兜售于前，自不得不问明究竟以尽责任。

雁冰似尚滞留兰州，闻人言如是。弟寄航函往迪化，迄未得复，亦为旁证。

尊翁尊堂安居沪寓，闻之欣喜。兄胃病新愈，尚宜加意珍卫。

余详他笺。即请

侍安，并颂俪福。

弟钧上　三月十一日午

邠公赐鉴：

接读手书，悉尊翁病已就痊，为之欢忭无极。承告绍兴近况，读之恍如亲历。

雪舟兄抵万后，弟处迄未得其消息。前次万县大轰炸，书店区受灾颇重，大为惴惴。曾作书问祥麟、步云，他们亦无回音。岂祥麟等已离渝耶？最近宜昌又大轰炸，市区去其十之七，去年年初弟徘徊之所，殆已血肉模糊，瓦砾遍地。回思此行所历各地，几无不如是，惨况之重殆破纪录矣。

文法讨论诸文如能搜集惠寄一份，感甚。以平信付邮，虽缓慢终有到达之日。

商务之《学生杂志》已复刊，承他们寄赠，似平平，无甚精彩。

余详他笺。即颂

潭福。

弟钧上　三月十一日下午一时

084

伯翁：①

　　五号信早收到，现在寄一信，十天可达矣。学期终了，武大正举行考试，试后有十天之假，弟可得两旬之休暇。本可游峨眉或成都，然懒于动弹，则亦任其空过，出游且俟暑假中再说。偶得晴明，则往对江闲步，或往江边拾石子。此间石子至可爱，胜于前往子陵钓台时江中所见者。凡色泽、纹理、形状有可取者则捡之，归来再为淘汰。如是者再，可得若干佳品。蓄于盆中，映日光视之，灿烂娱心。

　　此次读来信，得知济昌下落，最为快慰。此君亦太惜墨，何以不寄一名片与我。宾若夫人曾到尊处，岂已迁居上海耶？

　　芷芬伤臂，医治获无恙，亦可欣慰。我们在这里说笑话，兄诸爱几乎俱已有婿，十余年后，诸郎亦皆娶妇，于是子、媳、女、婿满堂，兄为半个郭子仪矣。

　　久未作诗，有一律②，似尚未抄呈，录之为结束。即颂

覃吉。

　　　　　　　　　　　　　　　弟钧上　三月十一日午后二时

洗翁赐鉴：

　　今夏大驾不果来，殊深怅惘。游山须有胜侣，翁从容领略，娓娓清谈，最宜为游览团体之领队。不得附骥，虽临胜地，味必较减。俟暑假中，只得携小墨及三数学生往峨眉一观。墨林自问体力不济，不拟偕往，仅思至成都一游，届时晚或陪去。成都有贺昌群夫人，有刘甫琴夫人，有俞守纪，有曹葆华，不乏东道主，当不致茫无所适。

---

①　《文学集林》刊出时将致伯翁、洗翁两信置于其余信之前。
②　诗见本集第四辑：《檐月》。

诵邺处曾去函问候，未有回音，或已他往。各处音问阻隔，发信如石沉大海，是迩来最无聊事。愈之已离渝，乘飞机至桂，中途闻警，遂往香港，仍将候机至桂。云彬来信言如是，今或已在桂林矣。

嘉定交通不可谓不便。现在每星期有三班飞机自渝飞来，可见当天之重庆报纸，晚订阅《新蜀报》，中午时即递到，较重庆迟半天耳。再阅一月余，江水上涨，即有自叙府来之汽船。届时必有大批人家疏散来此，于是房屋更将难找，物价更将高涨矣。

此地有鱼曰"江团"，为名产，每斤价一元四角，尚未获一尝。近饮眉山产黄酒，尚不恶，价三角二分。老母与墨林则以大曲为可口，各尽一盏。此间之大曲为成都产。

余详他笺。即请

道安。

晚钧上　三月十一日午后二时半

第八号

（一九三九年四月五日）

诸翁共鉴：

第七号书寄发后又二十余日矣，盼来书不至，弥深遥念。此二十余日间，南昌又告陷。回忆前岁初冬，弟羁留南昌数日，迎眷不遇，晨夕徘徊百花洲畔，北风乍厉，湖水凄碧，此景如昨，而其地已为修罗场。岂凡所经过，必一一罹斯劫乎！思之太息。

本星期中至美、至诚均有三数日之春假，小墨有旧同学在武大者三人，说得高兴，相约为峨眉之游，并满子而得七人，以前日晨登程。天不作美，忽作春寒，又复下雨，未知他们淋漓何似。来回约须一星期。日来寓中寂然，热闹已惯，此寂亦复难耐。酒罢无聊，因与诸翁笔谈。

小墨已考取国立中央技艺学校。该校系属初创，分科甚多，彼隶农产制造科，其科校址即在乐山城外。学校送上门来，且系传授实用技能，毕业年限只二年，膳食制服而外无他费，自无不往报到之理。下旬即将入校，距离较远，势须住宿，星期末自可回寓留住。前言拟移寓，俾小墨、满子结婚。今探问再三，所见之屋皆不如现寓，而价且倍之三倍之。遂绝迁移之想，即日招木工将现寓略事改动，使多一房间。俟修筑完竣，再购置一些家具，即当定期结婚，或不迟至暑假。其期定后即当驰告丐翁与诸位亲友。

马一浮先生已来，因昌群之介，到即来看弟，弟与欣安陪同出游数回。其人爽直可亲，言道学而无道学气，风格与一般所谓文人学者不同，至足钦敬。其复性书院事，想为诸翁所欲闻，兹略述之。先是当局感于新式教育之偏，拟办一书院以剂之，论人选，或推马先生。遂以大汽车二乘迎马先生于宜山，意殆如古之所谓"安车蒲轮"也。（马无眷属，唯有亲戚一家，倚以为生。）接谈之顷，马先生提出先决三条件：一，书院不列入现行教育系统；二，除春秋释奠于先师外，不举行任何仪式；三，不参加任何政治活动。当局居然大量，一一赞同，并拨开办费三万金，月给经常费三千金。而马先生犹恐其非诚，不欲遽领，拟将书院作为纯粹社会性的组织，募集基金，以期自给自足，而请当局诸人以私人名义居赞助者之列。今方函札磋商，结果如何尚未可知。院址已看过多处，大约将租乌尤寺，寺中有尔雅台，为犍为舍人注《尔雅》处，名称典雅，马先生深喜之。至其为教，则以六艺。重体验，崇践履，记诵知解虽非不重要，但视为手段而非目的。此义甚是，大家无不赞同。然谓六艺可以统摄一切学术，乃至异域新知与尚未发现之学艺亦可包罗无遗，则殊难令人置信。马先生之言曰："我不讲经学，而在于讲明经术。"然则意在养成"儒家"可知。今日之世是否需要"儒家",大是疑问。故弟以为此种书院固不妨设立一所,以备一格,而欲以易天下,恐难成也。且择师择学生两皆非易。国中与马先生同其见解者有几?大纲相近而细节或又有异,安能共同开此风气?至于学生,读过《五经》者即不易得,又必须抱终其身无所为而为之精神,而今之世固不应无所为而为也。昌群兄已离宜山,有电来,下旬可到此。书院若成,彼殆将佐理事务。而弟则别有私喜,多得一可以过从之良友也。

吴瞿安先生逝世矣,诸翁或未之知。吴先生自苏而湘而桂而滇,居大姚县其学生所,送死者惟其夫人。闻其所藏书,带出者仅少许,余俱在苏,略有损失。在苏留守者为其长子及祖姨太太。长子痴顽,不通世务,老姨太太殆未必知书,不知能善保其残余否?彭枕霞与吴家有戚谊,弟代为撰一挽联云:"一别判人天,永忆偕为三楚旅。万方犹困厄,应悲不见九州同。"枕霞盖与吴先生结伴偕行,同寓湘潭者数日,后乃分道。一年以来,闻客死他乡者已多,不胜怅怅。[1]

四月五日夜九时书

伯翁:

沪嘉第六号信昨日接读,此信历十六日而达,较迟缓矣。丏翁适于此时返湖上,欲出不得,两地牵挂,最是难受。惟冀沪、鄞之航早通耳。

山公到桂,祥麟、彬然来信均有提及。云将赴筑、渝,不知能多走一程,一游峨眉乎。弟得一晤山公,如晤诸公也。彬然信中言将恢复《中学生》,彼与祖璋主之,而令弟居社长名义。弟答谓他人

---

① 《文学集林》刊出时将此段移入三月十一日致伯翁信中。

或有未便，弟居其名自无弗可。今后我们要说真有所见的话，不效一般人搬弄几个名词术语，一切都是从嘴唇边滚下来的。又，我们要特别提倡个人之志概与节操，天下事未可料，今日之读者或者命里注定要当"遗民"，须有志概与节操，将来乃有声望。此二意皆有感而发，言之有深痛，兄当解之。愈之、云彬等均愿为该志帮忙，可以拉拢之作者复不少，想可做得不坏。五月间即将出版，且是半月刊。山公极主此志之复刊，想于寄递推销均已有妥善办法。弟在此间接触学生多，均怀念此志不已，则此志诚宜复刊也。

小墨等离家游山七天，归来面目黧黑如返自热带，实则山顶寒气之影响也。滑雪而下，衣裤俱破，多跑路，两腿几僵。然不能不佩服他们之豪兴。带回山顶万年寺自制新茶，清酽芳烈，胜于上好龙井，西行以来，仅尝此味。我们平常喝云南沱茶，浓而已，全无清趣。

兄今年五十矣，寿辰何日已忘之，乞告。回思卅年交情几如兄弟，不可不作诗为寿，俟其成篇，即当飞寄。

本学期上课凡十六星期，已去其二，暑假有三个月，是自己的光阴。弟拟一往峨眉，或再转往成都，余则作几篇文字。

匆匆，余俟后陈。即颂

潭吉。

弟钧上　四月十日午后三时

第九号

（一九三九年四月廿七日）

伯翁：

今日初不意料而得惠寄之第七号信，快慰逾常。兄寿辰已过，而弟诗尚未作成，匆匆又作不起来，只得缓日寄上，以为"补寿"。

昨得天然妹信，称圣南将入上海法租界之妇孺医院任看护。有事可做总比困居乡间好一点，然该院系天主教所办，严肃枯寂，恐非圣南所堪。前托寄硕丈一信，不知有复信否。硕丈若有所需，乞即觅便致之。天然妹抄来曲谱数支，请代致谢。因明早即须发信，今夕时间已晚，不及作复书与她。亦以此故，此书不能甚长。红蕉兄处请得便转言，远念无极，希望时时寄短简告平安。

邬公：

承告山公、雪舟兄、祥麟、步云诸位近况，弟已接他们来信，一一均早得知。相距遥远，航空信也不见其快，常常有此等情形。仲盐兄消息久无所闻，今知常居马山，万一有警，当可为数家亲戚之领导。日来赣北鄂南捷报频传，大是喜事。

《中学生》恢复，彬然已来三信。弟欲勉力作文，但尚无所成。武大方面大约可以拉一些稿。其研究生物者，入川以后颇有收获，发为文章，至足引人兴趣。

丐翁：

得手示知已返沪，为之大慰。物价腾贵，抽调壮丁，各处引起悲号，然似无因而致怨于拒寇者。

弘一法师近书可宝之至，所书经语尤可爱。近得马湛翁书、马叔平书各一纸，将与此共付装裱，挂之寓中。此次满子呈上之拓片，系峨眉金顶之铜碑，有王字之架子而已，风神殊谈不到。满子得之，亟欲供翁观玩，亦见其孺慕之诚。

日来寓中正做木工，敲击之声不绝。完工之后，弟之坐南向北一间让出，将来为善、满之新房。如一切部署完毕得早，婚期或在暑假前，以后当将确期奉闻。

小墨已入校，其校距此七八里，步行一点钟可达。中央现办专科凡二十一科，某大学于某科有特长者，专科即附设焉。余下六科（制革，造纸，蚕丝，染织，水产，农产制造）无处可附，乃特办一技艺专科学校。功课并不低于大学，四年之功课赶于两年学完，且比大学为切实，多实验实习。小墨学农产制造，重要功课为化学与微生物学。将来大概能制味精、酒、酱油之类。弟于斯校，以为尚可满意。开发西南，现似在努力。"等因奉此"固然不免，而切实有效之举措抑或有之。最无意思者应推普通大学与中学，最不努力者为大学、中学之教师与学生。若能尽闭普通大学、中学而改为专科，尽驱各级教师、学生为专科之研究与练习，则成就当有可观。弟常与学生谈，我们今后可为之事正多，万一不幸而亡，则谋恢复为一大事。否则各项建设不知需几个"五年计划"始可完成，于其中参加任何一项，尽可供其心思才力。如此想头未免简单一点，然弟即因此简单而犹能欣欣然也。翁长于弟不到十岁，且友朋公认翁童心未泯，酒酣耳热之际，兴致亦复飘举，盖亦同此简单之想，准备再奋力十年二十年乎！

子恺已到宜山，前日来信。彼本欲与马湛翁常在一起，孰知浙大之事成而马已离开。今后浙大将迁云南建水，子恺一行十余人，随往不便，留宜山又无意义，大是可虑。

马湛翁人极好，除说些他的本行话未免迂阔外，余均通达。书院事尚无定夺，寄信往重庆，回信尚未来。余俟续陈。

调孚兄：

承写三纸之长信，告以种种，感极。弟仍想作小说，但作不出较好之小说，所以迟迟。暑假中或可作一些登《中学生》。

望道先生之文法讨论集，出版后务乞设法弄到一本。鲁翁全集跋涉半载，乃毫未损坏。学生来借此书者颇多，已不很干净矣。弟买了二百元书，居然成为小小借书处，亦有退学学生将借去之书带走者。

请止于此。颂

诸公安康。

弟钧上　四月廿七夜十时半

洗翁、均正兄均此。

第十号
（一九三九年五月九日）

伯翁：

尊书第八号之到此，距第七号不过一星期，得之意外，开缄读之益欣慰。本月三号起，重庆连被轰炸，所投多烧夷弹，死伤之惨，损失之重，均开新纪录。据闻已捡出之尸体达七千具。热闹市街去其六七，若新丰街，大梁子，新街口，左营街，均洗翁所熟知，俱成灰烬。水电亦均破坏。报馆去三家（"新蜀""大公""新华"）。宽仁医院全毁。因遥念祥麟不已。西四街燃烧，青年会亦中弹，祥麟所居西三街围在中间，不知安否。欲去信询问，恐已他迁，将无法投递，因作罢，且待探听几日再说。巴蜀学校一带未见提及，想无恙。刘仰之处、章元善处亦当安全。然人未必守居家中、办事处中，则安全与否亦正难言。此间得重庆被炸信息后，校中师生悬悬于重庆之家属友朋，均不安之极，去信去电者不知凡几，现皆未得回信，忧疑尚未释。此殆如买彩票而未开彩时，一旦揭晓，必有中彩者矣。

今晨四时，忽闻警报，为来嘉以后第二次。闻声呼起，一如在苏时。次乃报"紧急"，则屏息静俟之。然殊无飞机到来，历二小时而"解除"。后知飞机到了泸州与内江，投弹否不详，其数为三十余架。他们最近既念念于川省，此间殆不免受炸几次。他们纯取扰乱人心之方针，复何处不可扰乱。嘉定城为三角形，两边沿江，一边为小山。有一部分人闻警即渡江，而日来江水正涨，一渡须二十分钟，手忙脚乱，人众拥挤，恐有落水之患。弟家人多，决难出此。出城往山中亦不易，步行须半小时；缘弟寓正在二江汇合之角，距江近而距山远。以此，日后若复闻警报，只得仍留寓中。寓屋旧为油栈，四川木材不值钱，皆用巨大木材，似颇坚固，震坍尚不易。弟居在最后进，背后为小街，右侧有空地，若来者携烧夷弹，中在前面，可破壁而出，中在后面，可往前走。惟有当顶投下，则已矣。所以琐琐为诸公告者，无非欲诸公放心耳。

昌群兄已来，其自重庆来此以飞机，若多留重庆四日，即有受惊之分。不日将往成都接眷，已租屋于城外三里许。复性书院已决定开办，开办费三万，经常费月四千，孔院长又为拨基金十万。振铎兄不赞成昌群兄去浙大而来此，调孚兄以为此举系开倒车，弟均同感。丏翁言其六艺之教为礼、乐、射、御、书、数，而其所教非此六艺也，盖诗、书、礼、乐、易、春秋也。最难通者，谓此六艺可以统摄一切学艺，如文学、艺术统摄于诗、乐，自然科学统摄于易，法制、政治统摄于礼。其实此亦自大之病，仍是一切东西皆备于我，我皆早已有之之观念。试问一切学艺被六艺统摄了，于进德修业、利用厚生又何裨益，恐马先生亦无以对也。弟极赞其不偏重知解而特重体验，不偏重谈说而特重践履；然所凭借之教材为古籍，为心性之玄理，则所体验所践履者，至少有一半不当于今之世矣。好在学生决不会多，有一二十青年趋此一途，未尝不可为一种静修事业，像有些人信佛信耶稣一般，此所以弟前信有"以备一格未尝不可"之说也。大约理学家讲学，将以马先生为收场角色，此后不会再有矣。

《书巢记》迟至暑假中必当作成，寿诗亦必作。绘图征题，在今时似非有趣之事。试思我辈友朋中，写得一手好字者有几，许多不大高明的字聚在一起，看看便觉讨厌矣。兄谓然否？弟即以此故，不大想请人写字。最近马叔平来，以一纸求书，弟欲得其篆书而来了一张隶书，看看也平常。

洗翁：

不意去年随翁徜徉之市街，今已悉为瓦砾，积尸遍满。据闻市商会场中尸累积成丘。前日邮航机到嘉，一女客蓬首垢面，云已两日不得盥洗。即此二端，想象重庆之惨况，可以通夜不瞑。今次之轰炸，集中于下城，殆以绣壁街为目标。川盐、美丰二银行房屋最触目，均毁。报馆十余家以断电不能出报。邮政总局亦毁。昨日飞机带来各报联合版一小张，舍间未之见，不知如何印出来的。此后重庆如何恢复秩序，恐极费研究。江水再涨些，一定有许多人溯江而上，自动疏散。然四川各县固皆可与重庆同其命运也。

丏翁：

正悬念翁居湖上恐不得返沪，而手示忽颁，知已于封锁前买舟而行，为之大慰。善、满婚期已定于六月四日，谨以奉闻。寓中木匠已完工，仍绘一略图以见今后之布置（图略）。最近四川木料亦大贵，铺些地板，添些壁板，连工价亦费百三四十元。弟现已迁入小卧房，其宽度仅容一榻，榻前安置一叠衣箱外，只可摆三四只圆凳子。客室为最亮之一间，白板壁，纸窗，别有风味。马先生来，开头一句曰，"真可谓屋小如舟。"弟之书桌即设于西南角。公等按图想象，或可略得弟伏处其中以消磨岁月之情况。关于婚事准备，仅买了些必需之动用物品，又添了几件衣服，定做了男女各一双皮鞋。床与写字桌尚未买，不求其精美，过得去即可。届日拟请客五六桌，柬帖仅言请吃酒（午刻），以免人家送礼。客既齐集，则宣布结婚，如有人作简短演说最好，否则即举杯谢惠临之盛意。不再行其他仪式。如此较脱俗，未得翁同意，不知以为妥当否。有一家金陵饭店，距寓所甚近，系下江馆子，拟即借其地。饭后当往照相馆照相，一俟晒出，即飞邮寄呈。诵此次来信，知翁于是日亦将宴客，弟之亲戚，只江家与吴天然小姐，乞代为一邀。若计老先生或计小姐适到沪，亦希邀之。

小墨自峨眉归后即入学校，其校功课甚忙，上午听讲，下午实验，夜做练习，迄无作游记时间。或将于仅有两星期之暑假中补作，供翁卧游。届时弟亦拟往峨眉，或将以峨眉诗呈正矣。翁欲得马先生小幅，已向说起，马先生言不日即书就交来，不须买纸。夏师母伤风想已愈。弟书琐琐，夏师母必乐闻之。孟实之夫人新自其母家来，曾聚饮一次，彼问起翁之近况。此间连日大晴，人家屋中已热至八十余度，而弟寓殊凉，尚可穿夹衣。以此推之，暑中当舒适。然人心为空袭所扰，恐暑假亦过不好。

邨公：

惠书欣诵悉。弟自问犹是小孩子脾气，与三官不相上下，于所谓"含饴"及"向平之愿"，观念尚甚模糊。大约又为司托泼夫人等人之说所中，以为青年夫妇在一起，和好无间，其境至佳，若早日来一个小孩，则为父者固行无所事，而为母者则身体精神俱骤增重负，未免太不"诗的"了，以是亟盼迟一点"含饴"。

结婚之日，丏翁既将置酒，弟决做半个东道主。上海与嘉定之时差大约为一小时。公等于一点过后执杯，弟当在此间以十二点过后遥遥举杯，敬答盛意。夏师母弗获见其爱女为新娘，当有感触，希望章师母、王师母及诸位师母好言慰之。

此间一星期未见报纸，不知宁、绍两地，日内有无事故。

调孚兄、均正兄：

两位媒翁，道远无由伸谢，只得遥请多饮几杯耳。

《中学生》复刊，弟尚无文字寄去。一因作不出，二亦实在忙，作文本永远改不完，学生又常来谈话，如何能作文。今重庆已无印刷能力，以前打了纸型寄重庆之计划殆只得打消。单靠桂林印刷发行，杂志寄到读者手中必然是明日黄花。此诚无可奈何事。弟作小说，雄心未死，迟我四五年，当有所成。战事作后，佳作似少见，所有小说多数为报告文学，且只有"报告"而无"文学"。文字技术亦越来越不讲究。

铎兄处不再作书，见时乞告以弟之近况，并代陈感其劢勉之意。

余容续陈。即颂

诸翁圣善，诸府安吉。

弟钧上　五月九日

第十一号

（一九三九年六月六日）

诸翁赐鉴：

沪嘉第九号书上月廿八日即收到，预备婚事不免忙碌，遂迟作复。承殷勤致贺，感激而外，他无可言。电报于三日晚送到，文曰"叶叙善满姻绿均调等（120　）向同贺"，叙、绿、向三字均误，（120　）又不知何意，电报局如此糊涂，殊不应该。善、满婚期，弟吃得半醉。不知诸翁高兴何似？能详示以慰远念乎？

上月廿五日重庆大炸，公园附近死伤至数百人，祥麟所居贴近公园，弟为之悬念不置。彼于廿二日曾来一信，此后尚无续音。沪上事态想不会十分严重。民主方面坚强起来，他们自必知难而退。

邮公示近题旧居照片二绝，少迟拟奉和。伯翁命作《书巢记》已作成半篇，下次寄信时或可附上。余容续陈，即请

大安。

弟钧上　六月六日上午

丏翁：

上月廿四日手教，卅一日即收到，展读之，欣愉之情溢于言表，快慰万分。善、满婚期此间颇热闹。地点曰红十字会，会所筑于城上，凭栏则岷江浩浩，凌云、乌尤如列翠屏。客凡六席，弟之同事二席，学生一席，小墨之同学一席，二官之同学一席，此外一席。袁昌英、苏雪林几位女太太。刘南陔、朱孟实、方欣安、贺昌群、李儒勉、陈通伯几位先生皆闹酒，新郎、新娘向不吃酒，居然各吃五六杯。并且闹到我们老夫妇头上，墨林亦饮二三十杯，弟则四十杯以上，醺然矣。晚间，小墨之同学来闹新房，唱歌，说笑，直到十一时始散。大家颇疲倦矣。前请弘一法师书"善满居"三字未带来，而马湛翁欲送礼，弟即请书此三字。湛翁以湖色蜡笺书之，作篆书，颇为难得。新房中又挂子恺之《春院小景》一轴，弘一之联一副，颇为雅致。写字桌系楠木独幅面，在下江为名贵之品，此间值仅八元耳。外则衣柜一具，床一架，皆杂木。又有藤椅二，圆凳四。新房陈设如是而已。是日照相两张，一为新夫妇俪影，一为弟全家合影，并几个随往照相馆之男女同学。据说本星期六可以取得，俟取得时即日飞航寄上。上海宴客热闹何似，亦盼琐琐告之。

马湛翁交来奉赠书法一纸，依嘱书其近作，亦为名贵。附去复性书院缘起章则一份，以欲减轻分量，剪去其边缘，遂至难看，翁与诸友好观之，可知该书院之大概。

叶至善与夏满子新夫妇俪影，1939 年 6 月 3 日于乐山。

昨日祖璋、彬然来信，意欲请翁作文寄桂，以在老师面前，上书不能不恭敬郑重，遂致执笔迟迟，迄未上达。《中学生》似宜继续其传统，仍多谈一些文章方面的话，翁不妨随时寄一些与之。此志销路近万，亦可喜事。弟以作文本太多，尚未有所作，好在暑假期已近，一个月后便可闲居，届时当勉撰数文付刊。

浙大将迁黔，子恺只得携老幼随校同行。友朋之中，子恺颠沛最甚，然彼并不颓唐，可见其修养。日来读报，佳息频传，春回之期或已不远。料一二年后必可与翁痛饮于上海。

小墨遵命草《峨眉游记》，甚长，满子为之抄写，下次信中可附上。

余详他笺。敬请

道安，并请夏师母安。

弟钧上　六月六日上午

第十二号

（一九三九年六月十五日）

诸翁赐鉴：

日来为学生作文本所困，无暇作书，此刻执笔，亦弗能详叙。寄上之照片，其多人合摄之一帧，一男客二女客皆常来我家之学生。靠边之女系吴缉熙之女儿，名安贞，伯翁当犹忆之，昔年在大石作，彼尚为丱角小女孩，今为大学毕业生矣（外文系）。弟家诸人均尚健好，惟三官太瘦弱耳。

祥麟在重庆历遇大危，办事处尚无恙，然此后正未可知。弟意可令其改住他所，勿再居危境。其人殊谨慎奉公，上海方面苟无授意，彼终将死守。乐山命运如何亦难知，一般人均惴惴。昌群、欣安等皆劝弟搬场，住往比较偏僻处所。然房子难找，急切不易得，且尽人事托人"找找看"而已。

马先生近作一诗，很好，录与诸公一观。题为《旷怡亭口占》，旷怡亭者，乌尤寺尔雅台旁之亭也，书院以为讲习之所。诗曰：

> 流转知何世，江山尚此亭。
> 登临皆旷士，丧乱有遗经。
> 已识乾坤大，犹怜草木青。
> 长空送鸟印，留幻与人灵。

前六句于其胸襟、学养及最近之事业均关合而得其当，表现之佳，音节之响，无愧古人。昌群兄有一诗和马先生，其中"娓娓清言承杖履，昏昏灯火话平生"二句，身份交情俱切，而余味不尽，亦佳。弟诗请马先生指教，彼最赞"情超哀乐三杯足，心有阴晴万象殊"二句，谓是名句。《书巢记》竟未续成，请伯翁再俟之。

所寄物尚无消息。今日生命且决于炸弹，衣物之到否不足言矣。匆此达情，且容缓日以长信赎其愆。即请道安。

弟钧上　六月十五日午后一时①

第十三号

（一九三九年六月十九日）

伯、邺、调三翁赐鉴：

来书详叙四日上海盛况，令数千里外之人宛同身历，欣感之至。数日未见报纸，不知外事如何。天津问题与上海有连，若解决不当，

---

① 《文学集林》刊出时此信并入六月六日致丐翁信。

诸翁在孤岛将益无聊，深为悬念。

弟于三星期后即放暑假，峨眉之游或且为担心空袭所阻。搬场则房子难找，且搬在城外，亦复五十步与百步，无大用处。思此长长之暑假，伏居小才如舟之一室中，亦至难耐。伯翁嘱作之《书巢记》及寿伯翁五十诗，自必作成，绝不拖延。此外想作二三短篇与《中学生》。

祥麟临危不馁，自是可佩。惟西三街太近闹市，而办事处与外间接洽不须定设于闹市，若能移至清旷之地方，避难较易，而事仍可办。此弟一人之私意，所以有前书之言。

有友人托问，鲁翁全集普及本现尚能以预约价买到否？如其可能，愿外加由沪寄渝之寄费购买一部。敬请调翁代为打听，下次信中示复。

墨林有致硕丈一笺，致圣南四笺，请伯翁便中交与。硕丈在沪任课，意兴佳否？弟深恐其旅居不安，饮食不便，兼以校务纷纭，而复感不快。

江水大涨，下游来之轮船已可直泊城门口，来者遂涌至。本地人均往乡下疏散，外来人正补其缺，与各地情形一样。物产不够消费，物价遂飞涨。我们住过重庆，初到此间，觉色色便宜，今殊无此感矣。余俟续陈，即请

撰安，并颂潭福。

弟钧上　六月十九日午后

丙翁：

七日手书于十六夜接到，以欲知上海四日之宴，<u>盛况何似</u>，全家抢着看。诸亲友高兴如此，深可感激。翁竟大醉，足见喜逾于常，尤所私慰。特醉后往往累日不舒，今已完全康复否，遥念无已。四

绝句为翁年来仅有之作，从头历叙，终以诚勉，极有法度，似无所谓"格调生硬"之嫌。昨日星期，暂置作文本不改，奉和雅作，别纸录呈，敬乞教正。第二第三首自谓是老实话，翁或将笑而颔之。宴客所费既无多，尊命谓不须对分，敢不遵从。

至善之《峨眉游记》已由满子誊清，今附上。噜哜一点，但没有俗套，就同口述一样，看了也可以知其大概了。

复性书院尚未筹备完毕，而贺昌群兄已有厌倦之意，原因是意识到底与马翁不一致。昌群兄赞同熊十力之意见，以为书院中不妨众说并陈，由学者择善而从，多方吸收，并谓宜为学者谋出路，令习用世之术。而马翁不以为然，谓书院所修习为本体之学，体深则用自至，外此以求，皆小道也。近来他们二位谈话已不如在泰和、宜山时之融洽。马翁似颇不喜熊十力来，而事实上又不得不延熊来，将来两贤相厄，亦未可知。弟固早言马先生于其他皆通达，惟于"此学"则拘执（理学家本质上是拘执的），今果然见于事实矣。

方欣安将参加西康考察团，动身即在月底。此行大约须半年，拟深入僻地。弟望而生羡，然并无专长，又乏济胜之具，未能随往。

余详他笺。即请

道安，并颂潭吉。

弟钧上　六月十九日午后

第十四号

（一九三九年七月六日）

诸翁均鉴：

已二十日不接来信矣。弟处寄出十三号信后，迄今亦过两周，今日无事，抽笔作书，借伸远念。

武大尚有一日之课，过此即考试放假。假期甚长，殊无打算以善遣之。颇思作文数篇，以应各处之需。然意思尚不知在何处，成篇与否，绝难自必。峨眉之游，果往否亦未定。颇闻其地有要人要部就相当寺院居之，禁游人涉足。又闻到彼路上间或有暴客，虽不害命，衣物被掠亦够狼狈。以是尚踌躇。

战事历两周年矣，明日为纪念日，又是禁卖猪肉，捐募献金，一如往岁。对方亦作纪念，其道为空袭，闻昨日重庆被袭四次，未知确否。今明数日间，殆将赓续而至。弟处则惟昨夜二时闻警一回而已。听墙外足声杂沓，皆出城躲避者。我们未起床，静听解除警报而复入睡。今晨到校，则学生少大半，在座者亦睡意惺忪，遂不复讲说，令他们回斋再睡。此间殆将真个轮到一二次，然不知究在何日也。

此次附去善、满双影一帧，呈洗翁。此帧本当与前之大批一同寄出，适有几个学生来，嘻嘻哈哈抢看照片，将此帧夹入《十八家诗钞》，后即封发，虽经检点，竟未觉察，前星期翻《十八家诗钞》始检得之。

《书巢记》已作成，缮写寄上。伯翁试观之，历叙兄藏书之经过，尚要得否？文字方面如有未妥处，乞不客气指示，当遵照修改。

前和丏翁四绝，第三首有一字须更正，"应"字改作"倘"字。"应"字本亦期愿语气，而不及"倘"字之醒，且不及"倘"字之响，故改之。满子索写此四首，与丏翁诗合裱一幅，将悬于其室内云。

杨廉枪毙，闻之大快。杀一儆百，吏治或可有清明之望。闻前组四川省政府时，教厅已定郭有守，而蒋忽下手谕任杨，遂任杨。今毙杨亦蒋意，殆以特拔之人而贪污如此，不与痛惩，将无能发号施令也。杨之罪款为皖任内事，若不任川教厅，即有人攻讦，未必致杀身。小人得位，想必沾沾自喜，而不知大戚伏于此矣。

迩来乐山霍乱流行，日有死亡。成都报过甚其词，至谓棺材全已卖完。武大有一闽籍学生，病不一日而死。防疫注射水所存不多，盐水亦难得。最近校中从重庆买来大批，供学生及有关系人注射。我们以不耐与许多人争先后，从成都购得一瓶，自往医院，纳费请医生注射。惟家母不肯注射，未往。所防为霍乱与伤寒二病，须注射三次，今注第一次。想起伤寒，不寒而栗。去秋小墨之病，历时月余，此月余之生活，大家均莫自知如何过过来的。

方欣安已于前日动身，偕西康考察团西征。考察后或将就事于湖南大学，未必回武大。

昌群兄已与马先生分开，声明不再参与书院事。其分开不足怪，而当时忽然发兴，辞浙大而来此，则可异也。

前次夏师母买来之线袜，我们还都没有穿，所穿皆屡经补缀者，缀上之布既破，则拆去再补。用具几乎不买，一热水瓶十余元，一搪瓷面盆三四元，只好以不买为抵抗。

云彬来信，似渐厌倦于政界，欲得一教师位置。祖璋则放暑假后尚须回其故乡。他们均望丏翁作文，《文章偶谈》一类文字颇可续作，翁有兴乎？

余俟后陈。即请

夏安。

弟钧上　七月六日下午二时

第十五号

（一九三九年七月十五日）

伯翁：

十一号手书接到已多日。寿兄诗已完篇，别纸录呈，毫无祝寿

104

之意，惟叙兄与弟之交情而已。兄读之，回溯曩游，或饶兴味。诗实在作不好，其故在读书太少，诗才太薄，无可如何也。

硕丈殆已回苏，下学期想可蝉联。圣南姻事，我们盼其早日成就。然嫁了出去，老人益孤单矣。

善、满照片已去添印，下次寄信当可附赠濬华小姐。兹附去保安剃刀包封一张，乞于便中照样代购一片于信中附来。胡子越来越浓，每三四天非刮一次不可，购得一片，殆可用一年也。冼翁信中提起兄已留胡子，殊稀疏，将来略成规模时，可否摄一小影寄下，以慰相思。

邺公：

手书并和知堂诗并诵悉。知堂原作，公与沈尹默之和作，皆在可解不可解之间，玩味数过，佳趣不尽。兹作成奉和题弘一法师照片二绝，殊为浅薄，不值一笑。

祥麟兄近有信来，五日之轰炸，彼又昏去数十分钟，而勇气不改，谓仍当留原处营业。我们早早迁避他方者，对之有愧色矣。

冼翁：

久不睹翁手书，今见记叙四日婚宴之书，为之大喜。翁笔生动松灵，富于幽默味（非一般人误解之幽默）。记得去年曾戏言，请翁口述数十年来经历，钧为记之。其实翁自书之尤为亲切有味。岛居烦闷，盍每日抽些时间为此工作乎。翁之经历皆不平凡，青年人读之，有真实受用处。故此工作非徒自遣，亦复利人。翁有意耶？

巴蜀学校已决定迁往西充，王主席之家乡也。虽云迁移，实等于另起炉灶，勖成、伯才颇劳苦矣。观音岩义林医院后落过炸弹，与巴蜀至近。中一路两旁毁损甚多。我们若重游重庆，殆将不识路径矣。

105

调孚兄：

此次伯翁信中提起兄患微恙，谅即就瘥，不胜远念。予同、振铎、剑三诸位想常遇见，他们兴致何似？最近武大又有延请予同之意，后以携家远行，所费不赀，汇兑又已不通（闻现在不得汇一文至上海），事实上有困难，遂不复徒劳函电。开明近有何种新书出版？商务仍日出一书，而徒见其目，无从购得，犹如画饼而已。

丏翁：

此次上海信到，乃得翁书两通，欣逾寻常。南屏招邀，翁已允之，最是可慰。闲居易多愁思，有事牵萦，心有所注，销愁良术也。惟入校教课，必不可过存奢望，一学期计算成绩，每不如预期之佳。而无适当之文篇为教材，亦复颇易引起不快。我们固标榜国文教学注重在形式方面，但实际上形式与内容不可分离。历来文篇之内容，皆我们今日思想意念之来源，我们自问思想意念未必全然要得，总希望下一代人能超过我们几步，若悬此标准以求文篇，则殊难其选矣。弟已接了武大续聘二年的约书，本不敢腼颜为大学教师，今因缘凑合，看情势还将做下去，为骗局中之一员，奈何！

翁云近来身体不好，是否仍为前此手指酸麻之象？减酒而不戒酒，自最圆通，兴来则饮，饮当益身，无兴不饮，亦无所苦也。

我们每闻警报，例不出门走避。友朋中颇有来相劝者，谓如此总不是道理。昌群兄所居山下，有其房东之小屋三间，可以出租。前日曾往看之。前临田野，背倚山脚，有"蛮洞"一个，可以避警。屋是瓦盖，墙壁则用篾片，外涂泥土。加铺地板，将墙壁涂饰一过，勉强可居。因托昌群兄代问，如能以二百元修理费代一年之租金，即当成交。现尚未得复。如能成交，修理完毕后即迁往。其处离城五里，邻居惟小山上昌群兄及其房东两家耳。屋四周并篱笆而无之，

106

但昌群兄坚言决不妨事。住其处购物到校均不方便。所贪者一个蛮洞，又与小墨学校及二官、三官将投考之学校接近耳。（除小墨外，均可走读。）我们现在的寓所，布置已楚楚，又甚阴凉，真舍不得去之。

题弘一法师照片之《人月圆》已脱稿否？颇盼示之。余后陈。即颂

诸翁安吉。

弟钧上　七月十五日午前

第十六号

（一九三九年八月六日）

伯翁：

惠寄十三号信前夕读悉。此次诸公信中俱言沪上生活困难情形，遥念支撑非易，怅然无已。承赐近影，肥满如孔院长，髭胡不浓，颇见清朗，亦增仪表之美。案头植立，无殊晨夕晤对矣。刀片已代购，快速之至。青石小屋，返居既遥遥无期，坍墙固不必郑重修理。围些篱笆，或即用碎砖堆一段乱砖墙，亦可矣。

邨公：

来书甚长，详示一切，读之欣慰。知堂失节，闻之叹惋。院长不比一个算学教师物理教师，平日集会，总得向学生说几句话，不知彼将何辞以语学生也。若亦如汪某之忽然反过来，站到那方面去，则其脸必红到颈根矣。弟言节操，亦只是茫然之直感，无深微之意思。尚不曾为《中学生》作文，拟即就此点作一篇，说得透不透，尚无把握。

上海市面，因美国之废约及张伯伦之郑重声明决不变更政策，或者会安定下来。物价当可回缩，但未必能缩至平时一样。

铎兄有兴办《文学月报》，弟以为大可不办。有了一种刊物，必然勉强作文，徒耗心力物力，有何意思。弟思大家果有所见有所感，不妨埋头写作，到相当时候，大家凑起来出一不定期刊，则必较为精彩。恐铎兄未必赞成。

调孚兄：

知尊恙已愈，良慰。《中学生》弟无文字，却拉了几篇武大学生之作。暑假期中，必勉力写些寄去。鲁翁集既不易寄，自可不买。嘱书和丏翁诗，缘此间无宣纸，且俟觅得后书寄。或者可向马先生或昌群兄处乞得一小方。

洗翁：

来书提及"再到四川"，不知何日可以兑现，颇深盼望。山公现在何处？各处来信俱未提到，岂已回上海耶？

峨眉仍可以去，封锁之说不确，但牵于他事，未能即往。或者将延至秋中。十日后将往成都，有十日勾留。① 成都市面因避空袭而异常萧条，想无佳趣。惟拟一游青城山耳。

丏翁：

手书欣诵悉，略嫌其简短。教席家馆，双方应付，亦已忙碌。若学生听话，程度有进，必能使翁心喜。夏师母寿辰，于翁寥寥数语之叙述中，情景宛然。祝其长保健康，弥多愉悦。

弟已与城外房东约定，房东已在着手修理。破屋三间，修理之

---

① 《文学集林》刊出时将此句移入致丏翁信内。

后，或亦有白马湖尊居之风味。前临田野，可望对江（岷江）诸山。后窗面石壁，有"蛮洞"，藤蔓遍缀，尤有幽致。围以竹篱，自竹篱至屋基有七八尺宽，可种些芭蕉杨柳，到明春亦绿满庭前矣。至于购物到校之不便，亦只得忍受之。二官、三官若均考取城外之学校，则可以走读，颇为便利。

弟之往成都，盖应中学教师暑期讲习会之招。此会由教厅主办，川大教员为基本讲师，武大亦派一部分教员去帮忙，弟辞了数次不获，为武大面子计，只得一往。幸教厅将派小汽车来接，行程无甚困难。该会国文科主任为川大文学院长向君，六十余之老先生。弟之浅易意见，或不值他们一笑。也只好不去管他。成都常闻警报，夜眠时或须起床躲避，亦可厌也。

余容后陈。即请

诸翁近安。

弟钧上　八月六日上午

第十七号

（一九三九年八月十六日）

诸翁公鉴：

此信书于成都，为省事起见仍依嘉沪原序列号。昨日访冯月樵君，无意中遇见雪舟兄，相见欢甚，握手几于不释。畅谈别后情形，彼此均佳健，欣快之至。于我之必克，非感情上之愿望，乃事理上之必然，人同此心，尤为可喜。午刻，承王畹香君招宴，此君诚挚直爽，大可为友。访程受百君不遇，其寓曰御河街，垂杨映水，两岸人家均有绿树出墙头，受伯寓中，竹树掩映，如在园林。成都最宜居家，有北平风味，可爱之至。被炸区域，现皆一片瓦砾，死伤之惨，犹可想见。然人皆有恨而无怨，则众口同声，认为事实。此亦最可珍重之点，堪为诸翁告者也。

弟之讲演，须于后日开始，下星期二（廿二日）方毕，至早以廿三日返嘉。上星期六往灌县。星期日访秦李冰庙（俗名二王庙），观都江堰。水利工程如此，且成于古代，大足矜夸。灌县农田丰美，似远胜江、浙。今年又大熟，望之喜极欲涕。经过"索桥"，架岷江之上，全以竹索为之。上铺木板，行其上颠荡而有节奏，甚感兴趣。此桥闻创于前清一老书生，规模初具，自有未周妥处，曾断过一次，溺死行人，县官即拘此老书生杀头。老书生之妻踵成其志，再加改良，遂为民利。发明家不被纪念而遭惨祸，可为慨叹。是日入青城山，宿于常道观。此山有"天下幽"之称，确然幽极。得诗二首①，录供诸翁一粲。第二首学黄山谷，多用拗句。或不免画虎不成之讥。

返嘉定后，拟与墨林往游峨眉，作七八日之计划。然果往与否未可必。在此地闻说，颉刚已应齐鲁大学之聘，将于下月初飞航来蓉。他或者要到嘉定一游，又可遇见一回。昨又曾遇孙俍工，在军校任校官，肥胖尤昔。山公将自昆明来蓉，如得票期早，径飞而来，亦可得一良晤。

看报纸知上海生活依然昂贵，不知能于最近期内降下一些否，深为诸公悬念。

弟成都寓处曰华西坝，华西大学所在也。占地极广，如吾苏之天赐庄。洋楼密树，似颇舒适，而臭虫作祟，夜不得安眠，大是苦事。同来者皆先去演讲，弟一人无聊，今日又入城访雪舟兄，共游少城公园。见雪舟兄写信，因附此一信。回嘉定时必有诸翁之信先在案头矣。

已尽两纸，余容再谈。即颂

---

① 诗见本集第四辑：《自成都之灌县口占》《游青城口占》。

诸府安吉。

第十八号

（一九三九年八月二十日）

诸翁公鉴：

　　昨日敌人狂炸乐山，诸翁今日见报，必然大惊。今敢告慰，弟家老幼破后门逃出，火已及于前间，在机枪扫射下趋至江滨，雇舟至昌群兄家作难民。身体皆安好，精神亦不异常。所有衣物器用书籍悉付一炬。乐山城内已炸去三分之二，死伤甚众。武大尚无恙，死同学十余人。弟昨日下午四时在成都闻信，即大不安，念我家向持不逃主义，必然凶多吉少，若归去而成孑然一身，将何以为生。一夜无眠，如在迷梦中。今日请郭厅长送我们回家，以三百七十元雇一汽车，疾驰而归。知人身均安，感极而涕，天已太厚我矣。此后得另起炉灶，前次请汇一些钱来，务乞照办。红蕉处乞立刻将此信送去一看，心绪麻乱，不另作书矣。本欲打电报，而电报不通，只得寄信。较场坝逃出之人甚少，三四人相抱而烧死者比比皆是，我家真是万幸。余且再谈，重新来过就是了。祝
诸府安吉。

弟钧上　八月二十日下午四时
以后惠信请寄武大。

111

乐山被炸后的"全家福"（从左往右：夏满子、叶圣陶、叶圣陶之母、叶至善、胡墨林、叶至诚）。

第十九号

（一九三九年八月廿四日）①

昨夜勉强就睡，仅睡熟一小时耳。五时起身，收拾行李。教育厅之二职员入城觅汽车，至八时始来言以三百七十元雇得一汽车，汽油之购入犹是代车行设法者。八时二十分开行，郭君及教育厅职员川大数教员均送行，祝平安，殷勤可感。

天气甚热，车行不停，追过小汽车二辆。同行诸人皆屡看里程碑与时计，惟期立刻到达。一点二十分到夹江，见逃来者，就询被烧里巷，不及较场坝，余心略慰。但至小墨学校附近，遇见武大事务部董君，问之，则言较场坝完全烧光，余家人口不知下落，呜呼，余心碎矣！种种惨象，涌现脑际，不可描状，念人生至痛，或且降及吾身。车再进，逃避他往者接踵于途，皆若亡失其精魂。

入嘉乐门，人言车不能再进，遂下车。忽吴安贞走来，高声言余家人口均安，已在昌群所，彼正出城往视。余乃大慰，人口均安，身外物尽毁亦无足惜矣。安贞又言昨日轰炸时，彼正在我家，共同逃出。遂别同行诸友，与安贞乘人力车到昌群所，三官墨林皆在小山上高呼，此景如在梦寐。上山，见母亲及满子均在蓝君房中，蓝君以自己之卧房让与我家，盛情可感。坐定，听诸人言昨日逃出情形，真所谓间不容发，如早走或迟走几分钟，殆矣。

昨日十一时许，嘉定发警报。安贞正在旅行社打听船期，将往重庆就南开中学事，闻警即避至我家。大家以为亦如以前若干次之虚惊而已，照常吃饭。小墨以将举行学期考试，停课温习，回家已

---

① 原缺。查日记："八月廿四日：今日寄上海信，编十九号，即将二十日之日记充之，俾上海亲友知我家逃出之详情。"今抄录是日日记以补足之。

数日。故在家者连安贞、黄嫂凡八人。忽闻轰炸机声甚大，遂避至前面堆栈中，而黄幼卿、老刘与幼卿之二友亦来同躲。方伏居书堆中，即闻轰然下弹。大家屏息掩耳，自念既闻其声，此身当尚在。墨偶仰首，见三楼天窗外有火光，大呼："火！火！"大家乃起立。开前门看视，对街诸店，火舌已出于檐。可走之路惟有后门。而后门即余书室之后壁，自余在书室铺地板，地板高而门趾低，开后门必须去地板。老刘、幼卿及其友多方想法，地板终不得去，而火星且自余屋已破碎之天窗中下落。小墨知地板必不能骤去，遂用力将门抬起，使其枢脱于臼，门与墙之间乃有极狭之一缝。大家皆庆得生，陆续钻出。而我母身躯大，背偻，不能钻，安贞在门外拉之，小墨在门内推之，始得出。小墨又返身入屋，取可携之衣物，纳入一竹箱中而出。又在地上捡起余常用之澄泥砚（余所有书籍文具，仅存此一砚而已，此砚为墨家旧物，背有张叔未之铭，此后益可珍贵矣）。统计携出之物，除小墨一竹箱外，我们仅一手提箱，我母仅一藤篮，内皆单薄衣服耳。

大家既出门，向左行。时后门对面之草屋已着火，空气焦灼，安贞扶我母而行，贴近火屋，灼破其右臂弯寸许，其左臂弯于钻出时擦伤；逃出者共十二人，仅安贞一人受此轻伤，亦云难得。忽敌机飞来，经过头顶，大家伏于路旁躲避。时路上不见他人，至安澜门，于城门洞中又躲避敌机一次。遂下石级，向岷江之滩。沿江小屋正在燃烧，小墨主张必须过江，而小船皆在对岸，仅见一船，离江岸丈许，欲渡者凡数十人，呼之而舟人不肯来。小墨乃涉水而前，拉船较近，于是老刘抱我母，小墨抱墨登舟，余人皆涉水登舟。又载他客数人，徐徐抵对岸。

诸人此次得生，可谓机缘凑合。苟小墨不在家，无领导之人，必不得出。苟后门无地板障碍，大家必得早出，得出必趋江滩，而江滩上被机枪扫射而死伤者不少，或亦将在此劫中。今不先不后，得脱于火灾与机枪之厄，实为万幸，天之厚我至矣。

大家在对岸沿江而行，至八仙洞相近，乃雇舟返北岸而至昌群所。昌群望见大火，即为我们着急，欲入城探视而路挤不通，见我家诸人俱安始释然。昌群家有刘宏度（永济）君全家寄居。刘君原系武大教员，本学期回校，方到嘉定，寓于旅馆，闻警而来此。蓝君遂以己室让与我们。刘夫人以一被借与我们，昌群夫人亦捡出被褥数事，俄而徐伯麟、刘师尚各送一被来，安贞以适间新买之毛巾、肥皂相馈，朋友之情，同胞之感，记之感涕。

昨日之轰炸，下弹时间不过一分钟，而热闹市区全毁。死伤者殆在千数以外。小墨曾见四个焦枯之尸体相抱于路中。较场坝一带，烧死者甚多。右邻一家仅余一儿，此儿与三官为同学，路遇三官，言父母兄弟俱烧死矣。军警于救火救人均束手无策。武大同学与艺专同学皆立时出动，拆房子，抬伤人，奋不顾身。余闻传述如是，觉青年有此行动实前途之福，不禁泣下。武大仅第二宿舍中一弹，他处均无恙。死同学六人（文健在内，此人上余之课，为一优秀学生，闻之又不禁下泪），校工二人。同事全家被毁者二十余家，杨端六、刘南陔两家在内。余不胜记。

傍晚昌群归来，互道大幸。刘家与我家俱吃昌群之饭，合昌群家，大小共十九口。夜间余与小墨、三官睡于昌群书房中，打地铺。刘君与其儿亦睡地铺，同一室。

第二十号

（一九三九年九月十六日）

伯翁：

近来航空信又慢了，在路上要十多天。弟寄了上月二十日一信，廿四日一信，以为你们早收到了，故接到了电报（开明电廿九日到，

115

红蕉电三十日到）未打回电。谁知第一信一号才到，把大家急得慌了。昨天接到沪嘉十四号信，见所叙为我们着急的情形，真是有逾骨肉，读之感泣。我们这里等你们的信也很心焦，每班邮航机到，总是望一个空，以为一定中途遗失了，谁知也是邮递迟缓作怪。现在大家接了信，双方都安心了。

炸后二十几天以来，我们忙的是买布，裁衣服，买家用东西。布已买了一百五十元以上，而计算下来，还是不够分配。大家做单的夹的长袍短袄裤子，就得二三十件。棉絮及被褥尚未买，而天气已转凉了。缝缀是自己动手，母亲，墨林，竟日纫缀不辍，弟亦"客串"，间或缝几针。买东西有三四个同学帮忙。我家原来用的一女工，因其人逃出时只顾自己，一点不帮忙，又不便让她多吃昌群家的饭，于二十日那一天叫她走了。于是扫地洗衣倒马桶都得自己来。前天昌群家搬到乌尤山去住了（为的是他有五个孩子，逃警报时他夫人一个人实在难以照顾，只得搬去同住），于是我们又得自己做饭。弟出去买过两回菜，夫妻两个，你提我负，虽然吃力，却又别是一趣。今天才用到一个十八岁的男孩子，可以帮一些劳役，然洗衣倒桶仍得由自己来。

我们的新屋已在修理，即日可完工。共为三间，各分为两，得小卧室四间，客堂一间，书房一间。旧料为柱子、椽子及瓦，其代替砖头之篾片是新的，承尘和地板也是新的。待墙上及承尘涂上石灰（四川之石灰比下江者白而坚），与新修房子无二。另有厨房及用人住所合一大间，是全新的。房子朝东，前面有长约丈许之一块空地，四周以竹篱围之。篱外为菜圃，圃外一水，曰竹公溪。循溪左行一二十步，即闻流水声。屋后即小山，上有杂树，有藤蔓，自书房外窥，石壁上绿色浓淡相间，可称幽居。又有一"蛮洞"，若闻警报，犹不须躲避，俟闻飞机声，从容入洞，尚绰有余裕。弟善忘，过往之事不大去想它，对于未来往往作美好之憧憬。今见此屋，又觉其可爱，以为得以安居矣。今虽入秋，在此犹弥望皆绿，及于来春，庭前开些花朵，更足乐矣。

乐山炸后，所余仅住宅区二分之一。今又奉令尽量疏散，日来迁移者纷纷，似乎非成一个空城不止。武大尚无办法，不迁不妥，迁又无处可迁。何日开课未可知。本星期一泸州又大炸，损失闻不下于乐山。近来敌人以四川各地为训练空军之实习场所，白天空袭，夜间空袭，低空投弹，高空投弹，种种项目都是他们的练习。于是我们遭殃了。

二官已考取高中，很不容易考取的，居然取了。现已到校上课。该校执一不变，不能通融走读，我家正缺铺盖，而不得不勉强弄一副铺盖。弟写了一封信给校长，骂了一顿，出出气而已。三官也考取初中，走读，也上课了。小墨后天也开学了。他们三个距离新寓都近，闻警时均可以回来躲避。小墨暂拟走读，也为的铺盖问题。

以下回复来信提及的话。祥麟处汇来之三百元尚无消息，大约不久就会来的。被炸以后，武大致送助济费二百元。而买此买彼，已用了将近五百元了。曾往成都买一些手头必备的书，大约又得用二百元。弟向不上账，只觉整数的钱放在袋里，没多久就用完而已。物价之贵，不必细说，你们可以料想得之。

青石弄的房子麻烦叠至，真悔多此一举。兄与红蕉所商办法很好，且看张君去后如何再说。其实被占不被占，于我们都一样，既不能回去，就让朱姓住住也好。

清华、汉华、士毅的信都看了，他们这样牵记我们，感不胜言。

惠信仍寄武大。

洗翁、调孚兄：

承勉励慰藉，心感之极。弟向不悲观，今虽遭灾，仍与以前无异，堪以告慰。近况已详前文，不重书。乞以告振铎、予同及关心

117

于弟之诸老友，并代谢他们的好意。

弟钧上　九月十六日上午十时半

此信乞转与红蕉一观。

丏翁：

手书敬悉。夏师母为我们忧急至此，真使我们不安。翁将往上课，不知上课后意兴何如，颇愿闻知。马湛翁已移居乌尤寺，当被炸时甚危险，一边是炸弹，又一边是烧夷弹，而居然于夹缝中得全，大是幸事。熊十力先生则为瓦片所击，受微伤。孟实之居本在城外，故无恙。弟重新置办一切，有了祥麟处之三百元，已可敷衍。学校中按月可拿薪水。若更有所需，当向成都、重庆支取，翁处不必再行寄下。今日之世，当要钱用时，袋里摸得出来，即是富翁。若据此义，弟犹是富翁也。

今欲奉告满子之病，但并非重病，乞勿忧虑，尤其是夏师母，请不要念念不置，致损眠食。满子婚后，行经一次，继之停经者二月。上月初旬忽见红，往医院求诊。医生嘱令安睡，不必服药。睡了几日渐止。而十九日惶恐之外再加奔跑，疾又作。曾请校医周君、本地西医乐君诊治，皆言不似怀胎而为妇人病。再往医院请检查，亦言不像有孕。又请武大同事萧君（数学系教授，业余研究中医，颇著声誉）按脉，亦言脉象与孕妇不同。今服萧君之药已将十帖，精神似好一点，而淋漓仍不能尽止。诸医生均言绝无危险，惟须徐徐调理，非旦夕可愈。今满子睡的时候多，食物所进不多，服药后或吐或否，所下已非鲜红色，为黄色液体，殆是子宫病。人当然瘦了。亦曾想往成都去医，但交通工具难求，公路车票难买，小汽车太贵，且无法致之，人力车及肩舆须走三天，均属困难。因萧君尤长于妇人病，拟请他一手看下去。我们对满子与自己儿女无殊，必尽心竭力将护她，以迄于痊愈。翁与夏师母放心可也。明知说起了此事，必使翁等心里又多一件事，但匿而不告亦不合情理，故敢书之以闻。文兄及龙兄夫妇无恙乎？均念。即颂

潭吉。

弟钧上　九月十六日午刻

渝沪及嘉沪通信跋

　　一九三七年秋，日寇大举来犯，余全家离苏而杭而汉而川，及寇败降，居川已八载，于一九四六年春东下，重晤留沪诸亲友。此期间作书叙客中所历种种，大多投致伯翁，或一书而请诸人传观，或分致诸人而汇于一函，其数殆将二百通。近者伯翁病逝，七十年之交，顿然永别，伤感莫名。越二月，湜华忽来告，因整理其尊翁遗物，发现余当年所寄书一叠，既排次而贴之于册，今交余览之。呜呼，此余彼时辛苦艰难忧伤愤慨之自叙状也！翻阅一过，重省所历，感慨无涯矣。此一叠书始于一九三七年十一月十一日致丏翁者，终于一九三九年九月十六日致伯、丏二翁者，初时不编号，到重庆后以渝沪编号，迁乐山后以嘉沪编号，按号核之，略有阙遗。致丏翁之名片发自汉口，时余家属暂居绍兴之直乐泗。第二名片致伯翁者发自南昌，则迎家属于南昌而不遇，故有愁苦语。末一书为嘉沪二十号，叙乐山被炸后余家重建生活之状，时满子方患病，亦复慰虑参半。不知此外之书，伯翁何以未之保存，恨无从叩询矣。自嘉沪编号始，迄于一九四三年六月一日自成都发书，其数满百号，因作一诗附去。诗曰：

　　　　岷畔邮书今满百，五年况味此泥鸿。
　　　　挑灯疾写残烧后，得句遥怀野望中。
　　　　直以诸君为骨肉，宁知来日几萍蓬。

一书便作一相见，再托双鱼致百通。

此诗自谓说真话，当日相思不相见，一书到手，何异久别重逢乎。
湜华嘱为此册题记，琐琐言之，数千言亦不能尽，故简言之。他日
于旧事有所稽考，还将借观此册也。

一九七六年三月三十日

第二辑

成都近县视学日记

（一九四零年十一月廿二日至十二月六日）

　　那是一次很特别的旅行，我独自一个，花了半个多月，到了成都西北方的四个县——崇宁、彭县、灌县、郫县。交通工具是人力车和鸡公车；宿所或者是小客店，或者是学校的宿舍；吃食很马虎，经常以面点充饥；而每天总要接触许多陌生的人。这样别致的旅行，我一生中就只有那一次，因此，重读这半个多月的日记，竟像听别人说古似的，觉得颇有兴趣。

　　那次旅行为的是调查中学的语文（当时叫"国文"）教学情况，当时我在四川省教育科学馆任事，想对语文教学提一些改进意见。每到一所中学，我总是听老师讲课，还向老师要一二十本学生的作文本来看。这种调查方法实在不高明，可见我那时候没有经验。真正有效的调查应该多花些时间，应该从接触学生入手，看他们是否真有所得，听课看作文本只能作为辅助手段。现在只能说说而已，我再没有精力亲自去调查了。

　　那时候我家还在乐山，四川省教育科学馆在成都老西门外茶店子镇上。我到成都，总是住在陕西街开明书店成都办事处，那儿也是章雪舟兄的家，他是办事处主任。所以我那次旅行从开明办事处出发，半个月以后又回到那里。

一九八三年三月二十二日

晨六时半起，洗脸，进油条豆浆，即携行李离开明。雇车至崇宁，价十元半。出西门，晓雾弥空。前闻成都郊外时有抢劫，见此大雾，不免担心。在雾中行寒甚，霜染衣履如细毛。眉尽沾湿。至茶店子，向王范取所借书。及至郫县，雾消日出。在茶馆喝茶少息，再行，至安德铺，不复走成灌路，向北行十二里而至崇宁。

崇宁产米煤，一路见运米运煤者甚众。华阳中学在北门外城隍庙，到达时为午后二时。汤君相见，欣然握手。晤教务长唐世芳君。少坐，汤君导观全校。是庙颇大，所用木材皆楠木，疏散而得此校舍，亦可慰矣。二十四至二十六日，校中将开三十六周年纪念会，师生布置准备，正形忙碌。

五时十分晚餐。六时全校教师开会，余亦参加。讨论者为六年一贯制中学之各科时间支配问题，皆能发抒意见，不似他处开会之枯燥，从知汤君本学期所聘教师之得人。九时散，犹未有结论，准备再分组讨论。

余宿唐君之榻，唐君返其家。室在大殿之右侧。与刘振羽君同室，刘君为馆中同事，精于数理化，本月来此帮忙，为即将毕业之学生补课。

晨五时半起。早餐后请汤君写一介绍书，至省立成都女子职业学校视察。校在城内文庙东侧，屋系新建，虽简单，尚清爽。校长罗仿兰女士。见面后余即往观上国文课。观卢君雄女士上两课，许怀德先生上一课。十一时出校，在公园喝茶休息。至市中进甜食为午餐。再至女职校，观作文本二十余本，然后归华阳校。

三时开课程小组会，余为召集人，与会者国文教师唐世芳、庄维石、席大年三先生，史地教师胡慧雨先生。谈两小时，尚未达应得结果之半。明日因校中筹备纪念会，不复能开会。小组会毕，又须开全体会。如是一耽搁，费时日至多矣。

饭后与刘君、陈廷瑄君（亦馆中同事，今日来此）同出散步，至公园。归途经汤君家，入内小坐。汤君谈从前收藏古董，颇成嗜好，所藏皆在北平，言下慨然。坐约半小时归。

出门以后，至今犹未得墨一信。大约是邮递延搁，家中谅皆安好。

闻汤君、刘君谈，安德铺附近近发现类似红枪会之迷信组织，县长率人捕之，居然拒捕。有二人持手枪外，余皆执棍棒。结果捕获数人，尚在鞫讯。闻其中有汉奸煽动，志在攻城。若他处亦有类似之组织。殊为隐忧。

十一月廿三日　星期六

晨八时后与刘、陈二君同至私立济川中学崇宁分校。校长黄蜀钟先生，未晤。晤教务长董玉阶先生，教国文者也。刘、陈二君先走，余观董先生授课二小时，并观作文本数本，然后返华阳。

饭后独至北极桥喝茶。桥甚长，上有屋顶，桥下水流冲激有声，洪水之际，其势当更宏大。观吕思勉《中国通史》二章，意甚适。三时返，刘、陈二君先在，谓明日华阳开成立纪念会，我侪做客，似宜送礼，余以为然。遂合买纸联一副，由余写篆书，句曰："自强不息，其命唯新。"盖华阳由叙属联立旅省中学改设，故明日之会，亦叙属联立旅省中学之三十六周年纪念也。

五时校中毕业班宴请全校教师，余等适在此做客，亦被邀。菜由学生自制，颇佳，饱餐一顿。七时毕业同学邀开座谈会，汤、唐二君以外，刘、陈二君与余皆说话。余谈国文学习之要，约半小时。散会后与刘、陈二君谈一时许，虽初交意颇融洽。十时睡。

墨书仍不至，深念家中。

晨起仍绝早，残月在天。

校中教师学生皆忙甚，布置整理，预备开会。八时半与刘、陈二君在北极桥旁喝茶闲谈。十时回校，客渐渐至，如人家办喜事然。既而子杰与民政厅长胡君及二三士绅自成都来。饭后一时开会，听各人演说，皆平平，唯一卢姓老先生（字子鹤）较有意思。此校之前身叙属旅省联中系张烈五数人所创办。张为同盟会员，为川中谋革命之主动者，光复后为川省副都督，民国四年为袁世凯枪杀于北京。据云其人品格甚高，办事有手腕，苟其人不死，川中三十年来之局面必将改观云。三时半散会。

接小墨一信，知前此尚有一信，殆已遗失矣。小墨言彼将毕业，就事必须离嘉他往，而余又常须到成都，不如迁居成都，觅学校相近处居之，则二官、三官均可走读。余以其意为然。灯下作一书寄墨，告以余表同意。又作一书寄雪舟，托渠与冯月樵二人代余觅房子，若须搬动，殆在寒假以内，余怕麻烦，然亦不得不麻烦一番。小墨信中附来云彬、祖璋信各一通。

有魏兆铭君来访，女职中史地教员也，自言好文学，谈半时而去。八时传言有匪警，闻是神会，与安德铺附近之组织相类，全校不免恐慌。余适以冬令往来数县，实有可虑，亦惟有不去管他耳。

晨仍早起，连日晴明，今乃阴雨。校中本定下午演剧，遂延期。

九时半至唐世芳先生家中，讨论课程问题，及午未得结束，须明日续谈。唐先生留饭，治馔甚丰，饮米酒，余饮最多。

二时回校中，汤君嘱向全校学生讲演，题为《学习国文之方法》。先讲一点二十分钟，休息一刻，续讲一点钟。久不大声说话，微感吃力。

晚饭后教育厅电教处派人来放电影。余往观之。凡三卷，《淞沪前线》《荷属东印度巴厘岛》《鲑鱼》，皆从前看过者。

得雪舟快信，转来教厅聘余为视察员之聘书一件，又二官致余书一通。二官谓六个星期后即放学回家。

十一月廿六日　星期二

上午与汤、唐、刘、陈诸君讨论学校训导问题。陈君在美国专攻职业指导及导师制度，故讨论以陈君为中心人物。余觉训导问题不宜过于琐碎求之。表格繁多，导师填表之不暇，欲求直接有益于学生未免时力不足。而尤为根本者，厥唯教师对教育有热诚，有认识。今之教师类多不足以语此。此非今人特别不要好，盖亦时势与环境使然。

饭后校中开游艺会，我们之讨论遂弗克继续。余以来此已六日，闲坐时多，正当商讨时少，不欲再留，拟即动身往彭县视察。校工遂为余往南门雇人力车，刘、席二君陪余茗于北极桥旁候之。久久，校工返，言无人力车。余言鸡公车亦可。及雇定鸡公车已届三时。刘、席二君言恐不克于天黑前到达，余遂不敢径行，仍返校。

往操场观游艺会，节目为话剧《林中口哨》，理化幻术及黑人舞。夜间仍有电影。晚饭后与刘、陈二君入城散步，观电影者倾城空巷，拥挤不堪。及回校，而观众已自校中拥出。探之，知游艺台因站人太多而坍塌，电影机损坏矣。并未伤人，尤为幸事。

有一三年级学生将昨日余之讲辞记下，嘱余修改。其稿在二千言以上，就油灯下改之。余之口音学生未能完全听懂，文字技能亦差，故错误处不通处颇多。改其三分之二，倦甚，停笔就寝，已十时矣。前昨两夜皆与刘君长谈，入睡均在十二时后。

晨起将昨日学生之文改毕。九时汤君招宴于城内菜馆。同座者电教处数人，省立戏剧音乐学校教师来助开游艺会者二人。

饮食毕，余遂坐鸡公车动身。三十里路，车价四元。车路殊不平，若坐人力车，颠簸当不可耐。离崇宁城五里，路左见"君平公园"，严君平之遗迹也，不知是坟墓还是读书处。一路皆见竹树。车运肩挑者多木炭与猪。

车行约二时半抵彭县城。住于东街湔江宾馆。原为一道观，房屋整洁，殊满意。房间价一元八，在今日可谓廉甚。即作一书寄墨。见另一旅馆附设浴室，往洗澡。浴毕，竟体舒快。入一酒肆，饮大曲一杯，食面以代晚餐。食已，闲行南街北街。北街多大店铺，规模胜于乐山。有电灯，亦较乐山之电灯明亮。灯下记日记，写一信寄二官。

晨早起，出北门，观省立成都女子中学彭县分校，盖疏散来此者。校在龙兴禅院，寺址颇广大，有一塔，建于梁时，半座已圮，斜切而下，已不成塔形。入民国后又坍一次。校长胡淑光女士后至。憩于办公室，各教师均集此室，盖天王殿也。八至九时观宋清如女士教初三下期，讲现代文学略况。九至十时观梁桢女士教初一，讲《为学》一文。十至十一时观徐仁甫先生教高三下期，讲文学史。宋、梁二女士皆外省来者。余觉外省来者教法皆较好。

十一时离校，入城至南街，饮酒一杯，吃抄手水饺为午食。返旅馆休息片时，往小北街观彭县初中女子部。路经公园，有假山池亭，颇不错。初中校长游育经先生，未晤。教务主任蓝世泰先生后至。一至二时观吴世澄先生教二年级下期，讲东坡《范增论》。课毕，与吴略谈教法。与蓝君订明日往观男生部之约。又观作文本四

130

五册而后出。

再至省女中。三时为全体学生讲演，题为《学国文之目的》。学生四五百人，不得不大声，讲一点半钟，颇吃力矣。讲毕，学生皆持纪念册来请题字。其不备纪念册者亦以单张纸来。胡校长为解围，谓高中初中两班将毕业者有此权利，其他则不准。然犹有乘间将纸或册子凑上来者。胡校长留饭。饭后再写，共写一百余本，手指已酸，只得溜出。其未得者，皆有愠色。

高中三下有学生刘素卿者，上虞人，与满子同学，与余颇有他乡遇故之感。及余辞出，以一书嘱交满子。今日在省立女中时多，虽颇吃力，实感欣慰。返旅馆，看携回之省女中作文本十余本。

十一月廿九日　星期五

清早出南门，访县中男生部，走错了路，问两位村老，始知其处。两村老皆殷勤导引，且为指点，淳朴之风令人心感。

校在普照寺，柏树茂密成林，房屋颇精洁，有花木，实为难得之居处。寺于清光绪末年即改为学校，已无佛像，寺产归学校，今归县政府。晤蓝世泰先生，导观国文课。八至九时观邓平先生上初一上期课，讲曾子固《越州赵公救菑记》。九至十时观张永宽先生上初二下期课，讲陶渊明《归去来辞》。十至十一时观刘见心先生上初三下期课，讲郑康成《诫子书》。三人均是逐句讲解，而刘最为清澈。刘年龄较大，殆非学校出身，而声音态度均较邓、张为胜。十一时后观全校一周，携作文本十四本辞出。

返城，独酌一杯，食面为餐。遂至小南街华英女中，此校亦自成都疏散来此者。晤校长郑元英女士。又晤周自新君，馆中同事也，今在此暂教国文。又晤余君（粤人），燕京毕业生，今夏访颉刚时曾遇之，亦教国文。二至三时观杨行之先生（郫县人）授高三年级《国学常识》，自编讲义，逐句讲之。

三时，校长嘱余为全校学生讲演。余讲有关写作方面的话凡七十分钟，并不甚吃力。讲毕，周君言有少数学生嘱书签名册。遂往余君房间书之，未为其他学生所见，幸而不复如昨之困顿。书毕归旅馆少休。六时杨、周、余及余君之夫人孙女士（在省女中教英文）来访，携带大曲，邀出小叙。遂至南街一小面馆，五人共尽酒十两，食面而散，意各欣然。灯下作一书寄墨，又将县中作文本看毕，然后睡。

十一月三十日　星期六

晨至私立福建旅彭女子中学。晤校长王崎生先生。八至九时观刘天祥先生教二年级，教材为任鸿隽之《说合理的意思》。语体文也是一句句地讲，实觉无谓。九至十时观陈静轩先生教三年级，教材为《赤壁赋》。陈兼教英文，似于文字组织了解较透，虽亦逐句讲解，而颇为清澈。十时后观作文本数册即辞出。该校校址原为福建会馆。自张献忠屠蜀以后，闽广人移居来川者颇众，皆设会馆，其子孙今皆为川人矣。

至旅馆取行李，出西门，雇一鸡公车，价三元。先饱餐一顿，然后动身。晴空无云，阳光满身，眺望竹木远山，意颇畅适。午后二时抵崇宁华阳中学，与诸君相见。三时校中续开训导会议，汤君邀余参加。旁坐两小时而已。晚饭后与汤、唐二君谈课程钟点支配，历二小时，居然告一段落。得此，即可以草拟六年一贯中学之课程标准矣。

刘君振羽昨回成都，今日未来，与陈君对榻而眠。

十二月一日　星期日

晨起，将昨夜所谈时间支配加上说明三五条，交与唐君，请渠整理，然后送往馆中。

女职校罗仿兰校长来访，邀于明日至其校演说。辞以不拟再留崇宁，约定明年来时必不推辞。十时遂辞汤、唐、陈三君，乘人力车离校。据车夫言，由崇至灌凡五十五里。出西门，行约一时而抵成灌公路。日光淡薄，远山模糊，然竹树无枯凋之象，亦不觉其萧索。

午后二时抵灌，付车资八元。住凌云旅馆。房间较大，而用具之整洁，茶房之伺应，皆不如彭县之湔江。房价二元八角六。洗面饮水毕，少坐，即出城至离堆公园四川水利局访元羲，因元羲曾言以今日来灌，在此局服务。局在伏龙观，传系李冰父子降伏孽龙处，庙亦壮大，而不逮显英庙（即二王庙，去夏曾游焉）。局无传达处，有六七职员在唱京戏，胡琴锣鼓声喧。就询章元羲，言不知。因回旅馆作一书付邮，托局长转交，谅必能达。若能晤面破寂，亦一乐也。

灌县系富庶之县，而街市之整洁，店铺之设备，皆不及彭县。于路次遇中学生二，就询此间中等学校有几，及其所在地。承告有县中男女生部，男部在附郭，女部在城中。又有私立荫唐中学在青城山麓长生宫，距城三十里。私立临江中学在石羊场，距城四十里。后二校较远，余拟至荫唐而不至临江，因茂如曾言荫唐颇不错。

五时后入一小面馆独酌一杯，以馒首二枚面一碗为晚餐。面甚佳，明日拟再吃。天渐暗，各家皆点油灯。询之，则电灯不明已多日，后询知因公司亏本而停业。返旅馆后，于油灯下开始作月樵所嘱之《普益图书馆序》。光线太暗，思路为之阻塞。作百余字即搁笔。熄灯早睡，窗外有新月之光。

十二月二日　星期一

昨夜入睡甚早，气候虽寒，盖两被且加棉袍，亦复非常暖和。但睡熟不久，因牙痛而醒。痛处在左下颚旁数第三臼齿之根，虽不甚剧，而全口颇觉不舒。余左下颚第二臼齿已脱落，在上海补之，记是二十五年或二十六年事。因补第二臼齿，旁作金套，着于第一、第三臼齿。上月二十六日在华阳操场观游艺会，忽第三臼齿之顶端脱落一金片。当时颇感异样。今其根部作痛，殆以是故，或与饮酒亦有关。若常常作痛，又须请牙医治疗，则甚麻烦矣。醒约一时许，倦甚，又蒙眬入睡。晨醒则痛已止，期其不复作痛。

起身洗漱毕，即出旅馆，预备往观荫唐中学。但旅馆中人言，长生宫往返非一日所能。在公园中询一人，亦谓往长生宫宜以独轮车，即刻动身，下午可"拢"。寻人力车，不可得。遂决意不往荫唐，而出东门观灌县初中男生部。出城不远遇一学生，询之，是初中通学生，启东人，遂从之行。循公路行不到二公里，左折循小径而至酆都庙该校，盖亦疏散出城者。庙已破败，然正殿纯用楠木，皆巨材，可见灌县物力之富。

校长董子瞻先生不在，晤训育主任潘瑶青先生与教务主任佟育英先生。八时半校中照例举行纪念周，邀余演讲，余即为讲《学习国文之要》，约四十分钟。九时半上课，二年级有国文两节，担任教师李文欣先生殆有意规避，使学生来请求，谓教本中有余之《养蜂》一篇，正该教授，请余为之讲授。余本可却之，但余思既来视察国文教学，得便自宜尽其所能，遂允之。连授两小时，令学生自己先看，逐节问答讨论。李在旁观看，如此教学，彼殆未尝有此经验。课毕，学生纷纷授签名册来请题，一气写毕，殆有三四十本。后为诸位教师制止。

饭后观学生作文本十数本。改笔殊草率，似是而非之语均得通过，且有佳评。一时半，观李文欣先生上一年级国文，全班七八十人，喧声不息，殊无秩序。二时半离校，有新毕业生数人入城，与余为伴。归旅馆少休，此毕业生数人者携纸墨笔砚来，每人为书篆字四，共书九纸。今日甚疲矣。

顷在校中闻人言，离城十余里之灵岩山甚佳，秋冬可观红叶。余无此佳兴，不拟独往。又闻伏龙观之萝卜极有名，从前为贡品。今日午餐时食之，确鲜美。又，地瓜一物，灌县、崇宁所产均鲜嫩异常，非乐山可比。天黑时出外食抄手及面各一碗，不饮酒，看夜间牙仍作痛否。买僧帽牌洋烛一支归，价一元二，可谓昂矣。烛光下续作昨文，得三百字而后睡。

十二月三日　星期二

昨夜牙居然未痛，为之欣慰。但睡眠仍不好，殆以日间讲说写字，精神太兴奋之故。

七时出旅馆，食点心，喝茶。然后至县立初中女生部。校址在文庙，就泮池之后及戟门之处建筑房屋，颇为清静。晤前任校长仰瑞文先生（董先生新接事，女生部暂由旧校长主持）。观其课程表，今日无国文课。八时半至九时半，二年级为图画课，教师未到，仰君请余为学生演讲，遂讲一小时。阅作文本十余本，改笔极潦草，误字不通句多未指出。阅毕辞出。

剪发于旅馆旁，价一元。返旅馆，作书致墨，告以九日或十日可以回家。又作一书寄雪舟。晴光满窗，客意颇愉适。十二时半出外吃牛肉面与饺子。店中之蒸饭实吃不惯。再至水利局访元羲，知尚未来此。遂出西门，重游二王庙。山水清晖，心胸旷然。至索桥旁，观分水鱼嘴。外江一流已下闸，呈枯竭之象，惟内江滔滔东趋。返身入城，往返八里，虽有陟降，未觉其劳。归旅馆，作一书致元羲，仍托局长转交。

傍晚出外饮一杯，食抄手一碗。途遇一人力车，自成都来者，与之约定，明晨拉余至郫县，价九元。回旅馆，文学青年张梦鹤君来访，杂谈一小时。据言都江堰水利工程，有许多返自荷兰之水利专家均深表钦佩，叹李冰之不可及。又言内外江水量，比例为内四外六，内多于四则田亩有被淹之虞，外少于六，则田亩有干旱之患。工程处随时有人测定水量而为之调节。其调节之法为移动鱼嘴处之马杈。此为前所未闻，故记之。续作昨文二百余字乃睡。

十二月四日　星期三

晨起绝早，七时，昨夕所约之车夫来，即动身。出城，烟雾笼四野，有凄然之感。行三十里，在崇义铺吃饭。又经竹瓦铺、安德铺而至郫县，时已十二点过，凡行三十三公里。

入城，投义华旅馆，陈设简陋，收拾不洁，又远不如灌县之旅馆。房价一元半。少休即至东街，入郫县初中女生部。仅晤级任教师凌女士。一时摇铃上课，一年级为国文，而担任教师杨堃未至。二年级为体育，亦无教师，学生自由掷篮球而已。如此马虎，为他校所未见。二时，校长袁秉灵先生来，支吾其词，导观男生部。男生部在东门外一里许，校舍原为书院，几经增筑，屋颇不少。二至三时观袁秉忠先生教一年级国文，授李无隅之新体诗《无聊》，亦逐句讲解，然说明尚清楚，范读用说话语调，亦可取。索作文本观之，得三班之作十数本，错字之未尽剔出，勉强语句之未尽修正，与他校同。

四时往校之隔壁观汉何武墓，墓极大，楠木参天，殊感阴森。余不喜观古迹，到此亦殊无所感。郫县附近尚有杜宇蚕丛墓，及杨雄之子云亭，亦不欲观之。独行入城，尝郫筒酒。酒价每斤一元四。初以为白酒，孰知是黄酒，微苦，带有橘皮味。尽半斤，食面一碗为晚餐。又入茶馆喝茶。川人随地吐痰，习尚未除，到处皆然，殊可厌恶。

返旅馆，又携僧帽牌洋烛一支，值一元。郫县有电灯，而旅馆仍用油灯，殆以电灯费大之故。烛光下续作昨文二百言，全篇完成。每夕写一点，借遣客中孤寂，居然了却一笔文债，亦一快事。即誊正之，后日到蓉即可交卷。

昨夜几乎竟夕无眠。身上时时发痒，连日坐鸡公车人力车，疑身上有了虱子，而旅馆床铺之脏，又足以引起此疑念，一也。旅客谈话，夜深不止，二也。方得静息而忽闻开门，即在庭中小便，三也。鼠时时出游，在床架上往来，四也。有是四者，余乃并蒙眬而不可得久。念再宿此间一宵，实不可耐，遂决提早一天回成都。天方明即起身。洗脸毕，候于旅馆门口。昨日约定之郫中教师兼课于私立大成中学者旋至，即随之至大成。大成距北门约五六里，自成都疏散来此，校舍为护国寺寺宇。晤校长李德龙先生。其校无高中，自编教材，选文颇深，又教《孟子》，绝不读白话文。八至九时观杜开公先生教一年级，讲《新唐书·李德裕传》，九至十时又观杜教二年级《孟子》。十至十一时余应校长之请向全体学生演讲。本应校长上国文课，未知其意是否逃避也。讲毕，观作文本数本，即辞出。

入城返旅馆，雇一人力车，即携行李离郫。车价六元。十二时动身，三时半抵雪舟所。一路晴光明耀，意颇舒适。墨有二信，小墨有一信，三官有一信，皆附有友人之信及托买物件名目。家中尚安好，为之心慰。惟三官又如去冬一样，伤风咳嗽，为可虑也。通伯之母夫人已作古，闻之特感怅惘。少休，访月樵，将昨所成文交与。托觅房屋，云现尚无眉目，惟时时留心，或可得之。返陕西街，与雪舟及张、林二君畅饮，历一时半。灯下作书寄墨。

蓉桂往返日记

（一九四二年四月十六日至七月十三日）

　　这段日记一共八十九天，记的四十年前——一九四二年我从成都去桂林的一次旅行。

　　抗日战争期间，桂林因为政治情况特殊，成为"文化人"集中的地方，过去在上海差不多朝夕相见的许多老朋友都在那儿。他们到桂林大致分两个时期，走两条不同的路线：有的在"八一三"之后不久就离开上海，先到汉口，后来溯湘江而南，进入广西，少数人或绕道贵州；有的先到香港，后来太平洋战争爆发，就渡海西行，溯西江进入广西。不论走哪条路线，都是受了日本军队"进入"的驱使。我当初也到了汉口，一九三八年年初带了一家老小入川，在重庆安顿了十个月，后来接受武汉大学的聘请，又把家搬到了乐山。从此我落了单，跟老朋友们疏远了。一九四零年夏，我脱离武大，进四川省教育厅的教育科学馆做研究工作，一九四一年年初就把家搬到了成都，离群索居的情况仍然没有改变。所以这一次到桂林，是经过好几年的颠沛流离，尝够了"人生不相见"的况味之后跟许多老朋友的重逢，心情之畅快真是难以言说。现在事隔四十年，老朋友大多成了古人，而当时"惊呼热中肠"的情景宛然在眼前，更使我怀念他们不已。

　　另一方面，这次旅行的艰辛也难以言说。现在从成都到桂林，乘火车要不了两天，我那一次竟走了一个月又三天，沿路阻难重重，如今想起来还心有余悸。搭上公路汽车先得作种种奋斗，搭上了还是前途茫茫，像坐了舢板漂洋过海似的，连能不能到达彼岸都难断定。一路上我情绪坏得无以复加，居然能坚持到目的地，真不容易。

至诚看了这段日记感到很有趣，就抄了下来。从成都动身的日子是五月二日，为了把旅行的缘故交代明白，所以从四月十六日抄起，直抄到七月十三日回到成都为止。

一九八二年八月十一日

四月十六日　星期四

晨起倦甚。九时半，忽雪舟夫妇偕彬然来，欢然执手。五年为别，话头太多，杂乱谈说，屡易其向。二君怂恿余往桂林一行，商量开明编辑组织。余意桂林之游未尝不欲，而旅费巨大，旅途困难，殊未敢决定。

饭后一时，余独入城，晤程缓百，与茗于公园，略谈普益方面编辑事。即将应刻应写之《小学国语》稿交与之。三时应高琦中学杨立之校长之约，至其校参加其校教师之团契会。四时余讲话，以"教育所以养成好习惯"为题略为阐发，语殊杂乱。

匆匆返家，已七时矣。遂与彬然小饮。君带来杭州龙井茶及内江糖食。此茶久未尝矣，冲饮一杯，无上享受。遂剪烛杂谈，君所言政界、学界、文艺界情形皆余所未知。余处成都郊外，一切不知，真如在世外矣。所闻多可慨叹。十一时就寝，疲甚矣。

四月十七日　星期五

为彬然在此，今日不到馆。

九时与彬然步行至青羊宫，入而观其大殿。殿供三清，颇整洁。然除此一殿之外，余屋皆破坏不堪。遂乘鸡公车至武侯祠。其旁刘湘墓已完成，余尚未一观，欲先观之。守门兵士言星期六星期日开

139

放，今日非其期。遂入武侯祠，略观殿堂，而后啜茗于池旁。闲谈编辑方针，并及广西情况。进面点。步行至华西坝，在校区内绕行一周，而后入城至陕西街。天忽下雨，淅沥不已，俟其少止，即出城返家。彬然则留陕西街。薄游一天，已觉疲惫不堪，早睡。

四月十八日　星期六

八时半入城，至华西坝齐鲁大学，上课两小时。以下午三时尚须应金陵大学文学系史学系之约作演讲，即在新南门进点喝茶，延挨时刻。

三时到金陵，即启口，题为《乐亦在其中矣》，大意谓人生须有理想。预备不充分，讲得殊不佳。听者殆有百五十人左右。四时散。

又值下雨，亟乘车到家。又复倦甚，未能与小墨商谈《国语课本》。

四月十九日　星期日

昨夕二时许，满子觉腹痛。墨即起床整理衣物，以便入城住院。天方明，小墨陪满子离家。墨亦于八时半入城，拟暂住祠堂街月樵处，取其来往保婴院较方便，可以照料满子产后之饮食。

十时后彬然、雪舟偕来，闲谈为快。留之午饭，又谈一时许而去。余以夜睡不足，倦甚，看三官携归之各种图画杂志，卧于竹榻休息。

三时后小墨归来报告，言满子于二时产一雄，虽初产，尚不困难。闻之大慰。余早已拟定此儿之名为"三午"，缘余生于甲午，小墨生于戊午，而今年为壬午也。父子相去各二十四岁，可为纪念。又按阳历小墨生于四月二十日，而今日为四月十九（阴历为三月初五日），父子相去整二十四年仅差一日耳。

夜间点燃彬然所赠桂林制造之植物油灯，光明又胜于洋烛，看书写字极便，惟颇费油耳。

顷小墨言报载美国飞机炸日本东京一带，丢燃烧弹。此在日本为第一次遭炸，诚大快人心。然日本民众无辜，亦必有死伤流离之痛，宜哀矜而勿喜也。

四月二十日　星期一

到馆。复子恺一信。看教厅嘱审稿《大中理解》一种。又看马长寿君所赠《四川古代民族历史考证》一长篇。马君夙研究西南民族问题，入川四年以来，足迹遍全省，其所作当非泛泛之谈。余于此全无所知，读之颇增常识。

灯下，二官、三官伏案温习，预备本周应校中小考。余则寂然无聊，墨不在家，便觉异样。

四月廿一日　星期二

八时入城，至祠堂街小坐。至陕西街，知洗翁与雪山昨来电报，邀余偕彬然航桂一游，旅费可由开明支付。游桂固所愿，然于开明无所裨而用开明之钱，心所难安，以是意未能决。

十时与彬然步行出东门，访望江楼。天气晴明，绿树生辉，锦江水发，平波东去，正是出游时节。登楼茗坐，续谈一切。彬然邀余往桂林一行，谓可商谈二事。一为开明之编辑方针，商定后由余主持。又一为另出一较大规模之《国文杂志》，商定后由余主编。并为文供社撰一《国文手册》。于是余可家居执笔，不必复跑茶店子。此亦余所愿，然改变生活方式，一时亦未敢径即决定。

略进面点，坐至三时始入城。同驱车至保婴院，晤墨及满子。墨未住月樵处，即住院中与满子同室。满子产后安好，略无病苦。婴儿颇秀美，浓发盖顶，五官端正，小手伸动。

坐半时，回至陕西街。雪舟留饮，饮黄酒半斤以上。匆匆出城，到家已七时半矣。

今日得子恺、红蕉、东润之信。

到馆。续作进度表。伏案竟日，将初中部分草毕。得王云五复信，言叔湘之书近已印出，余与佩弦之《略读指导举隅》下月可出，为之欣慰。

天气大热，夹衣已嫌其热，入夜有少数蚊虫嗡嗡作声矣。

作一律赠彬然①，即篆书一通，明日与之。

四月廿三日　星期四

八时入城，至陕西街。雪舟往航空公司探询，知此间无直航桂林之飞机，欲乘飞机须至重庆搭乘。只得由彬然先往重庆，如有得票之可能，余再遄往重庆耳。

十时至保婴院看墨，墨方购蛋染红，预备分送少数友人家。满子乳汁太多，婴儿吃不完，则于巷中觅一人家之婴儿来吸之。据云婴儿脐带明日即可脱落，后日可出城回家。

十一时仍返陕西街，雪舟招余与彬然、雨岩往"小酒家"小吃，吃菜三色，值八十余元，亦太奢矣。回办事处打牌。墨来送红蛋，替余打四圈而去。牌毕，复小饮，雪舟夫人煮鳖，甚佳。饮毕，匆匆到家，已七点半矣。

今日得三信。马文珍寄其全部诗稿来，算是相赠者，意殊可感。上海伯、邠、调三位来信，皆言上海生活窘状，读之扼腕。云彬来信言《国文杂志》必须创办，主编必须由余任之。

---

①　诗见本集第四辑：《彬然来成都见访同登望江楼》。

昨夜有雷雨，起视屋漏，搬动书籍。晨间雨止，而道路泥泞，不克到馆。

为高琦中学写"一粥一饭当思来处不易"十字，杨校长所托，将制匾悬于新建之食堂。

饭后入睡，连日倦甚，一睡亘四小时。起来作书复文珍，并附一书致佩弦。理文珍诗稿，其诗胜于一般之新体诗，拟为设法出版，不知有望否。

上午有风，作细雨。八时半离家，至齐鲁上两课。食面点，即至陕西街。

彬然言无论有飞机票可买与否，且同至重庆如何。余漫应之，遂约定以五月一日动身。出游亦所愿，离家复不惯，意殊矛盾。

与彬然、雪舟夫人、周君打牌八圈，余小胜。小墨来，言今日墨与满子等弗能归，缘婴儿脐带尚未脱落。据院中人言，明日亦未必脱落也。未几，三官亦来，欲往院中省母，且看婴儿，遂言明今夕宿小墨校中。

五时至嘉利西餐馆应月樵之招。月樵所宴为二三远来旧友，兼请彬然，余与雪舟、雨岩则陪客也。八时席散，车轮辗月而归。明日拟息心作文，既须离家，须将各事作一小小结束方可。

为欲出门，须赶作六月份《国志》之文稿。晨起即伏案，作一文谈写字。并令二官译述一文，谈描写方法。十时墨独自归来，闻余将出门，故先归。余之一文至夜完毕，全篇三千字。明后尚须续作他文，方够一期之用。

四月廿七日　星期一

到馆，续作进度表。竟日伏案，将初中部分拟成。其高中部分须少缓着手。傍晚，携本月份之米归。灯下改三官所作随笔，助墨排活叶文选目录，九时半歇手。

四月廿八日　星期二

晨起将《项羽本纪》中《鸿门会》一节译为白话，拟入《国志》。九时半彬然来，谈动身准备，沿途耽搁何处，拟访问何人等等。十时许，满子携婴儿归来。从同居农民张家之意，悬红布一方于门，且放爆竹。对于产妇有禁忌，此殆是极古之迷信。午刻吃面，因今日为小墨之生日。午后三时彬然去，约明日再会面于胡雨岩设宴时。余遂捉笔疾书，至傍晚译成半节，只得写上"未完"，待次期再续。灯下改二官所译文字。

四月廿九日　星期三

到馆。校书记所抄《初中国文进度表》，并作《中教》之征稿信。

午刻离馆入城，饭于邱佛子。遂至陕西街，与彬然说定，决延后一日，于下月二日登程。吴梦三君来访。吴为美亚成都发行所经理，红蕉嘱渠与余会面，故来访。其人为一能干商人，健谈。闻余言将出游，自任代买汽车票，谓可得优良之位置，因即托之。

五时往"姑姑筵"。盖雨岩新生一儿，设汤饼宴也。及入席，余之一桌皆书业中人，笑谈甚欢。"姑姑筵"之菜甚精，为成都第一。然一席之价在五百金上下，共设四席，所费二千金，亦豪举矣。

二官、三官亦来赴宴，偕归。出新西门，天已黑，幸微有月光，余坐鸡公车，两儿随行。此境亦复新鲜有味。到家已九时矣。

四月三十日　星期四

晨起改二官续译《鸿门会》之稿，缘计算字数尚不足之故。又助墨编文选目录。傍晚，光华四学生来，托改诗文稿。文皆坏甚，看之乏味。匆匆料理，一日未得空，尚未能弄得齐整也。

子恺以第三册之画稿寄来。此次颇希望能在遵义歇夜，与子恺一面。

五月一日　星期五

晨起写《国志》之社谈一短篇，然后料理衣服笔墨，准备启行。午后一时辞别母亲与墨出门。此行殆须一月以上，然意兴在于游览，并无怅怅之感。

二官、三官送余至罗家碾，即乘车入城。至月樵所，彼托余数事。程缓百亦来叙别。

公园中今日有工商竞赛会，于文化馆中见有旧日木刻工人所仿作西法木刻画，笔意颇不差，而观者均不甚注意之。

至陕西街晤彬然、雪舟等。未几，云波、启贤、泽芝、朝珍四人来访。彼等已接余信，意余未必成行，先至余家复入城相访，情意可感。云波受子杰意以五百元授余，谓是路费。余以受之不合，却之。云波倡议小饮，遂偕饮于西御街某小馆子。饮毕遂别。

回至陕西街，再略饮黄酒。小墨在，以所作一稿呈余，略为修改。

十时就睡，已入梦而子杰来，起与略谈。彼无甚事，送别而已。余乃不复能酣睡，有数蚊虫嗡嗡作扰，直至天明。

五月二日　星期六

六时离陕西街，雪舟、雨岩相送。

至车站，知今日之车为卡车，票上虽有座位号码，而车上并无位次，只得坐于箱子铺盖上。所幸车为"新道奇"，系新自仰光运来者，机件精良，可无"抛锚"之虞。

八时登车，大家一拥而上。彬然与余不善竞争，遂不获靠边而坐于中间。开行时尚凉爽，停车时即觉日晒热不可当。而坐时须用手足之力支持，又颇吃力。

车中有十余位军官，皆往重庆受训者。彼等从前方来后方，聆其言谈，颇有意思。

十一时在简阳进面点。经资阳、资中而至内江，已是下午六时。拘坐竟日，下车如重获自由。在中心旅馆看定房间，洗脸，即出而吃茶。旋仍进面食为晚餐。略买茶叶糖食，归馆酌茗吸烟，作一书寄家中，又写此日记。

五月三日　星期日

晨六时许开车。昨日座位又经争挤而变更，彬然与余仍守原位，但挤轧益甚，更觉费力。我人已不适于乘现时之公路车，未必系人家之专顾自己，不守秩序，实亦由我人之太无用也。

中午热甚，太阳当顶无所蔽，身穿双夹，殊嫌不耐。然无法脱卸，亦只得忍受。惟览东川田野，丰沃滋茂，聊以娱心而已。直耐至下午五时始到重庆。计成都至重庆四百五十公里，车票价二百七十元，又加特快车票四十元，共三百一十元，特志之，以觇自桂回来时又将涨至若干数目。

出车站，茗憩于茶室，洗面喝水，如登天堂。六时至开明办事处，地点在米花街，今名保安路。祥麟兄欣然出迎。张梓生先生适在，范寿康先生本寓此，皆握手叙久别之情。

祥麟兄招饭于稻香村，四层楼客皆挤满。重庆近为令人节约，菜馆内不准喝酒（但酒店仍许卖酒）。喝茶吃菜，旋即吃饭而已。其菜八色（菜亦有限制，八色已为极限），所费一百五十元以上，皆云此店颇为便宜。可见重庆之一般生活矣。饭后在附近闲行一周，已不大认识，马路多开宽，房屋多由炸毁而重建，重建者皆低矮简陋。杂乱喧闹犹昔，煤气扑鼻犹昔，五官所触皆足以唤起印象——此乃重庆也。祥麟为预备铺位，即宿店中。

此行已无航空之望，缘渝桂线近无定班。彬然有一表弟瞿姓，为司机员，今夜来访，云不日有五车开贵州，可附载，即与约定。早则三五日，迟则一星期，准可开行。此是大幸运，若依常规向公路局购票，得票必无如此迅速，缘每日开黔客车只有一辆，购票颇不容易。

五月四日　星期一

昨夜未得好睡。对门有一家印刷所，印机终夜不停。清晨防护团操演，步声呼声盈耳，颇忆廿七年（1938）寓西三街时情景。洗漱毕，与彬然偕入公园，思喝茶而公园中已无茶馆。望西三街，一片瓦砾，不可辨认。欲望长江，烟雾迷蒙，未能清楚一览。当年离重庆时以为再来之日必且顺流东归，孰知今日重来，仍须为蜀中久客乎。

茗于苍坪街吴宫茶室，吃面。遂步行至观音岩，下坡往枣子岚垭，访李伯宁、宋蕴庄夫妇。伯宁将离此去桂，在桂自立营造厂，与我们结伴同行。闻徐盈、子冈夫妇住邻近，即往访之。二人壮健犹昔，殊可喜，约我们明日午饭。旋返伯宁所吃饭。

少休，至巴蜀学校访勖成、伯才。伯才方经大病，近正请假休息。二君治校，近以经费问题颇感困难，而又无法摆脱。视巴蜀校舍，几全部被炸而经简单之修理，不复如昔日之整齐可观。房屋之大部已租与各机关，只留教室而已。国讯社亦在此，往访黄任之、杨卫玉二先生，仅见杨先生。谈少顷即出。

乘轿上观音岩，寄信与家中及雪舟。中苏文化协会有"送苏木刻作品预展"，入而观之。诸作皆不坏，问题似多在刀法之稚嫩，线条之少意味。遂乘人力车归开明。祥麟买大曲饮余。饭后写此日记。

五月五日　星期二

晨起茗于广东酒家，进点。刘百闵、孔锡庸亦来，闲谈。刘亦将往桂林，其任务为迎"文化人"来渝。别时刘言将寄口信与昌群，约昌群自沙坪坝来会余。

遂复步行至观音岩访黄任老，聆其谈论，甚快。其言谓为一作家必上承文化传统而及于今日此时之观点，又必大概审知世界情况而及于我国我人之观点。若纵不承往古，横不知世界，或纵与横俱备而不立自己之观点，皆难有成就。此言颇有理。陈纪滢自离教育科学馆，旋入职业教育社，任老知为余同事，邀来一晤，坐半小时而去。勖成坚约明日午饭，不可却，即定约。

遂至徐盈、子冈家，访其同居之沈衡山老先生。先生清癯而健，其日常生活由子冈照顾。聆其谈论，亦年老而精神不老者。即共饭，甚欢。二时辞出，返开明。

余独访王云五先生于白象街。商务白象街经轰炸，先生居一小屋中治事，眠食会客亦在此，而勤奋益甚，大可感佩。坐半小时而出。途中遇姚蓬子，询知老舍刚离城居乡，不获会面为怅。

返开明，彬然之表弟瞿君适来，谓开车尚须一星期。余出门本期一个月，今为预计，二十日未必能达桂林，将来回来，觅车艰难，伴侣有无不可知，颇有即此而止之意。彬然谓既已存心到桂，还以不变方针为是。勉从之。

入夜，祥麟以开明名义宴客，至冠生园。久不吃广东菜，吃之颇有好感。一席价三百元，以今时言之，不算贵。

归来听寿康、彬然谈运输困难情形。登床后与彬然谈国文教学，并及十五六年时之往事，至十二时后始入睡。

五月六日　星期三

晨与彬然吃茶，以豆浆油条为早点。姚蓬子来访，谈一时许。作一书致洗翁、雪山。

十时至巴蜀。午刻吃饭，勖翁、伯才、彬然皆不饮酒，余独饮大曲一大杯，颇有醺醺之意。今日立夏，勖成夫人特为蒸卤鸭蛋，依苏俗人各一枚。

二时辞出，步行归开明。适昌群来访，同往生生花园吃茶。昌群今在中大任事尚无不适，惟生活艰难，以后拟请其夫人亦出外任事。六时同入北平馆子进面食。散步街头，见一戏馆悬牌有大鼓书，其台柱为山药旦。昌群兴发，谓不妨偶一听之。遂购三票招彬然同听。其处为电影场，座位在五百以上，实不适于演唱大鼓。我辈座位在后，听之不甚可辨。仅有四人演唱，旋即继以电影，此所未及料也。电影曰《断肠花》，故事及表演皆绝无足取，惟女主角袁美云尚姣好而已。十时半散，腰背俱酸。与昌群为别，彼明早即回中大。

归开明，知颉刚两次来访，约余明日访之于两路口。就睡，与彬然谈至十二时后。

五月七日　星期四

晨醒较迟，窗外雨如注。看彬然之文供社所编《初中国文》稿两册。吴朗西来访，为别已三年有余矣。君忙于业务，而仍兼顾文化生活社之出版事。聆其谈罗致文稿、待遇作者及推广销路之办法，皆有理想。最近将往金华，为其服务之银行设办事处，顺便运回存在上海之书籍。君知余能饮，邀往一家售绵竹大曲之店。自菜馆不许饮酒以来，酒店之生意大好，客恒不断，几如茶馆。例不许售荤菜，只备花生豆腐干。各饮酒二两，遂饭于粤香村，又吃茶于某茶室而别。所谓茶室，布置类咖啡店，茶一杯值一元五角。

余遂乘车趋两路口，访颉刚于组织部。其任事部分为部中之

"边疆语文编译委员会"，会中有通晓各族语文之编译员，将翻译党义文件，编撰常识书报，俾边疆各族之人与他地人同其文化水准。除此而外，颉刚又在中大任课，兼出版部主任，又为《文史杂志》主编，其繁忙特甚。然自己做研究撰文章，则不可能矣。谈半时许而别，返开明。颉刚告余元善迁居贵阳，经过时当往看之。

傍晚彬然做东宴稔友于小洞天，又上馆子吃饭。饭后闲谈甚久，余感疲劳。

十时后马宗融来访，谈复旦情形，谈望道、子展近况。君为回教徒，近颇努力于宣传回教教义，俾人共晓。老舍所为剧本《国家至上》即君所嘱托，特以回教精神为内容者也。君风度依然，语有妙趣，五十一岁，犹有童心。谈至十二时始去。

今日发一航空信与洗翁、山公，仍是昨书之意，因闻明日有飞机开出，寄此期其早达。又作一书寄家中。

五月八日　星期五

晨起后独出吃茶看报，彬然自去访友。

缅甸战事似已结束，英军早退却，吾军亦退至滇缅边境。

归开明，闲看杂志。十时半刘清藻以汽车来迎，驱车至化龙桥金城银行总管理处，宋蕴庄小姐附载，往其亲戚处辞行。此系伯才代约，为该行业余进修会演说。金城建筑虽不十分壮观，而在今日已觉穷奢。其大会堂、办公厅、图书馆皆颇讲究。图书馆书库系山洞，障以铁门，不虞炸烧。书籍多数属于经济部门。在合作社吃饭。十二时半至一时半演说。其主持人嘱作修养方面之语，遂申敬业之义，语不甚畅。听者约一百五十人。在门首遇孙伏园，久不见面矣，握手叙旧。君近在《中央日报》社服务，顷亦来听余之演说。仍驱车而归，至蕴庄家下车，休坐其室中。

夜间，蕴庄之同居郑明德、梁闺放夫妇设宴。郑、梁二人昔在上海相识，余曾据其所历作小说《夜》者也。郑与彬然皆为杭州一师学生，来客三人皆一师同学。听各人谈其所务所见，亦复足长经验。九时返开明。

五月九日　星期六

晨与彬然出外品茗，吃北平人所制之大饼。归来得二官一信，言我母发热两日，似是疟疾，已服金鸡纳粉。他人皆平安。余颇心念，即作一书复之，令即寄一书至贵阳，俾得早读。

张梓翁来闲谈，即在店中午膳。设酒，余饮一大杯。

饭罢甚倦，入睡两小时。醒来见彬然已外出，遂独自出行。见惟一影院映《尘世浮云》，记有人誉为佳片，遂入观之，实亦无甚深意。散场后吃茶食面而归。

彬然系往访其表弟瞿君，据称购买汽油证尚未办妥，动身尚须待三四日。余来渝已一周，颇感心焦，然亦无如何。

五月十日　星期日

晨出吃茶进点，与昨日同。归来续看彬然之《国文教本》稿一册。作一书致元善，请以其住址见告。饭后入睡两小时。

天气大热，穿单衣犹有汗出。

梓翁来。谈有顷而瞿君亦来，言手续已办妥，明日下午或后日清早可开车。此出乎预料，为之心喜。与梓翁、彬然偕出吃晚饭，即分散。余独自吃茶于小肆。归来作书，一寄家中，一致昌群，一致勖成、伯才。

五月十一日　星期一

晨出吃苏式汤团。彬然自去访友，余吃茶。归来整理衣物，吃午饭。

渡江至海棠溪。有雨，但未致淋漓。江水大涨，轮渡之外，再乘木船方得登岸。入海棠别墅，伯宁、蕴庄已先到，行李多件堆室中。询彬然之表弟瞿君，谓车开否未可知。此次系装载盐巴，以手续未完备未能即装。遂至卫戍司令部所设机关领出境证，由开明备函，证明吾二人系店中职员，因事赴桂。领证须本人亲到。职员视姓名，即翻阅一簿籍。闻近有若干人不许出境，簿中殆即此辈之姓名，外国所谓"黑单"者也。略略翻阅一过，即填写一证与吾二人。

返别墅坐三小时，知今日绝不能装盐，至早须在明日上午。念此旅舍湫隘而喧嚣，留宿一宵必难安眠，宁冒雨渡江，仍宿开明。向伯宁借得一伞，二人共之，衣服居然未湿。余穿布鞋，仅湿鞋袜而已。

食面点，即返开明。听窗外雨声，略感闷损，此次如于到渝之日即设法购公路车票，虽竞争不易，今日必已登程。为欲便捷，决附瞿君等之车，不意反致延迟。然亦以有伯宁、蕴庄结伴之故。彼等搬家，公路车自非所宜。俟至贵阳，苟尚须等待多日，余与彬然当以公路车先行矣。

五月十二日　星期二

晨起雨已止。八时重复渡江，闻盐尚未装上车，明日行否不可知，颇为怅怅。午刻与伯宁夫妇同饭，询餐馆可得酒，即斟酒于茶杯中饮之。

因爬坡疲劳，不拟回宿开明，即在海棠别墅开一房间。前临大江，楼下有涧水声，尚可居。余午睡一小时。醒来知汽车已在装盐，明日准可登程，为之一快。据瞿君言，今日有汽车者悉受运输统制局节制，只能装公货。由渝往筑之车有百辆以上，大都装盐。渠等之东家有车五辆，装公货仅够开销，不能有盈余。此次同行者四辆，除司机及下手共九人外，仅载东家王君一人及余等一行大小六人

（两儿为伯宁之儿女），故极宽舒。

夜饭仍小饮。灯下作七绝一首①。来重庆后只觉喧嚣不宁，而昨夜醒来，众响毕绝，惟闻雨声与杜鹃声，此境不可不记也。

五月十三日　星期三

晨五时半起，天有晴色，即将登程，意颇舒快。十时，我们一行至距海棠溪一公里之烟雨堡，汽车即停歇于此。伯宁之行李多件皆上车，专待开行。时阳光灼热，不耐立待，遂茗于茶肆。但迄无开车之讯，枯坐至下午六时，始知今日又不成行矣。其故为运盐费尚未领到，开车执照尚有问题，亦不能明其究竟。余颇思即此渡江，径回成都，不复远游。而彬然、伯宁等劝之，谓既已存心游桂，不宜因此小挫折而退缩。

在茶肆默察来往人物，多数为汽车司机，聆其口音皆江浙人。举止行动，有粗野者，亦有蕴藉者。若瞿君之纯系青年学生模样者则绝不多见。自战事兴起以来，司机为天之骄子，服用豪奢几冠于各色人物。今值滇缅路断，运外货无其途径，运输又归统制，处处皆受限制，司机之黄金时代过去矣。

即在烟雨堡之小栈房赁一房间，余与彬然同榻无电灯，价亦十八元。晚饭后吃茶。归栈房，写一信寄家中。

五月十四日　星期四

晨五时起，七时开车。等待多日，居然成行，为之一快。天气晴朗，更增愉适。至一品场，受检查，交纳出境证。饭于綦江，宿于松坎，入贵州境矣，共行一百九十六公里。重庆至贵阳四百八十八公里，尚有三百公里弱。余坐于司机台，彬然、蕴庄各乘另一车

① 诗见本集第四辑：《重庆不眠听雨声杜鹃声》。

153

之司机台（共有车四乘），殊舒适。车皆"新道奇"，快速殊甚。因天气炎热，中途停车休息二三次。过綦江至东溪，见家家闭户，询知传空袭，旋即闻解除之钟声。自过綦江全为山路，爬过高山两座，无人指导，不知其何名。坡路多"急弯"，盘曲而上，盘曲而下，颇有趣。伯宁以工程师之眼光评之，谓其曲度不依标准，易发生危险。一路见"抛锚"之车十数辆，有撞毁车头车厢者。自綦江以南，沿山农田较少，惟见平山晴翠而已。松坎停歇车辆数十乘，旅馆中皆司机及乘客。旅馆颇简陋，于油灯下写此日记。昨日起我们始吃客饭，烟雨堡每客八元，綦江亦然，松坎六元。记之以备他日参证。

五月十五日　星期五

晨五时开车，即上高坡，行四时许而至桐梓。此一段最险峻，有一处名钓丝岩，山崖垂直，而车路极狭，转折处易出事，曾有高级军官若干人覆车殒命。过钓丝岩曰花秋坪，山色甚佳，车路盘旋而上，有七十二曲，据云其实尚不止此数。登最高处下望，车路之线条如粗笔所涂抹，其曲势殊难形容。汽车行驶其间，如甲虫之爬行。

在桐梓吃饭。下午一时许过遵义。车少停，入站登记即复开。不及往访子恺，颇感怅惘。渡乌江桥，回顾殊为伟观。两岸峻崖，下泻急流，大似三峡景色。车路斜画山腰，下临江水，不知其几何丈，可谓险地。桥以去年造成，观其碑记，费二百五十万，日役民工二千名，亦巨大工程。前此以舟渡，战事起后西南运输以此为要道，汽车候于两岸者亘数里，通过往往需一二日。今有此桥，便利多矣。四时许至息烽，六时半到达贵阳。自川入黔，南望诸山皆可俯视，可见所越山脉之高。

车中得一律，拟寄子恺①。路中见运载者甚多，物资流通，此为要道。其种类有板车（木箱装两轮），有驮马（以十余匹为一群，其领头者有红色缨饰，观其徐徐而行，颇有古趣），有背负，有肩挑。爬山越岭，实亦不但挥汗，观其喘息之状，可感且自愧。

在贵阳城外五公里运输统制局登记，候半时许然后至城门口。乘人力车至独狮子开明办事处（其屋为刘薰宇之老家），镜波及丁君皆欣然握手。一路奔驰，尘埃满面，洗涤一过，少觉舒适，而头脑昏昏如乘海船方登岸时情况。

贵阳城内以一条大街为主干，宽阔而整齐，两旁之巷即较狭隘。大街市廛颇盛，夜市似不减重庆，但汽车少，人语声不如川人之喧嚷，故较觉静谧。

丁君出寻旅馆，归谓各旅馆皆客满，镜波言不妨即宿办事处。未几，金韵锵自桂林来，将往重庆办事处任事，亦留宿于此。伯宁夫妇则住旅馆。出外吃饭，昂贵不亚于重庆。回来颓然就睡。

五月十六日　星期六

昨疲甚，熟睡醒来已天明。起来作书寄家中，以昨所得诗寄子恺，又作一书寄洗翁，谓翁或雪山如无入川一行之意，请许韵锵留此稍待，俾得与余为伴。

九时与彬然出行市街，入国货公司支店访宋玉书。玉书于廿六年冬伴送墨等至汉口，即由红蕉介绍入国货公司，继由汉来筑，在公司已为老资格，令为支店副店长。各道别后情形，坐半时许而出。在路上遇晓先，浓髯益多，导往其新迁之屋中，见其夫人及二子。坚留余等午膳，饮余以茅台酒。晓先自己则又戒酒矣。

二时许，晓先导余往访元善。元善之机关为国际救济会，其职

---

① 诗见本集第四辑：《自重庆之贵阳寄子恺遵义》。

称为驻会常务委员，实为总会之领袖。此会分会遍于各地，专从外国捐募或购买药品，以廉价售于医院，使药品不至匮乏。总会初甚紊乱，国人与外国人皆不知如何将此事办好，元善允以四个月之时力使之就绪，系义务职，膳宿亦自给。今来此已三月有余，因其组织与管理之经验，居然一一入于常轨，人称其职，事无不举。余言药品系大利之所在，难免发生弊病。元善言非医院不能购会中药品，药品运输皆有专人送达（多为外国人），可无问题。继之谈彼此状况，知其家仍住重庆沙坪坝。元羲在中大为教师。关于去年司长任内受冤之事，语焉不详，约略以梦字了之。谈至五时半而别，约明晨再叙。

归开明吃饭。身体不适，似有发热之感觉。左眼干涩，有眼污，元善惠余硼酸及脱脂棉，冲水洗之。

何日再行尚无定期，由贵阳至金城江，得车不易，归来更难。此一段间之车费，黑市至八百或一千，骇人听闻。余思归途之难，浪费之无谓，又萌返身之想。

滇省战事已至腾冲，距昆明约五百公里。苟昆明有失，川省亦动摇，思之良可忧虑。

五月十七日　星期日

晨至元善寓所，共吃点心。元善示余以其关于冤狱之记载，被累十二日，几致殒命。但君临危之时，处之泰然，颇足见修养之功。其公暇仍以唱曲为消遣，已能唱二十余出。案有苏州之曲笛。墙角有玉屏产竹笛手杖（手杖而兼竹笛）若干支，赠余一支，吹之，音较高，非唱曲所宜也。

十时后偕往银行公会听票友唱曲。今午本有瞿君招饭，念久已不听曲，机会难得，遂送字条与彬然请代谢瞿君。据元善言，重庆唱曲之风极盛，社集甚多。贵阳则仅有银行公会一集。到时方排演

《长生殿·小宴》，又观排演《奇双会》。午饭肴馔甚丰，色色精美，银行中人之享受，例如是也。饭后元善清唱数曲，念字吐音均马虎。有一严君唱数曲，则操纵自如，顿挫有度，殊可赏心。

三时散，共至梅园咖啡店。此店新开，陈设绝精，如上海法租界中之店。元善之友于永滋君做东，五六人吃咖啡点心，共花百元，亦太浪费矣。元善尚欲请余吃夜饭，余辞焉。

归开明，晓先来，遂共闲谈，讨论《小学国语教授法》编撰方法（此书托晓先为之）。入夜，镜波煮鸡设宴，余饮茅台酒一杯。晓先谈至十时半始去。

今晚下雨，天气转凉。

五月十八日　星期一

晨间宋玉书来，邀余与彬然同出，进茶点于冠生园。为余言服务情形，收入不丰，老母已逝，浙中汇款不通等事。既而同游中山公园，仅有一荷池而已，不足观。出公园，见绥靖公署押烟犯二名游行市街，将执行枪决，殊感不快。

与玉书别，回开明，作书寄家中，据晓先言，于《国语第一册》有所修改。既而晓先来，招余与彬然同出城，至大夏大学访谢六逸，不值。复至谢之家。其地名花果园，茅屋三间，尚不如余成都寓所，亦疏散房屋也。遇谢夫人，略谈数语即出。我三人共饭于社会服务处。每客一菜一汤，取值五元，在今日为甚廉矣。社会服务处系社会部所举办，有宿舍、食堂、图书室、会堂，略似青年会，以推行新生活为旨，标语曰"人生以服务为目的"。重庆、贵阳、桂林皆已有之，而成都独无，不知何也。

饭罢至文通书局始晤六逸，比以前消瘦多矣。彼在书局中有会议，约明日再至大夏会晤。归开明，入睡两小时。醒来见沈迪康在，约彬然、镜波、韵锵及余到彼晚膳。迪康系上海开明同事，萧山人，今在此间盐务局任事。傍晚至迪康寓所，见其父与弟。治馔甚丰，情意殷勤可感。饭后听韵锵谈上海杂事。九时归，即睡。

五月十九日　星期二

九时晓先来，与彬然同往大夏。六逸而外又晤李青崖，亦视前消瘦。六逸言有一部分学生欲见余，招作座谈。不可却，勉从之，向学生谈话约二十分钟。彬然、晓先亦谈话。大夏文学院有社会研究部，专事研究苗族文化，由陈国钧君主持。陈君导观其研究室，所藏皆关于苗族之图片及器物，且为一一指说，颇长见闻。十二时辞出，入小店吃茶进点。途中又遇陈国钧君，导往观图书馆、物产陈列馆及科学馆，屋皆新建。杭州之《四库全书》一部分寄存于此图书馆。惟另藏于别处。科学馆最简单，仅有卫生室、标本室及公路工程模型而已。

归开明，接二官一信，知母亲已愈，为之心慰。家中他人皆安好。墨偶往普益帮忙。晚饭后往元善处坐。共谈滇局如有变，前途不堪设想，相对怅然。既而元善温理昆曲，余听之。九时归。

五月二十日　星期三

晨起自洗衣裤三件。看冯友兰《新事论》。饭后入睡一时许。出外剪发，其费五元。五时与彬然、韵锵至晓先家。今日为晓先夫人生日，留我们吃面。另有客三人。余饮茅台一茶杯有半，食面一碗。

辞出，随彬然至瞿君家。其东家之车本云不日开金城江，询知尚无开行确期。无名无目，忽来贵阳闲荡，浪费时日，深悔多此一举。

敌人于浙东大进犯，将取衢州、金华。而滇省亦告急。东南西南，两皆危急，忧心如捣，复何意游历乎。

五月廿一日　星期四

晨复自洗衣裤三件，连日所积存也。殊不能干净，总算洗过一道而已。随意取架上书阅之，以为消遣。十时许吴朗西来谈。我辈先行，吴君后发，不意先行者留滞于此，为所追及。约如有车可早发，彼此招呼，结伴同行。饭时饮酒半杯。饭毕入睡一时。

晓先来，偕彬然与余出街游行。自南门出，折而向东，群山之下稍有溪流树木之胜。望甲秀楼，楼前有鄂尔泰及另一人聚苗人兵器所铸之两铁柱。更东曰南明路，将为城外住宅区，已成未成之西式房屋颇不少，皆甚难看。沿路看山，却颇不恶。至水口寺，小市集也，临流有茶馆，茗憩其中。五时自东门入城，共餐于北方小馆子。

灯下听韵锵谈上海杂事及其回绍兴沦陷区之情况。九时半就睡。

五月廿二日　星期五

上午闲观架上书。李青崖来谈大夏大学情形。最近又决议设贵州大学，校长已任定。大学越多越好，余真不明其所以。

饭后与彬然偕出，至大路中心之铜像台（铜像系前省长周西成）附近，观苗族人赶场。今日为阴历四月初八，苗族例于是日入城。或谓铜像台地址原系其族祖先之葬地，故来朝拜，并吹笙笛，作舞蹈。传说如是，不知确否。其女子或系多褶之裙，佩用织花之带，或腰围织物如日本女子，显然可辨为苗族。其男子服装与汉人无殊。往往三五成群，来回路上，其数亦不甚多。看热闹之人拥挤不堪，比苗族多不知几何倍。察苗族人面目与汉人有不同。余仅能辨其二种型式，实则不止二族也。看热闹人中，除本地人及各省人而外，又有避难返国之华侨，男子穿不合式之西服，女子长衣大裤。此辈人数闻颇不少，有甚为狼狈者，近在此登记安插。

三时返开明，入睡一时。醒来晓先已来，闲谈至于夜九时。

159

登程尚无期，闻近以滇边告警，车辆益难得，又颇萌即此返川之想。

上午枯坐无聊。十时许，晓先来，倡议游花溪。适吴朗西亦来，愿同游。更有韵锵、彬然，决五人同往。先进面点，继至贵州公路局购票，每票九元半。

花溪在贵阳市西南，相距十八公里有余。本非名胜，今贵州省主席吴鼎昌发现其地有山林泉石之趣，始经营之，并置贵筑县政府于此。下午一时开车，行五公里许而"抛锚"，司机修治再四，乘客皆下车推之，而机器迄不能发动，司机遂返身乞援。阳光炙热，闷坐车中，余颇有不欲前进之意。待至三时半始开来一车，换载而行，四时到达。

晓先往清华中学托觅宿所，引唐校长来相见，共憩于茶亭。清华中学系留筑之清华同学所办，今财政厅长周贻春实主持之，在花溪购地七十市亩，建校舍甚精。教师富有青年气，每班学生以三十人为限，此是其特色，他校所罕见。唐校长言今日星期六，较佳之旅舍已客满，其次者恐污浊不堪居，不如即宿校中。又言今夕可与学生谈话。情不可却，而颇咎晓先之多事，如不往清华探问，即无此意外之酬应。

坐一时许，遂出游观。四望山色颇佳。贵州之山草多而树少，而此处则有丛生高树者。山围之中，平原旷畅，大于贵阳市数倍。花溪贯之，东北流至贵阳城南，即南明河。溪有石堰数道，水面均相差五六尺，冲激下流，遂成瀑布，飞雪泻玉，轰雷喧鼓，颇为壮观。小山之上，新建筑杂立，茅亭精舍，或合式，或与环境至不相称。盖经营时无整个规划，不以审美观念为基点也。马路曲折回环，随处可通。野花之香时时拂鼻，不知其名。野蔷薇方盛开。自入贵州境即见野蔷薇，朵大，烂漫于山跗或路旁。在成都已开过一个月矣。步行约两小时，返市镇，饭于餐馆。

饭毕，至清华，唐校长介在校诸教师相见。遂至楼上礼堂，学生咸集。学生各以其有罩之油灯置于讲台边缘，俨如舞台上之"脚灯"，颇感兴趣。余讲《国文之学习》约五十分钟，彬然、朗西各讲三四十分钟。九时后散。

遂入宿舍，余与晓先、韵锵同室。窗外雨作，继以雷电，久久不止。余与晓先灭灯而谈，谈数年间情事，谈立身之要，直至二时许始蒙眬入睡。睡亦未久，醒待天明。

五月廿四日　星期日

五时起身，洗漱毕入小肆吃包子。

重缘溪而行，朝阳照瀑流，益见明莹。观人在溪边网鱼，桶中已得四五尾，皆尺许。游行两小时返市集。闻今日为牛场，是所谓"大场"，赶场者将甚众。贵阳赶场每十二日一轮，用"地支"名之，丑日之场为牛场，午日之场为马场，辰日之场为龙场（阳明谪居之龙场，即取义于此），戌日之场为狗场。而花溪复有马场，则为小场，来集者较少。吃茶坐一时许。雇得一马车，价六十元。此种马车形式颇简陋难看，连马夫载六人。贵阳、花溪间一趟例为每客十元，而此车夫定须多索十元，则以今日星期，游花溪者众，遂破例涨价，亦如其他物品之有所谓"黑市"也。车以十二时开，沿路见苗人中所谓"仲家"之男女甚众，皆来赶场者。在甘荫塘打尖，吃糍粑。

三时入城，返开明，知伯宁之幼儿抱病，似为肺炎，彬然往看之。归言情形似不严重，或可速愈。

161

余于马车中成一词①，写示晓先、彬然。

六时元善来，招偕出吃饭。饭毕至元善宿所。元善将于下月初返重庆一行，余颇思同载，但人数已满，不可能，因托其设法觅车。闲谈修养、曲艺，至九时而归。彬然言瞿君曾来过，其车或于后日开行。因复劝余决意赴桂，勿萌中途而废之想。余以归期迟，得车难，天气炎热，心神不安，殊志忐未能决。

日来浙省军事颇紧，敌人兵十万分三路西趋，已迫近金华。滇边亦无佳息。

五月廿五日　　星期一

上午闲看书报。天气闷热，已为夏令。元善送信来，谓明日或有车往重庆。饭后入睡一小时。晓先来，共谈国文教学。言前在贵阳医学院教国文，其院长李君以为医生不宜使用英语，而国文为医生所不喜，且亦有其缺点，不适于医学上使用；究宜如何教学国文，方可使习科学者乐用国文，且用之而略无遗憾。此问题余以为尚简单，将来可在《国文杂志》为文论之。复谈余之行止，晓先、彬然、镜波皆以为去程公路凡三段，已走三分之二，折回殊可惜。且在桂诸友为别已久，至宜一晤，此次不往，重逢更不知将在何时。余遂勉从诸君之意，决复南行。然瞿君来时又言开车期还须延后一日。

傍晚任昌来君招饭于松鹤楼。任君前曾在开明营业部服务，战事作，任贸易公司职员，往来西南各地，颇致赀财。同座者晓先、彬然、镜波、韵锵而外尚有二人，亦开明老同事。此间如重庆，禁酒甚严，而松鹤楼仍可致酒，次等茅台一瓶值六十元，可谓贵矣。余饮约四两。八时半散。

至元善所，知有运药车一辆，将于后日或其次日开渝。即与说

① 词见本集第四辑：《木兰花·游花溪听雨竟夕示同游晓先彬然两兄》。

定俾韵锵附载而往。归时在光明路旁为路石所绊，跌了一跤，右臂破皮少许，镜波为涂红药油膏。诸人围坐闲谈，十一时过始睡。

五月廿六日　星期二

天气大热，殆在八十度以上。竟日不出门，取架上书观之。瞿君来，言开车当在明日午后。伯宁之幼儿病已愈，明日可以登程，大是可慰。作书寄家中，告行程。又致书子杰、云波及齐鲁教务处，继续请假。又作书与佩弦，今与彼相距甚近，不足五百公里矣。

金华战事已在城郊，报载敌之企图在夺取浙东浙西之飞机场，以此等处之机场为我袭敌之航空根据地故。

傍晚，正风书店之主人王君宴彬然，兼邀镜波与余。再至松鹤楼。王君善经商，所营不止书店。据谓年来通货膨胀，各业营业额虽增长，而消费力实已远不如前，各业危机已不远，闻之怅怅。八时半至元善所话别，听渠唱曲数支而归。月色当空，露坐一时许始就睡。

五月廿七日　星期三

晨起整装待发。初言午后开车，而迄于午后瞿君来言汽油尚有问题，正在交涉，未能即开。其问题为何，殆颇有曲折，不便问也。无聊之极，复困炎热，取曹禺之剧本《蜕变》观之，草草终卷。此剧取义与对话均佳，而结构嫌其松散。

作诗一首，咏公路行旅①。子恺昔画汽车损坏，多人推之，题曰《病车》，颇觉新颖，故诗中用之。

入夜有爽风与明月，坐庭中吃茶，意较舒快。晓先夫妇携其二子来，谈至十时许而去。

---

①　诗见本集第四辑：《公路行旅》。

163

五月廿八日　星期四

晨起头脑昏晕，殆是天气乍热之故，往年亦常如是，料非疾病。与彬然出行街市，七点半尚家家闭户，贵阳早市视他处为晏矣。进面点。骄阳炙人，即归。归而偃卧，时或坐起看书。闷热不可耐，时时挥扇。午后三时晓先夫人携骨牌来，遂与彬然、蕴庄及余成局。打八圈，余输十四元。入夜晓先来，复共坐月下闲谈。晓先夫人谈逃难经过，滔滔不绝。九时半始散。瞿君曾来关照，明晨五时出发。此必一切都已办妥，预计抵桂时日，为之一快。

五月廿九日　星期五

未明即起，候至六时半而不见瞿君来招。彬然往探问，知所缺汽油尚未买到。阻障重重，行路之难如是，余真悔此行矣。

以晨起太早，偃卧入睡两次。心绪不好，书亦看不进去。挥扇流汗，起立徘徊，呆坐怅惘，至于傍晚。

至晓先所，方有客数人来，同坐庭中闲谈。晓先夫人备水，令余月下洗足。九时半归开明。

余已不作桂行之想，而汽车消息又来，谓明早准可开行。即能成行，回来时困难正多，亦且不为预想。

洗翁有电来，令韵锵在此候余，同往重庆。可知洗翁尚不拟入川一行也。

五月三十日　星期六

晨六时起，以为即可登车，而仍不见来招。往探问，谓仍是汽油之问题。余闷甚，复思不再前行。彬然劝之，余语颇愤愤。惟思得一汽车，与韵锵同载返渝。

饭后晓先来，言闷坐开明殊滋不快，不如到其家闲坐。遂与彬然偕往，酌茗挥扇，谈开明今后编辑方面之事。在镜波处吃茶不畅，室小人多，坐立无地，今得一变环境，心地为之一舒。

余积有衫裤五件未洗，晓先夫人为余洗之，殊可感激。晓先煮薏仁粥为点心，以泡饭为晚餐，均属家庭风味，几忘其在旅中。

八时归开明，九时半睡。

五月卅一日　星期日

昨夜大雷雨，有霹雳一声，其响似甚于炸弹。晨起御夹衫，天气转凉。

七时后得信，谓车即可开行。遂整装出威西门至汽车停歇处。余本想不去，念既有此行，不到桂林似说不过去，乃勉强就道。然归来之困难即于此注定，必须备尝之矣。报载运输统制局规定，六月起商车须改用木炭，以节省汽油。或者乘汽油车此为末一次，以后乘木炭车缓缓而行，其味当又不同。

晓先、镜波皆送于车旁。车以十时半开。昨夜有雨，风不扬尘，云隙之阳光不烈，皆足快意。六公里至图云关，停车受检查。十二时后，饭于龙里县。穿过贵定县城（在贵定见花苗），五时歇于马场坪，此是平越县境。自贵阳至马场坪凡一百十三公里，约为全程（贵阳至金城江）四分之一。途中曾遇阵雨数次，余坐司机台，毫无影响。伯宁坐于司机台后，上无遮蔽，则满身淋漓。今日皆行于山间，路旁少见田亩，山多石而少土，不便耕种。此一段公路多陡坡，殆当初勘路者草草为之，据司机诸君言，此一段颇不易驾驶。

余之车先到，余即看定一栈房，俟彬然、伯宁后到。六时进餐，居然可得酒，余饮包谷酒四两。栈房系上海人所设，颇清静。灯下作一书寄家中。

昨夕为臭虫所扰，竟夕未得安睡。雷雨时作，倾泻如注，静夜听之乃泯杂想。

五时起身，不久即冒雨开车。经都匀而独山，进午膳。是二县似尚丰饶，山上树木较多，路旁亦常见田亩。至一站曰六寨，则已入广西境，属南丹县。广西境之公路两旁多种树，虽未必株株完好，究为行旅之荫。树为油桐，桐实累累。广西桐油亦大宗出产。此外似为马缨花，尚有其他。将入广西，山已作广西风格，不规则，有尖顶，闻桂林、阳朔之山为此种风格之极致。彬然语余在广西几乎四季闻秋虫。停车打尖时就山脚草际听之，果闻叽叽之声四起。

六时歇南丹。旅馆甚简陋，蚊声如雷。

今日共行二百四十二公里，明日再行八十余公里即可抵金城江。黔桂铁路今以金城江为起点，不久即可北伸至南丹。南丹以北见分段筑路基之工程。傍山铺石，凿山开路，亦巨大工程也。

伯宁今晨检点放置车上之物件，其一洋铁箱中失去衣料毛线等，价值不赀。殆以存放多日，为人顺手窃去。及晚下车，又发现失去铺盖一件，其中有衣服，值亦可观。此殆是今晨在马场坪仓促登车，未及携上。瞿君谓当于归途代为访之，未知能璧还否。伯宁夫妇咸怏怏，余与彬然亦无欢。

今日上午车上一陡坡，以雨甚路滑，加铁链于车之后轮而后上陟。此法余为初见，盖取义于坦克车。余所携两个小包随身携带，皆未沾湿。伯宁、彬然之物均湿透矣。

晨六时开车，行五十六公里至河池县。停车登记，颇延时刻。闻人言金城江霍乱盛行，已死数十人，不免有戒心。其地前数日天气酷热，至九十余度。昨今有雨，当可少凉，疫势亦当少杀。再行二十六公里至金城江，时为上午十一时。计贵阳至金城江凡四百三十七公里。

下车闻火车汽笛声，见车站、铁轨、火车。此景睽违已久，乍遇之不禁感慨。入铁路宾馆，其主任曰夏传谟，苏州人，彬然前与相识，在贵阳致一电请留房间，得四榻之屋一间。此馆客室甚多，分设于各座平屋中。每座平屋皆独立，不相毗连，既得清静，复免火灾时延烧。客室分数种，四榻之屋为其最下者，然被褥蚊帐均清洁，上有承尘，下有地板，有窗四扇，殊可满意。旅中恒住小栈房，得此如入华屋矣。馆中有餐厅，亦清洁。午饭时吾人均吃醋一匙，以预防疫病。午后晤夏君，人甚干练。余预为请托，将来返程代余设法购车票，夏君允之。余乃放下一桩心事。

三时浴于馆中浴室。易衣衫，竟体舒适。

五时后与彬然出游街市。店铺皆极简陋之板屋，杂乱无序，群蝇乱飞，令人不快。此处自黔桂路通达以后始成要地，将来路线展长，便将为一无关紧要之小车站。今之充斥于市廛者，为旅馆、餐馆与日用品店。活动其间之人物则以司机为众，而娼妓、赌徒亦复杂厕其间。市面虽如此，自然景物却不恶。四望皆山，突兀矗立，近翠而外，复见远青。金城江水流颇急，江中有滩，激水若沸。市街之杂乱喧扰如彼，山水之静穆严整如此，共处一境殊不调和。

七时宴请司机诸君，酬谢此次招顾之意。所饮酒名"三花"，广西产，味不香美，而足致头涨。余饮较平时略多，返室即睡。

六月三日　星期三

天气仍酷热，挥扇而汗不止。

托宾馆往车站买二等卧车票。十一时进午餐。餐毕即入站登车。瞿君送之，余与彬然皆深致谢意。

列车系由各路原有车辆杂凑而成，人戏名为车辆展览会。我们四人占一间。室中器用固以前所惯见，而睽违已五年，骤见之不无异感。电扇生风，电铃唤役，绒毯软垫，无不舒适。以视挤坐于卡车之中，何止天壤之判耶。车以下午一时十分开，行驶甚缓，平均每时殆不足三十公里。窗外所见惟广西风格之山，略有田亩。所经镇集县城不能详记。七时至柳州，停两点多钟再开。我们就睡，而衬褥太厚，天气闷热，又略有蚊虫作祟，不能安眠，终夜蒙眬而已。

六月四日　星期四

五时起身，见窗外下雨，念桂林将到，殆可以不复在车中遇警报。讵意六时许车抵横山即传有警，车遂停止不进。询知敌机来者仅一架，颇不足怕。察头等卧车所谓"蓝皮钢车"者，车厢顶下有钢件颇多，伏其间避机枪弹绰绰有余，因不复他适。同车之客则有避至路旁山上者。等候两时许始解警，车复开行。

九时抵桂林。经检查及呈验证明书，乘人力车至环湖路开明，已十时矣。晤洗翁、锡光、士敫及开明其他同人，皆欣然握手。洗翁精神如前，为别四年，绝不见老。而不见清华。询知近方小产，因移居乡间乃妹处休养。少顷仲持来，仲华来，俱叙别后之情。仲持亦是由香港退回此间者。

饭后看收到之信件，墨与诸儿共有五六封。知家中安好，为慰。此外又有朋友之信五六通。洗翁为余发一电致成都，告今日到达。

倦甚，入睡一时有半。醒时云彬来。云彬风度依然，不减当年。吴朗西、韩祖琪来，朗西先到此多日矣。四时随云彬至其寓。寓中熟人聚居，有雁冰、仲华、联棠诸家，共占两楼两底，颇为热闹。雁冰夫妇亦仍如前，他们五年来行路最多，见闻自广。雁冰方作一长篇小说，俟其出世当为佳作。傍晚在云彬处小饮。其夫人特为余煮面，颇可感，酒罢与诸友在楼廊乘凉闲谈。

八时后归。既而阵雨大作，而并不转凉。与洗翁谈开明近况，直至十时。洗翁特为余购蚊帐，假以新席。因新购之床未到，旧者恐多臭虫，令余睡士赦之床。孰知其床亦有臭虫，熄灯之后即潜出肆虐，一夜仍未得美睡。

六月五日　星期五

晨早起，自楼廊外望，树荫之外衬以湖水，殊不俗。湖名榕湖。食毕作一书寄家中。

彬然来，与偕出。访刘百闵于乐群社，未值。访胡仲持于青年会。仲持言近拟筹设西文印刷所，并将精译西洋文学名著。

辞出，在路旁拍"快照"。此种照法余初未见过，虽略模糊而好在当时可取。因云彬言乘飞机或可有望，有此照片即可往登记。

午后入睡一时。起来闲看书报。五时云彬、彬然来，偕洗翁与余往建设研究会，应李任仁（重义）、陈劭先二先生之招宴。李为省参议会议长，陈为文化供应社社长。建设研究会系一赞助行政之机关，聘研究员若干人，集会时就省政作究讨。其会址本旧时之藩台衙门，小有园林布置，有八株桂花树，厅因名"八桂"云。同座客有雁冰、仲华及文供社同人数人。肴馔甚精，殊醡适。广西前曾禁酒，今已开禁。宴集时有酒，便觉像个样子。

听同座诸君谈战局，皆言敌人于攻占缅甸之后不向印度而加力攻我，其意盖欲得一解决。今浙、滇之形势我均挫失，此后演变将更使我感觉困难。余闻斯言，心忧不已。

九时后归，复与洗翁长谈。十时半睡。

六月六日　星期六

八时洗翁导余至仰之寓所，仰之全家不在。女佣言太太在医院生产，先生往看之，少爷们均入校读书。

遂入商务印书馆，请其经理徐丽川君为余担保乘坐飞机不得有不法情事。徐君允之，签名盖章于保单之上。保单之后为申请书，申请于航空检查所。得其批准，发给购票许可证，方可向航空公司接洽购票。洗翁亦填一份，同往检查所交涉。答称三四日后可来打听。此举原系所谓"撞木钟"，万一有望，则与洗翁同航重庆，既不孤单，复免长途之辛劳，太舒服矣。

回开明，改三官《我与游泳》稿一篇。店中同人有往医院打霍乱预防针者，余念日来各地有此疫蔓延，打一针为妙，取得证明书，购车票时亦免麻烦，遂往请注射。此种注射只须一次，免费。

既而仰之来，言其妻生一女，生时颇危险，现在医院休养。渠于明日将出门至闽、浙，其职务系为中央储蓄会送致储蓄奖券于各地，每两个月往送一次。谈半时许而别。

余忽觉头涨身冷，似将发热，遂就睡。本定傍晚在陆联棠家小集，只得不赴。既而热度甚高，蒙眬入睡。醒来天已黑，满身淌汗不止，而热已退。始知系疟作，非其他毛病，取金鸡纳粉服之。

六月七日　星期日

晨起服奎宁丸两粒。九时后与洗翁、锡光、彬然至榕湖对岸之功德林素菜馆，仲华、联棠继至，略谈《中学生》编辑事。功德林布置如小园庭，楼用竹瓦，树木四围，颇有雅趣。十一时许，阵雨大至，雷电交作，天气转凉。午餐毕，雨亦止，回开明。再服奎宁丸两粒。与彬然谈编辑何种书籍为有裨于读者。作三信：一致夏传谟，一致邹君斐，皆托设法车票；一寄家中，杂告来桂后见闻。

六时至天然餐馆。今日为诸友聚餐会会期，夫人小儿咸集，凡两席。该馆系广西式之菜馆，所制品近乎广东，诸品皆元汤，有真味。菜凡十色，值百二十元，颇为便宜。席间雁冰谈在西北时骑马，射猎、饮马酪、吃烤羊之情景，颇动听。八时散。余再服奎宁丸一粒。

六月八日　星期一

上午改二官、三官文各一篇。洗衣服两件。

饭后一时与洗翁同至文供社，晤彬然，参观其社之各室。彬然及其同事宾君又导至社中所设之建设印刷厂，在内地看来，此厂有大小印机六七架，已算大厂。厂之门外，开明自建之栈房在焉。其地曰百雁山，有岩洞若干个。入一洞名"丽狮"者，宽广可容三千人。洞非一口，故颇通气，天然之防空洞也。桂林一地，若此之洞甚多，最大者可容三万人云。憩坐于路旁茶馆，然后循小路而归。

傍晚与洗翁对酌闲谈。八时许，洗翁倡议往听鼓书，惟董莲枝最佳。此人在沪在渝余俱听过。余尝谓歌唱者必能化噪音为乐音而自由操纵之，方成一家，董即此等人也。此外皆平平，又杂以魔术及苏人之弹词，令人生厌。

六月九日　星期二

天气晴朗，而不燠热。晨起看西南联大寄来付排之《国文月刊》稿凡三期，颇有佳作，殊觉惬心。作一书复沈从文，为其小说集交开明出版事。

十一时至雁冰所，应其招饭。雁冰夫人治馔甚丰，有鸡与鱼虾。云来桂后从未请客，此为第一次也。午后一时许传警报，未久而传紧急。雁冰夫妇不逃，余亦留。雁冰为余谈在新疆一年间之所历，颇长异闻。旋飞机声起，隐隐闻投弹声，继见高射炮之烟两朵，复次见敌机四架，飞行甚高。约历一刻钟而寂然。雁冰继续谈说，中气甚足，直至四时半而终止。雁冰夫人复谈香港脱险经历，南北往来行程经历皆可听。

六时上楼，与云彬饮茅台酒。酒罢，彬然及三四友人偕来，谈编辑《国文杂志》事。出版登记证限期将届，不出版即将无效，须于本月内编成第一期。余被派作文三篇，须于一星期内赶出。然诸君又言星期五往游阳朔，星期日方回来，真没法安排矣。

九时半归，与洗翁谈半时始就睡。

晨起，洗翁邀游七星岩。甫出门而警报作，遂改道至联棠家，即吃粥。不久，敌机一架飞于空中，盘旋有顷而去。逾四五十分钟又来十架，而余仅见三架。在机场投弹数十枚而去。十时解除。

联棠家之邻舍有广东人之谈话，语声似驾驶到乐山班机之杨兆藩，探之果是。询知自广东来此，将于明日飞回重庆。

归开明，看《国文杂志》收到之稿两篇。

饭后仲持来，谈编选英文名著之计划。张明养来（系自香港归来），言将往重庆，重入商务。

傍晚与洗翁、彬然、锡光三人小饮。洗翁言开明拟设编辑委员会，而以余在成都主持其事。委员职务之分配，联络之方式，尚待细商。

吴全衡来，谓其夫胡绳逃出香港最迟，一路辛苦，近方卧病，言次泪下。

晚饭毕，即与彬然至文供社，应社中同人结集之文学组之招，作一次谈话。二十余人散坐庭中，不拘形式，倒也有味。惟余并未思索，谈来杂乱无序，殊不自满。谈一时许，复互为讨论一时许，然后散。

今日往航空检查所，申请书已批准，得一购票许可证。只须有亲切之人向航空公司关说，即可成为事实。虽云彬、联棠、士敫等人皆愿为我设法，恐未必有成也。

日来赣、粤、滇战事皆甚紧，浙省几已全陷。艰苦之局，今年为最。不知能有术打破此难关否，心甚忧之。

家中无信来。他们不知我何时离桂，恐以后不复有信。月余不

172

得家中消息，以前出门时所未有，颇感难堪。

今日得馆中同人来信。

六月十一日　星期四

晨五时许醒，而警报已鸣。独至文供社，访彬然，洗面。旋传紧急，偕至社址后面之岩洞旁。晤仲华、云彬、欧阳予倩诸君。向予倩请教桂剧大概。谓桂剧本系湘剧，其唱句为二二三、三三四两种，与平剧同，惟调子不同。音乐有牌子，而歌唱无牌子云。继知敌机已到，群皆入洞，余亦入焉。其洞亦宽广，而石隙漏水，地面潮湿。旋闻投弹声，较前昨两日为重，地点仍为飞机场。及飞机声杳，即归文供社吃粥。

七时闻解除信号。遂坐楼上彬然室中作文，充《国文杂志》材料。午刻吃饭后，于室中入睡一时。醒来续作，至三时而成一篇，仅二千言耳。

归开明，擦身，并洗衣服三件。与洗翁谈开明事。

六时仲华偕其妹来，邀往桂东路全家福小饮。仲华为谈三年来在香港办事处经历，并谈开明编辑方针，皆有识见。此君识力益富，余所深佩。又语余美国助我飞机已开始来到，桂林已到有少数架。综其共数，殊为可观。敌人每日来袭，即以此故。余闻而心喜，不利之战局或可因而有转机乎？八时餐毕，偕往漓江上之中正桥，观桂林夜景。徐步而归，已逾九时。

六月十二日　星期五

晨四时半起，洗漱毕而警报已鸣，几同常课。仍至文供社后面之山洞。闻机声，即入洞。云彬家携有一长凳，拉余共坐。洞中人几满，颇感闷热。约略闻投弹声。既而人稍稍走出，及闻机声，又一哄而入；如是者数次。至七时半解除。始知今日我机（美空军志愿队）迎击，发生空战，击落敌机四架（后知为八架）。如此胜利久已不闻矣，为之心喜。

返文供社，晤柳亚子先生及其女无垢，亦来此避警者。柳自香港返国，将寄寓此间。貌清癯，须发萧然。

看报知英与苏订立军事同盟，美与苏亦有进一步之谅解。此事关系世界全局颇大。午刻随云彬返其家吃饭，小饮。仲华谈国际间之纵横捭阖，以打麻将、打沙哈为喻，妙切事理。

一时半返开明，入睡一时。醒来向锡光索读者投稿一篇，为之批改，入《国文杂志》，仅改其六分之一。傍晚与洗翁对饮。饭后出外剪发。九时睡。

六月十三日　星期六

晨仍早起，预备避警，但并无动静。敌人经昨之挫败，殆不敢轻易来袭桂林矣。

七时洗翁邀出游行。出城东定桂门，过浮桥。浮桥两旁皆泊木船，即于船中陈物求售，如店铺然。入龙隐寺，寺后有洞，建小塔及香藏。石壁上有元祐党人碑。坐少顷，转至七星后岩，未至洞数十步即感寒气。在洞口观望，石隙水下如雨，阴气迫人，不敢久留。又折至七星前岩，洞口阔大，政府机关在此建一巨屋，为庋藏档卷之所。洞有栅门，加锁。其中木凳满布，空袭时开放，可容三万人，为桂林最大之洞。亦可纳费入内游览，余则无此兴致，在岩前空地上吃茶。茶座几满，皆预备避警者。四望山容野景，颇为畅适。看报，知江山亦已放弃，赣省敌颇深入。经中正桥而入城。进皇城，望省政府背后之独秀峰，一峰孤起如柱，上生丛树。

十时半返店。饭后续作昨所为文，至四时半完篇。今日得二千余言，全篇三千余言。

傍晚，洗翁邀仲华、彬然、云彬、锡光、联棠在店中小饮，谈设立编译机构事。议定设于成都，由余主之，定名曰"开明编译所成都办事处"。仲华、彬然、云彬皆为编译委员，相助编稿约稿。每月以印书三十万字，出版两册或三册为定则。收稿费用年以十万元为度。其他事务费用亦有规定。九时散。

天气热甚，登床，挥扇而汗流不止。

六月十四日　星期日

晨起作文，谈韩愈《答李翊书》。饭后睡一小时，起来续作。四时半完篇，凡二千言。此篇与十一日所作一篇同隶于《未厌居文谈》总名之下。以后将赓续为之。

傍晚至联棠家为聚餐会。此次由雁冰夫人主办，所治肴馔，甜咸皆精。酒罢，洗翁倡议打牌，邀余与仲华及云彬夫人入局。打四圈，余负焉。桂林禁此戏颇严，故于桌上铺厚毯。

六月十五日　星期一

竟日伏案作文一千五百言，题为《作一个文艺作者》，为《中学生》之卷头言。

联棠往中航公司打听，士敩往欧亚公司打听，皆言只须有飞机来此，当可与以便利，令尽先购票附载。余本定以十八日动身，今闻此讯，拟守候飞机，不复思乘汽车。闻自金城江至贵阳之公路上有桥为水冲断，又闻自贵阳至重庆，汽车改用木炭（公路车殆全用木炭），须历七日始达。此皆令余视公路为畏途。惟愿飞机来桂，得航空而归耳。

周伯棣来访，谈一时许。周于廿八年过乐山，曾见访。今在广西大学任教，邀我们往游，缓日或当一往。

今日热至九十度以上，入夜下雨，稍转凉。

六月十六日　星期二

晨起至文供社，与彬然、云彬谈《国文杂志》编务。即留彬然室中作文，取一诗，谈理解与鉴赏。

午刻饭于云彬所，先之以小饮。与仲华闲谈，知前途颇难乐观，怅然不欢。

二时半返开明，继续作文。艾芜来访，谈有顷即去。夏传谟来访，方自金城江来，谓已为余登记，可得廿二日之票。即告以或将航空。

傍晚与洗翁应锡光之招，至其寓小叙。其夫人治馔亦精，醉饱而归。

六月十七日　星期三

晨起续作昨文。午后倪文铨自金华抵此，言金华失陷时民众流窜之情形，与物资损失之巨大，闻之殊深感叹。张明养来，欲于日内动身，即取夏君为余所定车票以行。当为介于夏君。四时文完篇，两日共得二千言。又作《国志》编后记一篇，于是第一期中余所任稿已齐。将交与云彬，由渠送审付排。

五时下大雨。雨后至云彬所，应其招饮，此外只一彬然是客。云彬夫人治馔，鱼、鳖、虾咸备，烹煮得宜，恣食之为快。饭后闲谈，听仲华之一子吹口琴，一女唱歌，怡如也。

九时归开明，即就寝。

六月十八日　星期四

晨起作书寄家中，告决候机回川，到家当于下月上旬。

今日为端午节，对湖菜市人声如沸。清华昨送字条来，邀往乡间一游，兼以过节。八时许与洗翁、士敫偕往。出丽泽门，行于山间，约三四里而至桂馨园。桂馨园者，修炮厂（近改为兵工厂）所在也，占地甚广，不知其几千亩。屋皆散布，不相连属，厂房办公厅而外，又有职员住宅多所，或讲究或简陋，称职员之等级。遥见一住宅中有人招手，则清华与其妹静鹤也。清华小产后已复原，惟清瘦不异从前。静鹤则壮健殊甚，与其姊妹均不类。坐定先吃粽子，继以杂谈，五年为别，可谈者多，东鳞西爪而已。园中合作社为端节宰猪，已宰二十头而向隅者尚多，只得续宰，猪之嚎叫声不绝。静鹤之夫黄业熊在厂中为技术员，专司检验，往在上海曾于伯祥家遇之。午刻归来，即共饮食。菜皆静鹤所治，尚不恶。饭后仍闲谈。天忽晴忽雨，如下江黄梅时节，燠热而闷，令人疲困。

四时后返开明，清华谓下星期日将入城到店做事矣。余遂洗身，洗衣衫，六时完毕。店中亦添菜过节，菜皆几个女同事所治，颇丰。余以午间进食已多，不能多吃，饮酒半杯，吃饭半碗而已。与洗翁在楼廊乘凉闲谈。八时就睡。

六月十九日　星期五

晨间文铨来，即偕往大华饭店访夏传谟，请以所订车票之一让与之。得墨一信，颇有牢骚，为之怅怅。作书致佩弦，并附一信致王了一，皆请为《国志》作文，并以书稿交开明出版。看完丁西林所作《妙峰山》剧本，结构与台词均好。

午后一时至桂林中学，应校中同人之招。校址在文庙旁，旧为书院，兴办学校后几经转变而为今校。校长雷震，国文教师叶苍岑，历史教师周之风，其他不能悉记。全校教职员多至一百四十一人。学生千三百余人，分二十余班，高中多而初中少。叶君等导观各处，房屋园地多，而皆不甚整洁。理化器械药品及书籍亦丰足，然颇积尘埃。观高中男生宿舍，一切凌乱，赤膊学生若干人仰卧于床。偶观教室上课，亦无非循文讲解而已。索观学生作文本，程度似尚均齐。三时半余演讲，以十五日所作之"卷头言"为材料。学生自由

177

来听，礼堂中站立几满。四时半讲毕，察学生神色，似尚能领会。

返开明，仍与洗翁小饮。饭后偕行于湖滨。八时半就睡。

六月二十日　星期六

上午拟编译所办事处办事规程数条。看《中学生》之投稿一篇。

午刻，洗翁以开明名义邀夏传谟君小叙，将来运输书籍或须得其相助。联棠兄弟、彬然、仲华、文铨同座。夏君人极爽直，自言服务之经历，可知其为尽职之人。散时夏君又定明日之约，仍在此天然酒家，仍为此一席人，再畅叙一次。

返开明，明养来，介于文铨，俾今晚结伴出发，同至金城江。仲持来，谈选印英文文学书事。入夜，在楼头乘凉，与洗翁闲谈。九时睡。

六月廿一日　星期日

上午作《中学生》卷头言一篇，千余字，题曰《五足年了》，为抗战五周年应时之作。

有唐现之来访，本为中等学校校长，今为广西教育研究所（现并入广西师范学院）资料室主任。其人极推崇开明所出书，因而并重视其作者。教育研究所殆与余所处之教育科学馆性质相近，余询其所之组织与工作，答语不详，似亦草草，与我馆同样有名无实。

午刻至天然酒家，应夏君之招。席间皆昨日同叙之一人，惟少一文铨耳。夏君谈其生平经历，并及重庆、香港琐闻，皆有味。餐毕，握手而别。

归开明，入睡一小时。清华自乡间进城，即销假，照常在店任事。四时半，美国空军驾机九架飞驰于市空，市民皆欢呼拍手。此辈绰号"飞虎"，击日机有佳绩，宜受人欢迎。

傍晚至联棠家，为聚餐会，今夕系锡光夫人主办，雁冰夫人佐之，菜亦不错。食后读云彬所作《谈经》，《国文杂志》之材料也。与仲华闲步街头，君语我镇压青年及被认为不稳分子之实况，闻之深叹。

十时就睡，而臭虫大出肆扰，臂腿肿块累累。直至三时，始蒙眬入睡。

六月廿二日　星期一

上午拟作文，为次一期《国志》之材料，翻书多种，而迄无所得。饭后倦甚，入睡一时。起来注解蔡子民之《责己重而责人轻》，为《国文选读》栏之材料，但作数百字即辍。

下雨，天气大凉，余穿夹衣。

仲华来，洗翁与余邀共小酌。仲华言秋间或将移居成都，从事述作。余深盼其能实践。

雨窗无聊，七时就睡。

六月廿三日　星期二

续作昨未完之注解，得二千余言，仍未完。

下午三时与洗翁、云彬、联棠偕出，至商务、中华、世界三家购书，备店中同人随时翻检。书价又将提高，故从早购入为得。但现价亦已可观，付出七八百元，仅购十数部而已。

傍晚与洗翁小饮，彬然来，同饮。饭后楼廊坐月。唐现之君来，言有桂林师范毕业班三班来城中参观，寓教育研究所，约于后日下午往作演讲。余允之。

六月廿四日　星期三

雨竟日，时大时小。

上午续作昨文，至下午二时得三千言，全篇完毕。

彬然来电话，言仲华所托海关秘书高君电话通知，中航机将开，可往购票。于是联棠及其弟剑秋冒雨而出。彬然、云彬相继至。洗翁与余整装待发。但联棠归来言未能得票，盖已为捷足者先得，其余八座则归"办公厅"支配。惟中航主任已答应，下次有机来时必令二人同行云。一小时之间空忙一阵。余先则欣然，至此不免颓然。

洗翁谓今日云彬、彬然在此，可续谈开明事，遂招仲华来，楼头共酌。先谈分担《中学生》各门类作稿约稿事。次谈编译所事，委员除云彬、彬然、仲华外，加请子恺、祖璋二人。以墨为办事处职员。关于各人之薪水与费用亦有商定。

仲华去时，余托渠再向海关秘书高君嘱托，务令中航公司因彼之人情，使我们有航行之便。

六月廿五日　星期四

仍竟日下雨。

上午为店中略作改编旧版书之工作。其所以须改编，因现在各地设有书审处，凡书店初版再版书籍均须送审，审后如有所指摘，须改编方可印行。写二信，一寄家中，告日内或可离桂，一寄子恺，申述请为编辑委员之意。

午后一时彬然来，与张伞偕出，过中正桥，直东过花桥。漓江水大涨，黄流滚滚，虽不及大渡河，亦复壮观。自花桥右折，即至教育研究所。唐现之君令桂师毕业生三班集合于礼堂，即为演讲会。余讲训练教学之要及文艺写作之要，彬然讲出任教师宜取之态度。余不自满意。

梁漱溟先生自港回大陆，留居桂林（梁本桂林人），近寓所中，现之、彬然导余往访之。状貌严肃，发言颇缓而沉着。坐少顷，现之邀往吃月牙山豆腐。月牙山在研究所附近，山前有素菜馆，煮豆腐尤有名，桂人所谓桂林三宝之一。三宝者，乳腐，月牙山豆腐及

180

女伶小金凤也。余在店中几乎每餐有乳腐，豆腐则适然遇之，是已识其二宝。惟小金凤已嫁人，不复唱戏，此宝不可识矣。谈次知梁先生持素已三十年，其动机为不嗜杀生。问其近著何书，谓方拟作《中国文化概义》，因言全书之组织并及其书之结论。结论可以一语表之，曰"中国文化之特质为理性发展得早"。理性别于理智而言。超出事物而为客观观察，是为理智。处身事物之间而求主观体验，是为理性。儒家即纯从理性上做功夫者。儒家之影响最大，以故中国社会史之种种问题皆当从此一结论出发而探求之。梁之言大略如是。余以为有所见到，而谓遽可以解决文化方面之诸问题，恐未必也。吃豆腐，的确滑嫩鲜美。另吃素菜三色，各吃面一碗，而后出。

现之、彬然导登月牙山，石磴之左为石壁，其右高树挐攫，漓江直泻，远望诸山，烟雾迷蒙，颇称佳景。石磴不过三四十级，上有寺，殿屋在洞中。其前临江楼阁贮藏军用品，锁闭不得入，未免憾事。伫立有顷而下。

入城返开明。彬然与余谈做事之态度，颇有所得。士敩、清华与余谈数年间杂事，亲切有味。洗翁出饮归来，又谈有顷。九时半就睡。

六月廿六日　星期五

上午胡绳、全衡夫妇来谈，得知数年间二人境况。胡绳病已愈，面瘦削干黄。

饭后小睡一时。起来助锡光校《国文月刊》二十余面，至于日暮。清华、士敩特做菜饷余，因与彼夫妇并洗翁共叙。菜有鸡、鱼、虾、排骨，不禁多饮，逾于往日。席间言二人结婚，余为媒人之一，当时未及相谢，此有谢媒之意云。

洗翁倡议看桂剧，八时往广西剧场。剧场门面颇壮大，里面则不及上海之戏院。据闻桂剧系自湘剧转变而来，有静趣，不用大锣大鼓。该场之戏班现由欧阳予倩君指导，于各方面均酌加改良。奏乐者不现于台面，惟仍有值场两人与演员同在台上。所观戏凡三出，曰《黄鹤饮宴》，曰《打雁回窑》，曰《荷珠进府》，第三出不知出于何种说部。唱工做工与京戏相仿佛。因距离较远，唱白多未能听清，似无多大佳趣。十一时散，归店即睡。

六月廿七日　星期六

上午熊佛西来访，渠亦编文艺杂志，嘱为撰文。谈一时许而去。看《鹤林玉露》为遣。

饭后入睡二时，昨日迟睡，得此可以补偿。醒来时仰之在洗翁室中。云此次至赣即折回，未及入闽。其夫人产后出血，颇为危急，幸得人输血，已无问题。医药费殆七八千元。

云彬、仲华、彬然皆来谈，不久即去。傍晚与洗翁对饮，小酾而止。天气如江南黄梅时节，云压群山，风飘阵雨，气压极低，令人困倦。八时就睡。

飞机杳无消息，思归之心甚切。

六月廿八日　星期日

甚无聊，竟日看架上杂书为遣。看《今古奇观》最多，约十篇。傍晚为聚餐会，仍集于联棠所。本为仲华之妹当值，渠不善烹调，委佣妇为之。仲华方发烧，似为疟疾，未参加。食毕谈一时许即归。洗擦全身，较感爽适。

六月廿九日　星期一

晨起作《国志》文稿，得数百言即停手。梁漱溟先生来访，托带一文至重庆。

与洗翁偕出，至社会服务处观叶浅予漫画展览。画凡七十余幅，分两部分，一曰《重庆小景》，一曰《走出香港》，前一部中有写空袭期间之种种状况者，后一部中记其所亲历，画面时见敌兵形象。叶以画《王先生》著名，今所展出之画观察深入，笔姿似拙而劲，可见其进步。社会服务处系新开幕，房屋与布置较贵阳者尤讲究。凡大都会殆必将有一社会服务处，以见社会部确在办事。然仅为都市旅客数十人解决食住问题，岂即"人生以服务为目的"之义乎？盖亦粉饰表面而已。

回开明，看雁冰在香港所撰杂记《如是我见我闻》小册，皆记在各地旅行之琐屑事，寓讥评于反语之中。余以为如此作法似欠缺诚挚态度。

孙春台来。春台近为中国旅行社编《旅行杂志》，上唇已蓄髭，壮健诚恳犹昔。言前闻余阻滞贵阳不得车辆，曾寄书于余，介往中国旅行社。余闻而心感之。坐不久即去，约明晚在乐群社宴饮，再谈一切。胡绳来，谈半时许。小饮后与洗翁在楼头乘凉。《宇宙风》之编者林憾庐来，林语堂之兄也，亦谈一小时。

天气闷热，洗身而睡，仍复不爽，小臭虫潜出肆扰，半夜未得美睡。

六月三十日　星期二

晨间洗翁邀同出，思吃汤团，但途次遇雨，在一家北方馆子吃烧饼、油条、小米稀饭而归。归即续作前文，至于下午五时，得三千言左右。系以学生口吻谈自己学习国文之经验，思以引起一般读者之注意，俾各自抒其所见，为文投来。

接小墨、二官各一信，尚是月初所发，希望我于端午前到家。讵知我在此候机，距端午已十多日，尚未能动身耶。二官久咳不愈，人见得消瘦，疑肺部有病，往照 X 光照片。我颇念之。又接君斐一信，言已为我托定银行中人，到渝时可往接洽返蓉附车事。

午后桂中教师叶苍岑、周之风来访，言已与此间特种师范教师说定，如往参观，当派人来接。特种师范专收瑶人子弟，毕业后即令从事瑶民教育，颇值一观。但地点距此十八里，往返无可代步者，又恐适有飞机到来，只得辞谢不去。

傍晚与洗翁及雁冰夫妇至乐群社，应春台之招宴。实系中国旅行社请客，为《旅行杂志》宴请作者与画家。客凡两席，菜甚精，饮湖南制之绍酒，味作酸。九时散。

七月一日 星期三

上午续作昨文，得一千余言。午刻，为纪念总办事处成立一周年，全店"打牙祭"。饭后入睡两时。醒来，校《国文月刊》十余面。傍晚彬然来，再约云彬、锡光偕出小饮叙谈。入下江馆名复兴馆者，坐于露天，谈叙甚适。惟念不知何日成行，心总不能安然无事。家中必已盼我甚矣。

七月二日 星期四

晨早起，作《中学生》卷头言《德目与实践》。

九时洗翁邀同访仲华，视其病。至则知其病确系疟疾，医生主打针，购药一支，价千元，尚系便宜货，市价须千二或千三，亦骇人听闻矣。仲华言海关高秘书来言，五日或六日之飞机决可附载，闻之心为少慰，惟希其言不虚，又无他种阻障，致不得成行耳。复至雁冰之室中少坐而后归。续作文字。饭后入睡一时半，起来复续作文字，完篇，共千五百言。

傍晚仍与洗翁对饮。八时洗翁邀余与士敩、顾惠民往听大鼓书。董莲枝唱《哭祖庙》，此折叙事句多，不及唱《红楼》《西厢》等多抒情句者之宛转有致。花佩秋唱《武松杀嫂》，系八角鼓杂牌子，虽声音响亮而无多趣味。十时半散。坐书场中虽为时无多，亦颇感疲劳。

七月三日　星期五

晨出剪发。归后取郭沫若所译屠格涅夫之《新时代》为遣。思归程不知在何日，究以何种交通工具而行，心至不宁定。饭后仍午睡两时。起来续看小说。

傍晚应熊佛西、蒋本菁、萧铁（蒋、萧系经营书店者，未详其店何名）三君之招，至功德林。同座有柳亚子父女、雁冰、洪深、春台、胡风及安娥女士。洪深多年不见，彼此共言消瘦矣，然其谈风之健仍如曩日。素菜甚佳，共饮颇畅。向柳无垢女士约得翻译小说一篇，供《中学生》用。

八时归。九时睡。臭虫肆扰，久不成眠。方得蒙眬而忽传警报，看表方两点。遂独往文供社，月光下照，诸山生辉，人群如流水而余厕其间，宛然梦境也。在彬然室中小坐，彬然令余洗面。坐一时许，警报解除，仍踏月而归。

七月四日　星期六

晨以六时半起，较往日为迟。早餐方罢，又传警报，与洗翁偕往百雁山堆栈中，栈旁有洞，紧急时可入。此堆栈系租地自建之屋，存书不少。以前堆栈分散为四五处，今集中于一处，管理上方便得多。继闻紧急警报，闻我方之飞机声，而不见敌机到来，旋即解除。遂缓步而归。

至老君洞旁，警报器复鸣，先归者皆返身而来，遂上磴道，观老君后洞。洞不止一个，高下不一，各有其名。入之，皆凉气袭人，于方出汗之身体非宜，因立于洞外。又传紧急，姑入洞小坐。待半时许，不见动静，乃自后山履岩石翻至前山，入老君洞一观。洞中有老君像，高大而颇拙劣。旋闻解除，遂缓步至联棠家，登楼访仲华，小坐然后归，时为十一时。观报纸，知昨夜敌机炸冷水滩（在自桂至衡阳之中途）。

185

饭后洗衣，小睡一时，起来观《新时代》。四时半韩祖琦、吴朗西（方自柳州来）偕来，邀余与洗翁往桂东路昌生园小叙。昌生园为广东馆，其菜颇可口，使余忆及上海之新雅。食方毕又传警报。此去江东甚近，即过中正桥，桥上之行列殊为大观。过桥不远，至文化生活社之社址小坐。朗西即宿社中，又有青年五六人皆寄寓其中者。林憾庐亦在。又见巴金之恋人陈女士。祖琦将来即管理桂林社务，为朗西之助云。未久，警报解除。朗西赠余以曹禺之独幕剧《正在想》，陈占元君（前曾到乐山，由孟实介绍相识，广东人）赠余以其译作两册，曰《夜航》，曰《山水阳光》。

归店早睡。夜一时三刻又传警，余与洗翁未出，起来至楼下坐。忽下雨甚大，风亦大，颇为洞旁避警者虑。三时解除，余匆匆登床而睡。

七月五日　星期日

昨夜雨后天气转凉，今日遂无暑意。上午将《新时代》看完。此书前曾读过，今日重读仍极有味。写人物，写动作，写风景，处处有佳趣，殊不可及。饭后入睡一时有半，起来看《正在想》。此是喜剧，在曹禺为小品。

傍晚与洗翁凭楼栏饮酒。饭罢彬然来，言海关高秘书今日访仲华，于乘机事彼颇关心，无论中航或欧亚，日内有机到必为设法。闻之心稍安。余于昨日已致电成都，告尚须候机数日，以免家中悬望。今日之交通不能如所预期，固亦无可奈何事。

左下颚所装金齿今日脱落，于是左下颚靠边二臼齿俱无，殊不便于嚼物。此金齿装未十年而已脱落，亦见牙医之技拙劣。

柳无垢女士来，交一翻译小说，曰《低声歌唱的人》。

七月六日　星期一

晨起洗衣。看《低声歌唱的人》，略为润色。又看张铁生《哲学讲话》一篇，亦《中学生》所用。又作新书提要三则，预备登广告于报纸。

十一时半传警报。与洗翁偕往联棠家，即午饭焉。既而有敌机一架现于云际，"飞虎"两架追之。未闻机枪声，殆以彼此距离尚远之故。阵雨忽至，远山迷蒙。敌机亦即杳然。一时许解除。

归开明，心绪恶劣，念何日可以登程，思之殊不能释。傍晚仍与洗翁对饮。今日清华特买鲢鱼一尾供下酒。饭后煮普洱茶品之，闲谈至八时半。

七月七日　星期二

晨临窗下望，见街民与学生之队伍，皆赴体育场参加抗战五周年集会者。广西保甲制度办得比较好，凡公众集会，街民每家至少有一人出席。然此犹是形式，民众咸集而集会本身苟无精魂，则仍为"具文"而已。

海关高秘书前言迟至六七日，欧亚机位必可弄到，今日已是七日，而高处杳无信息，欧亚机似亦未见到来，纳闷之极，至于坐立不安。自为排遣，足成前夕所得句为一律，以赠洗翁[①]。

午后大雨。雨稍止，因闷甚往仲华处小坐。据谈高君关切，机位当非无望。又谈开明编辑及《中学生》收稿事。三时半归。

傍晚与洗翁对饮听雨。晚饭后吃荸荠，此亦桂林名产。

七月八日　星期三

晨接成都办事处来急电，问余行否，知家中盼念深矣，心益不

---

① 　诗见本集第四辑：《桂林赠洗翁》。

187

安。洗翁为复一电，言仍在候机。十时联棠往海关访高秘书，归来言已得欧亚应允，今明飞机到来即可令余附载。乍闻之几疑梦寐。联棠复详述所历：顷与高君偕往欧亚公司，询知今明有机来，即请将余名入乘客之列。答言人家登记者尚多，不能越次（余之申请书在中航）。高言海关有杨税务司本可乘此班之机，今杨不动身，可易之以余。公司主任闻之，遂于名单上圈去杨税务司而写上余名。一俟机到，即可购票。接洽至此，殆已不成问题。然事正难言，总须成行方可算数。午后士畍往公司探听，言飞机尚未自重庆开出。主任复言此班附载必可算数。

傍晚云彬、彬然、仲华皆来，洗翁留之小叙（惟云彬以有客在家，先去）。谈杂志编辑事，仲华最为关切。八时高秘书来，言明日中航亦有机到，正为洗翁设法，或亦可以成行。如成事实，中航机以明日午刻自桂返渝，洗翁且先我成行矣。

今日写聘请编译委员书五件，分致仲华、云彬、彬然、子恺、祖璋。

七月九日　星期四

晨间士畍、清华邀洗翁与余至桂东路鸿运楼吃小笼包子与汤团。其点心系苏锡式，亦以怀故乡也。所食皆素品，以今日追悼五年来阵亡将士，全市食店无售荤者。八时许挂红球一个，此为"注意情报"之记号，但未久即解除。

中航机到，洗翁往访高秘书。高言此一班无办法。十一时后看此机开出。士畍往欧亚询问，知机来须以明日，登程为后天。余已深知今时旅行毫无定准，亦复不着急。

忽言有高君来访，下楼见一木然之人，目定，身僵，面无表情，扶一人而立。其一人自言黄姓。高君即高士其，前曾为《中学生》撰稿，集其稿而编成《菌儿自传》《细菌与人》者也。高毕业于清

188

华，继留学美国，研究细菌。有某种细菌自其耳际入于脑，神经系统遂受损伤，司言语与动作之官能皆木僵不灵。得病已十五年，近乃加剧。曾在各地治疗，今日自曲江到此（因曲江疏散人口）。扶之坐，则垂头而坐，手脚皆抖动不已。与之语，发言甚慢，且不相连贯，久之乃曰"我说不出来"。为科学研究而牺牲至此，深可悲悯。黄君系其同学，云至医院就医，无空病榻，遍找旅馆，亦无一空房间，希望相助。洗翁乃嘱同人代为寻找，居然于隔壁西亚旅馆得一单人房间，黄遂扶之而去。黄言在桂林有高之友好数人，须往访之，庶几可以共同扶助。又言高拟撰《自然科学发达史》，已拟定大纲，将来殆须有人为之笔录云。

刘百闵自乐群社打电话来邀往午餐。至则共餐于食堂，吃素西菜。刘此次来桂系代表中央邀自港来桂之"文化人"赴渝，但来已两月，殊无成果。其意似欲余向雁冰、仲华劝说。其语亦有感情，有理由，而谓某某人必须住某处而不宜住某处，则没甚道理。刘言甚多，余听之亦广见闻。直谈至三时而别。

余前在文供社夜会谈话，有人录之。云彬今日送其稿来，嘱订正。余即为删润，附条言此决不值发表，希望留在抽斗中为纪念可也。

傍晚与洗翁对酌。彬然来，谈有顷即去。晚饭后煮粥一器送与高君，与洗翁偕看之。黄君言高饮食由渠喂之，夜眠与同榻，以便照顾。友情如此，良可感动。高君闽人，其家属皆在本乡。

七月十日　星期五

晨八时至文供社，与彬然、云彬为别。余言来桂月余，今又分别，不知何日再见，不免有怅然之感。关于《国志》，彬然言彼愿任约稿并设计，嘱余勉力为之，每期连《习作展览》供给两万言。至雁冰所，以昨与刘君会晤事告之。于仲华亦然。二人均无应招径往重庆之意。仲华谈拟办一杂志曰《新史地》，聆其规划，颇有胜处。

云彬忽归来，言士敩来电话，嘱往欧亚公司购票。意下午即将飞航，匆匆别云彬夫妇、雁冰夫妇、仲华兄妹、联棠夫人及蕴庄而行。到开明，士敩已携余之衣包及小皮包而待。偕往公司，填表格，权体重，然后购得一票，其值为一千三百五十元。余之体重为五十公斤，两个包才六公斤耳。公司职员嘱以今夜到公司取齐，飞航当在明晨。归开明，彬然已先在，闻不即行，复归文供社，言下午再来。

饭后入睡一时有半。士敩、清华以海货及三午之毛巾衫相赠，洗翁以汗衫相赠，却之不可，只得受之。此次来游，费诸友好亦已多矣。

三时至仰之家，门锁上，全家不在。意其夫人尚未出院，即往省立医院看之。晤仰之夫人一人而已。云产后病已愈，而复患疟疾，遂留滞院中。坐少顷即归。

傍晚联棠邀吃北平津津馆，同往者洗翁、锡光、云彬，后至者彬然及莫志恒夫妇。饮食毕归开明，打牌八圈为消夜之计。前四圈余与洗翁、云彬、彬然成局，后四圈云彬归去，胡瑞清代之。余赢二十余元，共谓归程顺利之兆。牌毕，清华备小酌，共吃鸡粥，时已午夜矣。

七月十一日　星期六

晨二时离开明，洗翁、士敩、彬然、瑞清送行。余言此生未必再来桂林，此游良可珍惜。诸君言未必然，人事变更难料，或不久须重到也。至欧亚公司，乘客到者尚无有。候至三时半，客始到齐，遂入汽车往机场。送客者例不得同往，珍重道谢，招手而别。

车行约半时许到达，亦不知所经何路，场在何地。到则入一草棚中。至天放明，关员检查行李。见场外一机，机身大如两间房间，两翼横广，约相当于屋七间。发动机凡三个，一一开动，试验推进机之旋转有无障碍。旋公司主任令上机，诸客自机左侧之小门入。座位凡两行，每行七座，余坐左边之第四座，正居中。自窗外望，即见左翼之顶部，如在楼上望平屋之屋面。五时四十分开行，左旋右转数次，机即直驰，渐渐离地，初不之觉。在漓江上空北行，未能详观桂林市廛。余初以为或将感觉不舒，此时乃知不然，与乘汽车无异，又似乘江上小船，有随波轻荡之感。机声虽响，亦不致震耳，初塞棉花，旋即去之。凭窗外望，惟见山头，大约黔桂之山带黑色，川境之山多绿色。白云铺于谷间，为诸山之界。有时下望尽是白云，初阳照之，其白极明朗，卷舒松散似棉絮，不像雪山。有时掠疾流之云而过，则暂时无所见。余虽不知升高若干尺，意料之殆不甚高。机头司机者三，机械复杂远胜汽车，亦不知其分职何如。乘客有老头、老太太，有时装女子、西服青年，有美大使馆馆员一人，又有日本俘虏一人，一军官押解之。此俘虏似作冥想，垂目而坐，不知其何所思也。余曾入睡半时许。八时半降落于重庆江中之珊瑚坝。自桂至渝不足三小时，痛快极矣。若陆行乘木炭汽车，即一路无耽搁亦须半个月。

在机场取行李，候检查，历一小时，遂乘划子靠岸。雇滑竿往保安路开明办事处，闻人言日来重庆酷热。余坐滑竿上汗流不止。至则与祥麟、诸同人及寿康、李诵邺（近从泸州来）握晤。看家中之信数封，又有君斐之信，言中行不日有车开蓉。余心动，即驰往中行，访君斐之妻弟方谋成。方言君来良巧，明晨即有运钞票之车开出。遂为余介绍司其事之同事数人，并嘱下午再往问明确息。

归开明午饭，祥麟打黄酒一器，因与诵邺及诸同人共饮。饭后入睡二小时。三时半再至中行，知明晨决开车，即纳车价二百七十元。因墨信中有入城接余之说，即往电报局发一电曰"真晨乘中行车"。大约由于太高兴了，竟弄错了代日韵目，明日该是"文"而非

"真"也。累墨空候一趟，殊觉不安，决以明晨再发一电更正之，告以十三日抵蓉。

四时半至中华书局访金子敦。金自金华来渝已近两月，主持中华编辑事务，与余于开明相同。多年不见，亦颇见老态矣。七时至冠生园，祥麟以开明名义请客，客为子敦、寿康、李季谷，此外则办事处同事（韵锵在焉，韵锵以本月一日抵渝，主出版印刷之事）。仍不饮酒，光吃菜。子敦谈自沪返金华，自金华来重庆之经历，颇有味。

席散归开明，洗身洗衣，十时就睡。但天气炎热，辗转难成眠。一夜仅蒙眬两小时而已。

七月十二日　星期日

五时离开明至中行，祥麟送余往。为时尚早，则憩于小茶馆。六时半始装钞票及行李于汽车。车为福特卡车，用汽油，此最令余满意。附载者皆行中同人及家属，又有押车宪兵数人。六时四十分开。余坐一铺盖之上，以呢帽遮日光。过化龙桥，停车修理约一小时。至青木关，检查站以所载汽油有问题不放行，磋商再四始商定通融办法，然费时已多，再开时将十二时矣。日光灼体，热不可耐，幸开行有风，聊舒困迫。两臂发红，抚之作痛。在路旁一大树下休息半小时，在安富场中行吃茶，休息半小时，余时皆开行。

此车并不快，夜八时方抵内江。余入复兴旅馆，洗面毕出外进餐，买糖食少许而归。有武大毕业同学服务于中行者林春森君来访，坐少顷即去。十一时睡。天热，臭虫为祟，终夜未获安眠。

七月十三日　星期一

晨起洗面进餐毕，至中国银行。知汽车尚在修理，何时可毕事殊不可知。阳光渐高，热度亦增，不能早行，为之怅惜。

至十时半始开车。余坐一装钞票之板箱上，昨日所坐人家之铺盖不复可得。讵意开行而后即甚感困苦，臀部与木板磨擦，越来越痛。皮肤破碎多处。转侧移动，勉为支持，身体费力不少。幸天空有白云，聊遮阳光，稍减灼热之苦。下午四时至简阳之石桥，饭于中行办事处。五时半再开，八时始入成都城，停于中行行内。

　　余盼墨或小墨在相候，而不见。乃雇人力车至新西门，改乘鸡公车到家。在门外呼唤开门，家中诸人欢声出迎。自母亲以下皆安好。三午肥大，已如半岁以上之小孩。二官毕业考试已过，不日将参加毕业会考。三官则正将应学年考试。杂乱谈旅中所历，不能详尽。洗身毕，食鸡子三枚以代晚餐。十一时就睡。

蓉渝往返日记

（一九四四年八月十五日至九月廿八日）

　　那一次我从成都去重庆，完全为开明书店的店务。那时候的情形与两年前有所不同，由于政治情况的转变和桂林的疏散，许多出版机构和"文化人"又集中到重庆。我在重庆的那一个多月里，正碰上日本侵略者大举进犯湘桂，于是又有一批"文化人"撤退到重庆来。所以那次在重庆，我与朋友的交往甚至比战前在上海的时候还频繁，彼此的心情也复杂得多。现在大多数朋友已经成了古人。可惜我的日记记得太简略，自己看了还能回想起当时的情景，别人看了恐怕很难揣摩我的那些朋友的声音笑貌了。

一九八三年三月廿二日

一九四四年八月十五日　星期二

　　晨三时半起身，五时离家，雪舟及小墨、二官、三官皆送余至邮政总局。昨日买票时，邮局嘱以五时半以前到，而到时殊无动静。候至七时始上邮包。客渐渐集，计之得十六人。司机台只容二人，票上有注明。余票无注明，自当坐后面。车系敞车，邮件高与拦板齐，望之危危乎。小墨为余购麦草帽一，以遮阳光。

　　七时半车开，爬登之后亦复不恶。然车行速时手必须有所攀援，足亦须用力，因邮包不平不能稳坐之故。腰背遂不免酸麻。晨间太阳未烈，风来有爽意，尚可。至于午后，阳光酷热，尘埃扑身，则

194

殊苦矣。

午前十一时车停简阳,吃饭。同车有史女士,苏人,谈次知其父为史襄哉,东吴大学教师,因与共餐。女士在景海女学学幼稚教育,擅英语及音乐,人殊爽直。下午车上灼烫,坐又须用力,殊困顿。五时达内江,脚踏平地,如入胜境。

邮车站中设有招待所,即宿其中,一室宿四人。余洗面毕,作一书寄家中。遂至内江城中,街上行人如蚁,殊无聊。吃面,即归。同室有粤人梁君,在铅笔厂任事,系大学工科毕业生,与谈觉其人颇明白。

九时睡。受热太甚,其热似集于脑部,不能成眠。才蒙眬,臭虫一二出扰,眠仅二三小时耳。内江已颇热,据重庆来人言,重庆日来极热,闻之殊惴惴。

八月十六日　星期三

晨五时起。在车旁见邵力子先生,渠与其夫人乘邮车往成都。在车旁谈数语即别。

东行车以六时开。椑木镇渡河时凉风习习,殊佳。近午则比昨日更热。饭于永川。史女士改乘美空军车,余遂默不与人语,惟看路旁记里数之石以计到达之迟早耳。邮车系一九四一之"道奇",开行甚快。惟停顿多,遇邮局必停车上下邮件。二时达青木关,换乘另一车,停一时许。购一小西瓜食之,尚未熟,取其有水分而已。

六时达重庆太平门,遂下车。余别重庆已二年,今重来,似市容略见整齐。步行至店中,与同人相见。洗公与清华方往邮局候余,未遇,少顷回来,相见甚欢。彬然、士敫则至海棠溪接山公,少顷亦到。同日到此,可谓巧甚。山公偕其夫人及二子,又有俞颂华为伴。颂华形容憔悴,背弯曲,俨然老人矣。余与山公自二十六年别后,今方重逢,计之已七年矣。遂共往进餐,饮酒。酒禁尚存而已,不如以前之严，第须用茶壶茶杯耳。

归店后与诸公闲谈。十时后睡，余卧二层楼办事室之大写字桌，取其无有臭虫。彬然陪余睡另一桌，谈又甚久，始入睡。

八月十七日　星期四

晨起与洗公、彬然出外吃油条豆浆。归来坐二楼办事室，市嚣如沸，天气蒸热，殊不习惯。

饭后入睡一时许，睡甚熟，颇解困倦。起来作《青年丛书》《英语丛书》之广告词各一则。

五时后与洗、山二公饮酒闲谈，花生米南瓜子下酒，颇忆前年在桂林时之风味。饭后，与士敫浴于励志社。淋浴，甚快适，价才三十元耳。

九时半睡，天热，竟夜未得美睡。

八月十八日　星期五

晨与洗公、彬然啜茗于公园。下即西三街，廿七年常常经行者也。

回店，写信寄家中。孟实之《英文选》已排成付印，发现错误甚多，因与诸君分任重校。自午前至下午五时仅校十二面，校英文盖素所未习也。徐盈来，谈少顷即去。与洗、山二公及彬然饮于对面酒家。王耘庄君来，共饮，已多年不见矣。夜间，梅林、以群二君来访。二君近主文协总会，约下星期二夜间集会，招诸友小叙。

天气益热，桌面亦烫，入夜仍然。竟夜昏昏，未得甜睡。

报载盟军已攻入巴黎之讯。前数日欧洲已开辟第三战场，盟军在法国南部登陆。今日又传开辟第四战场，在阿尔巴尼亚登陆云。

八月十九日　星期六

八时起续校昨日之清样。饭后睡一时许，甚熟。起来续校，到晚仅得二十面。

与洗、山二公饮酒。陶载良来访，陶在隆昌办立达分校，欲添设高级农产制造科，拟招小墨。余告以小墨已就事于成都。姚蓬子来访，长谈。饮毕，共出门吃豆花饭。饭后姚仍共谈，至九时半始去。

洗公主明晨清早往南温泉避暑，盘桓竟日。睡后汗出不止，竟夜未成眠。

今日接墨寄来《中志》七十九期全稿，并附一短信。

八月二十日　星期日

六时许渡江至海棠溪，同游者洗、山二公，彬然，士敳。往南温泉之汽车首班以七时开，我们依手续先登记，次买票，候至九时始获挤上第三班车。今时无论何事，凡涉公众者，辄不免兴叹，守法即吃亏。

在中途下车，乘小舟溯花溪而上。水平不波，两岸有树，风来作爽，在重庆附近可谓佳境。至小温泉上岸，洗公曾于廿七年来游，当时墨亦偕游，洗公欲寻当年印象，已不可得，其地改为政治学校矣。复登舟，遂至温泉。先喝茶解渴，次餐于冠生园。食毕，购票浴于温泉，彬然、士敳入游泳池，余与洗公各占一浴室。浴水取之无禁，颇热。有硫黄味。连日垢污，荡涤净尽，一快。

三时，乘汽车返海棠溪。过江后至凯旋路同人宿舍中小憩，士敳、清华即住此。洗公购茶叶瀹而品之。五时返店，小饮。

得柳州来电，言我店存柳州车站之书一百九十三包悉焚毁，此是此次迁徙以来最不好之消息。焚毁原因未详，殆由敌机轰炸。此一批货值四五百万元。

与洗公、彬然谈店中杂事，至十时而睡。今夕有风，眠颇熟。

今日寄一书与颉刚，告以寓址，请其来城中时一晤。

盟军已抵凡尔赛，凡尔赛距巴黎四里耳。

日寇有侵湘桂之势，桂林或不免遭劫。

八月廿一日　星期一

作书寄家中。

九时，参加业务会议，商定人事方面数事。徐盈来，约明晚往其家吃饭。张静庐派人送一烟斗来，前在成都时渠所约定也，余实无需乎此。仲华之母夫人及妹端苓来，方自贵阳到此，携仲华之一女。仲华与夫人不明言离异，而乘此次桂林疏散，即此分开。人生遇此等事，不能怪谁不好，惟有忍受不幸耳。

饭后，出外理发。续校英散文选毕，作广告词一则。有人送帖子来，署雁冰、端先、以群、黄洛峰四人名，招明晚聚餐。与徐盈所约时间冲突，遂作书辞徐盈。又作书谢张静庐。巴金来，谈少顷即去。饭后，李庆华来，言或将任事于母校（剧校），有所作剧本拟交余看一过云云。

偕士敩、韵锵往国泰观苏联童话片《大萝卜》，无甚深意，而设景颇佳。归店，与洗公、彬然闲谈，复小饮一杯。十时睡。

今日晚报载盟军潮涌入巴黎。美空军昨又袭日本本土云。

八月廿二日　星期二

晨七时偕山公、彬然、韵锵往江北观自强印刷所。先乘公共汽车至上清寺。乘客候车皆站成单行，不相凌越，车满不获登则待次一辆到来。此为重庆近年之一种进步，守秩序已成风气，则不必有任何强制矣。自上清寺步行至牛角沱。渡至对江，上坡行一刻钟即至自强。此厂规模不大，有对开机二，排字月可得五六十万字，系俞君所办，俞昔曾任事于立达学园。经人介绍，韵锵已托其排印数书。今日俞适外出，遇其长子，导观厂屋，为言如能专做我店之工作，则我店可以相助增添设备，彼此两利。且俟遇俞君时再详商。

十时自江北买舟抵临江门，乘滑竿上高坡。返店，知勖成、伯才、楚材三君曾来访。午后一时即驱车至巴蜀学校，访问三君。三君皆无恙，巴蜀之支持，勖成颇瘁心力。约星期五到彼小叙而别。访黄任老，渠言拟以近作诗若干首补入《苞桑集》。又为余言最近促进宪政之工作，并及各界风气之败坏，当局者之闭目塞聪，群僚以欺骗蒙蔽为能事等等。

四时半归店，遇雁冰。又遇陈达夫，陈在贵州办一中学，十余年不见，豪兴依然，惟于当前局势，语多悲观。五时半，偕雁冰、彬然至读书出版社应招宴。主人以群、洛峰、夏衍而外，尚有张静卢、何其芳诸君。肴馔丰而精，饮啖甚适。七时半，共步行往文协会所，诸友已集，一一握手相见，都三十余人。熟友有伏园、沈启予、陶雄、冯雪峰诸君。伏园主席，言此会系欢迎余与崔万秋。余因言成都募捐情形。万秋谈河南战时情形，渠方自战区来也。今日报载王鲁彦病死桂林，因商及致赙办法。十时散，与彬然乘人力车归。竟日奔忙，疲劳特甚。

今日接墨及二官信。

作书寄家中。复孙锡洪书。复云彬书。

雁冰来，听渠谈各方面事。

下午三时许，歌川来，不见三年有半矣。既而子敦与朱复初来，酒人相遇，便入酒肆。子敦、复初、歌川、洗、山二公与余凡六人，且谈且饮，共饮大曲一斤又七两。

七时与彬然至天官府郭寓。少数友人已先到，请《大公报》记

199

者孔君谈此次参加记者团，参观延安种种情形之感想。孔君谈延安似颇公正，彼处政治设施多能就事求得解决。来听者中有张骏祥、白杨女士夫妇，余以前所未识也。又有王亚平君，亦新相识。归店已十时半，十一时睡。

今日午后，张承修君来访。

八月廿四日　星期四

晨阅报纸，知巴黎至今乃真克复。其部队为法国内地军，原系地下工作者之群，知盟军已近巴黎，即起而抵抗德军，搜捕维希政府之官吏。既成功，《马赛曲》响彻各地，报纸大标题为《巴黎解放了》。想象此情景，至可感动。计巴黎之沦陷凡四年有余。

作广告词一则，看文稿二篇，《中志》之投稿也。饭后入睡一时许，甚酣。

三时，胡绳、刘白羽、何其芳三位来访，因与彬然邀他们饮于酒店，畅谈。三位同服务于一家报馆，于文化方面之宣导极关心，询余有何意见，余愧无可答。饮至六时，夏衍来，诸人共吃豆花饭而散。

疲甚，八时半即睡。

八月廿五日　星期五

清晨看报，罗马尼亚宣布改组内阁，加入盟军方面与德作战，此亦一大事件。

徐盈嘱为行将出版之《大公晚报》作一文，开始执笔，市嚣盈耳，热气薰蒸，殊不顺利。

吴朗西夫妇偕巴金来。胡风来。午后徐盈来，谈政府用人行政将大有变更，大约下月初参政会开会以后即将实行。

五时偕洗公、彬然至巴蜀，应勖成、伯才之招。余先访勖成夫人，并晤其子女，皆健好。其长女服务于花纱布管理局。七时开始饮酒，余与洗公各饮黄酒一斤有余。饮罢，坐廊下乘凉，弦月已上，竹风徐动，甚为快适。

十时返店，与洗公谈半小时。十一时睡。

八月廿六日　星期六

昨得元善信，告其办事处在南纪门马蹄街中国国际救济会，因往访之。讵知其已返沙坪坝。返店，写一信与之，约下星期二再往。复晓先一信，请于下月二日入城晤面，渠现任事于中国毛纺织厂。复袁光楣一信，谢其以译诗一册见赠。寄家中一信。

傅剑秋来访，渠在中央通讯社任事，不久将往美国。续作昨文毕，共千五百言，题曰《扩大白话文字的境域》，即寄与徐盈。

午后二时开业务会议，讨论当前店中诸事。历三小时而毕。旋即饮酒，八时就睡。

下午得雨，不酣畅，未足解暑。夜眠仍沾汗。

八月廿七日　星期日

晨看李庆华寄来之剧本《春暖花开》，天热，移坐总觉不适，看一幕有余而止。李儒勉来访，携其子女李凡、李平。李凡已高大如成人，今为大学一年生，余在乐山时曾为教课者也。

十时偕彬然至作家书屋访姚蓬子，晤侯外庐，治史学者也。蓬子赠余所印书数种。出经儒勉家，儒勉在门口，邀入小坐，并定小饮之约。遂乘公共汽车至上清寺，步经学田湾而至枣子岚垭郑明德家，盖杭州一师之校友在此集会也。沈仲九、胡公冕、姜伯韩及余四人为教师，余二十人为同学，皆余未及教者，其中余仅识彬然、明德、达夫、雪峰、孔雪雄数人而已。席间各期同学分别为老师寿，云今日为八月廿七教师节，大有意义。余甚愧，饮酒不少，致辞示歉。沈仲九闻名而未前见，与久谈，渠赞余之关心国文教学。四时散，与彬然步行上坡，憩于小茶馆解渴。

五时到店。清华杀鸡治馔，留余饮酒，实已不能多饮。

自桂林押送行李之岑君今夕到。途中稽留颇久，至三十余日。最关重要之账册与纸型尚无消息。诸君料量账册或正在柳州车站焚毁之一九三件中。此说若确，则至麻烦，欲理出头绪，难乎其难矣。

九时睡，汗仍不止。

八月廿八日　星期一

晨四时半即起。六时偕洗、山二公及彬然出，应雁冰之招。先在小茶馆喝茶。至嘉陵码头乘民生公司轮船。船以八时一刻开，顺长江而下，至唐家沱登岸。其地为一个场，市街尚整洁。雁冰所居在新市区，市政府于其地建屋供疏散之用。屋系独立之小洋房，建筑不精而结构尚佳，雁冰夫妇又善布置，居然楚楚。雁冰夫人两鬓已苍，视两年前似更甚。先品梁山产之青茶，继即饮酒。雁冰夫人治馔八器，皆佳。彼此至熟，谈话无禁，饮啖甚适。食毕又谈一时许，遂往码头，雁冰送我辈登轮。轮以三时开，五时到嘉陵码头，上水行舟，其时倍长也。登岸渴甚，茗于茶肆。

返店，读墨来信。

编校部同人覃必陶、王知伊皆到，途中各有苦辛，稿件皆无遗失，可少慰。

七时许传挂红球，系"注意情报"之意，而并未放"空袭"。

今日报载保加利亚亦退出战争。德国之败，似已不远。

八月廿九日　星期二

清晨访元善于马蹄街。两年未晤，似见苍老。其会中新设一组，请工艺专家研究改良手工业之工具。某君示余以所制工具一副，斧锯刨凿皆依中外旧制而略有更改，以便于用。会中并不制造此等工具发售，第供人家采择仿制。会中他务尚多，皆服务性质，所耗资财为数绝巨。而人员不过二十，且皆案无积牍，惟觉其闲，此元善注力于组织管理之效也。谈两小时乃别。

至李儒勉家，遇其女，辞明晚饮酒之约。遂返店。柳无垢小姐来晤，小坐即去。参加编校、出版二部之工作会议。校《张居正大传》，至下午四时，尽四十余面。

天气益热，坐室中衣裤尽湿。自前星期日在南泉洗浴以后，未尝再浴，竟体不爽适，乃浴于隔壁一浴室。浴罢，刮垢一层，似觉稍凉。

六时，偕彬然至留俄同学会，晤张志让。张治法律，具正义感，任教于复旦，颇知名，约余相见。握晤而后，张约余为其《宪政》月刊作文，余勉应之。旋沈衡山先生来，此老矍铄犹昔，谈吾人服务于文化，其效虽不可骤见，而实深广。留俄同学会者，实一西餐馆，近来重庆颇有类此名称之餐馆。菜颇可口。

八时散。又传挂红灯，九时许解除。

睡桌上，汗出不止，辗转反侧，以避汗渍。

八月三十日　星期三

起草致著作人公函两通，一为版税事，一为书稿付排延迟事。午前，自强印刷所主人俞君来访，询知系立达老教师，犹记小墨当年就学事。渠谈愿与我店合作，所有工力悉归我用。与洗、山二公及彬然偕之出，吃豆花饭。

饭后，作书复老舍，老舍招往游北碚，余惮其跋涉，辞焉。校《张居正大传》十余面。徐蔚南来访，十余年不见，亦苍老矣。渠为图书审查会秘书，参政会邵力子先生之秘书。晓先夫人来，谈其家在李家沱毛纺织厂琐事。毛纺织厂似颇注意同人福利，晓先夫人津津言之，甚感满意。洗、山、士敫、清华及余陪之饮于酒店，闲谈甚久，复吃豆花饭。

晚八时偕彬然至作家书屋，商王鲁彦身后事。到者蓬子、雪峰、巴金、以群、梅林。商定约集友人致赙，并于十六日开追悼会。

十时返店。士敫以榻位让晓先夫人，来与余同室而寝，亦睡一写字桌。为余谈店事，及应兴应革，甚有见地。

今日天气转凉，到晚余穿夹衣。

八月卅一日　星期四

续校《张传》。看《中志》八十期所用稿，凡三篇。作书复墨。力扬君来访，渠任教于陶行知所主持之育才学校，此校为一试验学校，承告余以其校大略情形。

四时偕彬然至交通银行，参加《宪政》月刊社邀集之宪政座谈会。黄任老、张志让二位皆曾相邀，故往。到者约三十人，相识者不多。子冈与余邻座，会场中不便谈话，书短语于纸为问答而已。讨论题目为"保障人身自由问题"，以政府最近颁布之两项法令为对象，发言者六人，余仅识沈衡山先生耳。聆诸家之意见，则新颁法令实有理论上之谬误，殊不足以见尊重人身自由之意。多数主张实行提审法、司法一元化。余于此等事皆未尝措意，但听诸君之言，亦颇能明晓。

六时半散。至沈衡山先生之事务所，应其招宴。坐间有与沈同在一处之三位律师（其中有沙千里），又有张恨水、周鲸文等。听一位龚君谈苏沪近状。肴馔系闽式，甚精。主人不强客饮酒，各取酣适。

九时散。返店，知元善曾来看余，与洗翁对饮而后去。

九月一日　星期五

看《中志》文稿两篇有半。

午后，卢冀野来，畅谈。渠任事甚多，礼乐馆中亦有一职。听渠谈制礼作乐事，余念此事之成果殆将并叔孙通而不如。卢今为出席参政会而来，此会将以日内开始。

五时与洗、山二公及士敩入酒店，本拟谈店事，而周谷城来访，遂已，闲谈而已。回店吃饭，与诸君散步街头。九时后睡。

九月二日　星期六

起来作书寄家中，致昌群一笺，又以七日讲题寄李辰冬，题为《谈国文教学》，他无可谈也。续看昨未看完之胡绳文，至午时而毕。饭后又看两文。

偕山公往访王云五，余以人楩托代交之书稿交与之。归来即作一书致人楩。晓先来，谈其任事之毛纺织厂之情形。饮酒后同出，就小馆子进面食。

今日为中元节，店之邻近，沿街设盂兰盆会，磬钹之声甚扬。与晓先谈至十时始睡。

九月三日　星期日

看文一篇，与晓先闲谈。宋易来访，渠近在一商业机关任事，活泼犹昔。午刻，韵镕煮一鸡飨同人，遂小饮。晓先外出，偕一律师吴星恒来访。此君前任法官，富于正义感，好结交青年，前日宪政座谈会中渠发言甚多。二时，晓先归李家沱，此后再见当更须年月。

与士敩、惠民、韵镕闲行街头，购章行严《逻辑指要》以归。小倦，睡一点钟。洗公治馔四色宴新到同人，饮啖甚适。食后杂谈店事，十时半睡。

天已大凉，余假韵镕一被盖之。

九月四日　星期一

写信致吴朗西，托为余设法返蓉车票。作《中志》卷头言，纪念辛亥革命，现编之第八十期当于十月出版也。

夏衍来，巴金来，谈一时许而去。继之冀野来，望道来，张西曼来，谈政治现况，共多感慨。望道已多年不见，瘦弱殊甚，近在复旦任教，于新闻系深有兴趣。

望道、西曼去，遂与冀野、洗公小饮，谈店中近况，冀野亦本届董事也。饮后出外吃豆花饭。午后二时返店，续作卷头言，五时毕，全篇仅千五百言耳。

尚未搁笔而陈达夫来，谈其往安顺办学校经过。偕洗公与共外出，饮于新生市场。达夫不喜白酒，遂饮黄酒，三人各尽一斤。徐徐饮之，自以为有江浙人饮酒之风度。饮罢食馄饨烧饼，遂归店。与洗公、彬然谈至九时乃睡。

九月五日　星期二

望道来谈，言近仍研究文法，注力于词之分类，意兴飚举，与十年前无殊。杨卫玉来，言《国讯》编辑委员会将乘余在渝时商谈一回，又谈及杂志之编辑、发行诸项。陶雄来，约下星期日偕其夫人同来，邀余小叙。作书寄家中。又复一不相识之余君，见我前日在《大公晚报》登出之文字而投书来商讨者。作一报告书，叙述我店最近编辑出版情况，将提出于八日之董事会者，屡辍屡续，而未完篇。

饭后昌群来，系特地入城看余，谈近况及国事甚多。在中大所得，不够维持生活，每月赔贴至万余元，亦甚难矣。继之子恺来，白发已多，须髯亦苍，而精神甚好。回想以前会晤，尚是二十六年在沪共编小学教本时事。子恺为我店监察人，八日之会亦当出席，渠将在城留住，九日始归沙坪坝。昌群以三点半去，约余得暇往沙坪坝，恐未必能往也。

吴朗西来，言可为设法购公路车票，惟购票须凭出境证，领出境证须凭身份证。渝市已发身份证，而机关办事迟缓，自桂来渝诸同人尚有未领到者，余系暂住，自不往领。今需用而往领，势必久延时日。渝店同人某君与机关相识，可不凭身份证而领出境证，因托其即往进行。俟此证取到，始可托朗西购票。

五时偕洗公、彬然、子恺、璋圭（子恺之亲戚）至大梁子一小酒肆共饮黄酒。谈彼此近况，谈艺术界情形，甚欢，各饮酒三碗有余。食素面于紫竹林。子恺宿璋圭处，彬然归宿舍。余与洗公返店，谈至九时而睡。

九月六日　星期三

续作昨日未完之报告书。

九时东润来，特地自柏溪来访，与昌群同属可感。东润视前较瘦削，持论深严，犹如往日。论对日战争，渠料明年暑前或可结束。撰《王阳明传》已成，其分量与《张居正传》同。与约如我店情形较佳，当为出版。十一时半偕出，同就食于新运会餐室。西餐坏甚，殊难受。东润坚欲做东，其情至厚。食已，闲步街头，谈大学中文系青年不如中年人切实等等。一时至临江门码头为别，渠乘轮返柏溪。

余返店，续做报告毕，清缮两份。五时与洗公对饮，各尽一小杯。饭罢，偕至凯旋路宿舍。山公腹疾少愈，尚委顿。彬然亦略有腹疾。在门外人行道上设椅共坐，凉风时至，颇快适。八时半归店。

九月七日　星期四

看彬然文及其子又新之文，皆预备收入《中志》者。午后接昌群来信，约于十二日往沙坪坝小叙，并约东润。余作书应之，言如尚未返蓉，必当一往。

出境证已领到，洗公即持往文化生活社托交朗西。购票顺利与否，未可知也。

略写纲要，预备今夕之演讲，五时仍与洗公对饮。六时至曹家庵文化运动委员会，晤李辰冬、赵友培、徐文珊诸君，皆会中职员。即共饮。七时一刻开始讲演。会场名文化会堂，听者一百四五十人，多系公务员与学生。余所预备纲要言之未能详尽，历一时半而终。雨甚密，乘人力车以归，洗公已就寝矣。

近日敌人循湘桂路西侵，已陷祁阳，且至冷水滩，似桂林为其所必达。一般观测，均谓桂省必遭糜烂，念及大局与我店，均堪愁虑。

九月八日　星期五

晨间晓先来，渠因厂中事入城，少坐即去。餐后看林仲达稿，长篇，半日而毕。作书寄家中。午饭后出外剪发，剪发处多人坐候，亦见重庆居人之众。升坡，自中央公园至白象街，入商务印书馆，欲购卞之琳所译《维多利亚女皇传》不可得。归店，作广告词一则。

六时，为董事会开会时刻，洗公、山公、子恺、彬然、允臧、士敫及余咸集，而邵力子先生及冀野未至，待之。二君皆在参政会，日来正开会，散时较晏。元善偕其同事朱君来，意欲约余出外饮酒，知余有会事，坐谈有顷而去。七时一刻，邵先生夫妇与冀野同来，先为聚餐，餐毕开会。历次董监会以今夕到者最多。洗公报告今年增资、营业及撤离桂林之经过。余以所写编译所报告传观。讨论之议案，以设法向外国订购印刷机及填报抗战以来我店损失以俟敌人赔偿为要。九时邵夫妇先去，余人续谈至十时而散。

冀野独留，谈日来参政会中所见所闻。此次参政会，诸参政员皆勇于发言，为民喉舌，语多指摘行政官吏。行政首长答复询问，皆执礼甚恭，语多自认愆咎，为以前所未有。报纸所载，洋洋大观，俨如严父兄与不肖子弟对话之记录。《大公报》盛赞此种态度上之转变，今日刊一社论曰《公开之明效大验》，以为一经公开，行政者自认过失，则愤愤者亦释然。其实殊未然。往时不自认错，多方掩饰，今则反其道而行之，自言过失，苟实践方面无所改变，又何别乎？欲求行政之清明，殆非易事，此所以可虑也。冀野以十一时去。

九月九日　星期六

晨起作《国文月刊》广告词一则。

八时偕洗公、子恺往元善办事处，昨夕所约定也。到即共进早餐，烧饼，油条，咸蛋，颇为实惠。元善示以美国新寄来之建筑书籍七八种，遂观其图画。中有一册专论我国园林，附图多摄苏州、杭州之名园，不禁引起乡思。居川七年，未见一像样之园也。继之参观其小工场，由某君一一说明，洗公、子恺皆感兴趣。

十一时返店，将《中志》已收集之稿编定目次，待彬然一文交来即可先行寄蓉送审。作一书致墨，俟与稿同寄。傅庚生以其稿《文学批评论集》来谋出版，作书辞之。渠仍在金堂铭贤学校。

五时仍与洗公对饮。七时半，明社开会。明社者，店中同人业余之团体也，本在桂林，今来重庆。合总公司及渝店同人，出席二十三人。彬然为主席，报告社务而后，余随意说话二十分钟。改选干事，继之为余兴。十时半散。

九月十日　星期日

晨与洗公出外喝茶，吃烧饼。看报，知昨日晨零时有少数敌机扰蓉，为二年以来之第一次。遥念家中，不知受惊否。

归店，看彬然之子又信最近寄来之文稿，叙军中见闻者。又信随军攻腾冲，近来文笔逐渐有进，至可喜。略为改窜，编入《中志》八十期。饭后胡绳来，长谈。政闻，艺事，人物，随意所到，互抒所见，甚快。三时去。五时，与洗公、彬然、韵锵至米亭子访旧书铺，书价之贵甚于新书。遇雨，避于小茶肆。返店，与洗公对饮。雁冰来，长谈，叙新疆往事，颇动听。陶雄来，言其女病痢，未能早来邀余共餐。即旁坐听雁冰谈，九时始去。雁冰宿我店之宿舍中。

韬奋已于前月病故于苏北。此君戆直有书生气，为时势所推，敢为前锋，卒遭疑忌，窜身异域。香港陷后，间道归来，隐居不为人所知，近乃移往苏北。余与之有相识之雅，闻其噩耗，殊感怅惘。

敌人攻湘桂，已达桂省边境。或言保卫桂林可望较衡阳为佳。或言其地难守，且守志如何可商。或言今后兵源枯竭，全局堪虞，且新募者亦难于应战。人谋不臧，自属定论。思之怅恨无已。

九月十一日　星期一

作书致孟实，告《近代散文选》已印成。又致书李庆华，以其剧本《春暖花开》寄还之。罗莘田来信约会面，答以十四日上午访之于聚兴村。如得票返蓉，只得失约。

开业务会，讨论此间于十六日举行廉价之办法。

午后三时许，李葳来访，约后日再来。六时，元善应预约而来，遂与洗公偕元善饮于对门酒店。谈及其一女已嫁，有子；一女即将结婚。朗西、巴金来，同坐。朗西言明日或后日可得车票，闻之甚喜，然一天雨意，连日滴沥，雨中乘车二日或三日，亦可愁虑。酒罢，朗西邀往陕西街摊子上吃"棒棒鸡"，洗公、元善皆有兴，掌伞而往。摊子到夜始设，仅一桌，靠近锅盘。鸡绝脆嫩，确不恶，各饮酒一两，食抄手一碗。食毕各散归。巴金赠余以白纸本之《悬崖》一册。

九月十二日　星期二

雨颇不小，而与昌群有约不能不践。八时二十分自苍坪街乘中大校车出发。雨天人不多，居然有座。水滴自顶篷连续而下，欹侧避之。行一时许而达中大校门。余于二十七年曾到此一观，当时规制甚简陋，今已颇改前观。

问询而行，达教员宿舍，昌群正相待。渠亦约东润，东润答书云能来，而如此大雨，柏溪来渡江不便，不能来矣。谈有顷，昌群招邻居黄小姐（幼雄之女）来晤。黄嫁吴君，在中大童军人员训练班任教，有二儿矣。十一时，至昌群家中，其夫人劳于家事，而精神体魄均佳，犹是五六年前模样。午刻，其诸儿在中小学者均归来吃饭，则皆不见壮硕，独乳抱中之一儿颇肥硕耳。遂与昌群对饮，其夫人陆续治馔。餐炊坐卧，俱在一室之中，亦颇迫窄矣。

饭罢，昌群为导访元善之家，途中望四山俱为云封，似雨意郁不得开。至则晤元善夫人及其一女。谈彼此琐事，坐约半小时而出。遂转向访子恺。小径泥泞，颇不易走。望见一小屋，一树芭蕉，鸽箱悬于屋檐，知此是矣。入门，子恺方偃卧看书。其子女见客至，皆欢然。闲谈之顷，阳光微露，晚晴之际访旧，似别有情趣。傍晚饮酒，子恺意兴奋，斟酒甚勤。余闻子恺所藏留声机片有一昆曲片，请取出观之，则袁萝盦所唱之《游园》，余曩曾蓄此，且熟习者也。开机而共听之。"良辰美景"、"赏心乐事"等句，昌群谓荡人心魂。子恺赏平剧之声调，余与昌群则言昆曲尤美妙，子恺谓将试赏辨之。余因以此片之曲文写出，供子恺按字听之。自昆曲转而谈宗教，谈艺术，谈人生，意兴飙举，语各如泉，酒亦屡增。三人竟尽四瓶，子恺有醉意矣。共谓如此之会良不易得，一夕欢畅，如获十年之叙首。余知子恺盖颇有寂寞之感矣。

八时半辞出，至沙坪坝市街购火把，返昌群家。余洗足，又茗坐有顷，别昌群夫人，偕昌群返其教员宿舍。室有二榻对设，各就

211

寝。初欲卧谈，而酒意颇甚，旋各默然入梦。

五时起身，洗面毕，昌群送余出。晤黄小姐之丈夫吴君。吃醪糟蛋于校旁小铺。遂登校车与昌群握手而别。此后重晤不知复须几时。

车以八点十分达苍坪街，即返店。寄家中一书。答邬侣梅一书。邬托谋事，为致书歌川、儒勉二位。与彬然、士敩偕出，啜茗于青年会之江山一览轩，谈店事。

十二时与彬然同往紫竹林素菜馆，应黄任老，杨卫玉二位之招。外有孙几伊、张雪澄及国讯社职员三人。食素菜毕，共往青年会借一室，会谈《国讯》今后如何进行。谈及宗旨、读者对象、撰文之态度与方法等项。在座者皆为编辑委员。余于廿七年之顷即已被拉为委员矣。

三时散，返店小憩。五时，李葳来，共饮于对门酒店，余饮四杯。进餐于大三元。李君必欲做东，且自曾家岩远道而来，其意可感。

返店，出席明社之座谈会，余讲一小时，谈国文学习，诸友共为讨论，尚有意趣。九时半散。又与冼公谈店事半小时始睡。

八时许乘公共汽车至上清寺聚兴村，访罗莘田。伍叔傥先在，陈万里后至，二君皆久别，不意相遇于此。莘田以其稿《中国人与中国文》交余出版，此是艺文小论之集子也。渠将于近期内赴美讲学，兼采访语言学、语音学之材料。

坐一时许出，步行于中山路，入各书店闲观。在两路口等车，排入候车人队伍，约三十分钟光景而轮及，居然有座。返店，冼公

212

告文化生活社中人来言，迩来车辆既少，到蓉之人又挤（有入校之大学生），得票为难。若改往遂宁，再从遂宁到蓉，则较容易。余与山公相商，觉经过遂宁亦可。洗公遂为托购遂宁票，不知何日可得。坐定，将《中国人与中国文》全稿整理一过，工友得空，即可付排。

下午四时开业务会议，讨论简化组织、清理积压工作等项，各就实际发言，颇有结果。六时散。

与洗、山、彬然饮于对门酒家。酒罢，洗公邀往看汉剧。此种戏剧前在上海曾一观之，又须生曰余宏元，硕大声宏。论节奏视京戏为简，却为京戏之一源。今夕观二出，一为《收黄忠》，一不知其名。故事为悔婚、谋害、昭雪等节目，殊少佳趣。场中竹椅有臭虫，余痒甚。九时半散。十时后睡。

九月十五日　星期五

晨阅报纸，敌军已抵全州，我军与激战。桂林已岌岌可危。国外消息则甚佳，罗斯福、丘吉尔再度会于魁北克，其主要议题为对日进攻之加强与速效之方案。美海空军屡击菲律宾，有将于菲律宾登陆之势。罗马尼亚已与英、美议和，本与德国一气者，今且转而与德作战。以德国言，东西两面皆受攻甚紧。人言欧洲之战将以今年结束，殆可信乎。

早餐后看何容所著《中国文法论》，前此望道所介绍，谓值得一看。十时与洗公、彬然访柳亚子先生。柳于数日前自桂飞此避难，云神经衰弱，委顿殊甚，居处又非所喜。然以飞机避难，到后即有安适之寓可以借住，若此之人亦极少矣。仲华之母夫人亦来，颇心系仲华之安否，足见母心之深爱。仲华甚活泼，危急之际必能设法离桂。

返店，午饭后入睡一时许。起来看案头新购之书。晚饭后雪峰、蓬子来谈。雪峰于文事所见颇深，自言为文不能阔大，同辈为文，鲜能自成风格，其说皆精。又谈及周知堂，言此人终毁于时世，实可深哀。周明知其非，而最近为文则表甘自为之，非由被迫之意，此益可哀矣。谈一点半钟而二君去。

明日为始，店中廉价半月，同人方装饰店堂，余旁观之。九时一刻睡。

九月十六日　星期六

今早士佼动身到蓉，昨夜睡前写一家书，托渠带往。

看报，见登载昨日参政会中国共双方报告商谈之经过。国所望于共者为军令统一，共所望于国者为政治民主。双方事实上相距尚远，而如此题目，居然公开报告于会中，刊布于报端，总是较好之现象。美军在帛硫岛登陆，距菲律宾甚近矣。然我桂省战事则全州已陷，桂林危急。或谓桂省之战关系甚大。豫湘之战太不争气，若桂省复然，盟国始将自与日本作战，而不考虑我之局势，则我之国际地位低落矣。或言桂林纵不守，总须在菲律宾收复之后，不知能有此支持力否。

作书复陆步青，致书冰心女士，皆为店中之事。今日举行廉价，顾客较多而不拥挤，不如蓉店廉价时。

午后倦甚，就睡而未成眠。文化生活社中人来，言车票尚无把握，将分向邮局公路局设法。欲归不得，颇焦虑矣。

清华为一谣言而愁虑。此谣言传者甚多，谓上月中旬美机袭上海时，霞飞坊曾中弹，死若干人。上海与此间电信不通，书函无如此之快，所传皆屯溪电，而上海与屯溪相距亦远，未必事事明白。以故此事殆有因而非至确。霞飞坊中除伯祥家而外，有红蕉、丐翁、均正、索非数家，设此事而确，诚为难堪。

三时后晓先夫妇携其二子同来。五时，与洗公对饮。六时诸人同出，吃面食于小店。

214

七时偕洗公、彬然、晓先参加王鲁彦追悼会，地点在观音岩中国文艺社。到者四十余人，蓬子主席。余被邀说话。外有雁冰、彬然、王平陵、张道藩诸人。

九时散，入小茶馆喝茶。王平陵、张西曼后至，同桌。谈时局，张左而王右，各是其是，各说其说，张抵桌而谈，表现其湖南人本色。

到店，知达君今日自西安飞来，待我们久，已返其寓所矣。与洗公共谈，如达君不欲更为银行中事，可邀渠入店共事。

九月十七日　星期日

晨起作书寄家中。

看报，桂省北部湘省西南部一片地全失，桂林失否亦难言，报纸记载例须后于事实三四日也。此次敌自湘入桂，几于所向无敌，其迅速与豫战同。于此见我方之兵殆已不可用。向谓精兵尚未用，兵源绝无虑，皆成纸老虎而被戳穿。且而今而后，敌之进攻将于何底止亦难测料，苟彼力所能及，未尝不欲进窥川滇黔。自全局以观，敌人诚极烦闷，彼之想法或以为纵英、美如何相迫，先吞下我国西南部再说，亦自有之。美国确真能打仗，亦真欲打败日本，今为我国所牵，为其大累，实属憾事。至于我国之不振，不能推言积弱，政治之不善实为主因。此言余自今深信之矣。

达君来，相见欢然。渠言不拟再往西安。余探以可否入店共事，渠未有确答。询以陕中虚实，言亦甚可虑，且洛阳有敌增兵之讯。晓先来，彬然来，谈今后局势，共谓此际为一大转变期，转变自当向好的一面，然所值艰难困苦更甚于前。

饭后晓先购票，邀余与山公、彬然等往观中电所演之《山城故事》，袁俊所撰话剧也。其地曰“银社”，系银行同人业余进修社之简称，筑成戏院式，颇不俗。观众程度比成都为高，居然能不谈话，偶有拍手声嘘嘘声而已。剧本写一以个人苦乐为重之青年，遭遇波折，终于死灭，似无甚精意，而演员之技术尚佳。演技胜于剧本，固今日之一般情形。六时后演毕，兀坐四小时，甚为吃力。

本当应徐盈之约到其家便饭，但昨夕说明下雨即不去，出戏院时雨颇不小，遂不去。与诸君共饭于粤香餐馆，吃牛肉数品。

返店，洗公、达君正相待，遂共小饮。九时睡。

九月十八日　星期一

看报，言保卫桂林之措置已完成，但并无桂林发出之电讯。

午刻，梦生、剑秋兄弟招饮于新味腴，彬然同座。归店，杂看旧杂志。达君来，言往探各银行，日内皆无车开蓉，公路车被征调，三四月开客车一班耳。闻之爽然。

傍晚与达君、洗、山二公饮于对门小酒店。洗公谈及生死问题，以生时且求心地欢畅为归，揣知此老颇深寂寞之感矣。归店吃饭。八时就寝，特早于他日。

九月十九日　星期二

八时至凯旋路彬然处，出席编审、出版、推广三部联席会议。十时散。返店，达君来，言四川省银行日内或有车开蓉，此是一线希望。

饭后偕洗、山、达君再至凯旋路，邀彬然同往公园喝茶。各地公园殆以重庆为最差，小山坡上杂植树木而外，惟通路数道，何名公园乎。遇武大经济系教师钟君（忘其名，始终想不起），邀之同座。钟亦待车已久，将往成都任教于齐鲁云。

四时至新运会观都冰如石刻展览，系仿碑刻与石刻画，摹仿而无创造，无多意趣。士敷亦来观，告我以谢冰心曾来店访我，留字而去。余即至其所书地点中一路嘉庐，晤谢及其夫吴文藻君。冰心

216

连日出席参政会，疲甚，小睡方起。观其姿态，已是中年妇人模样，余尚是初次见面也。谈其著作之版权应如何保持，并告余其《关于女人》一书在他家出版，颇多不满意处，拟交我店重出。坐四十分钟辞出。

回至酒店，洗、山、达君正相待。饮罢，饭于豆花饭店。返店，得昌群信，中附一诗记十二夜之晤叙者，录之。

> 幽居且喜故人回，误尽儒冠百事哀。
> 不觉流年添白发，最难肝胆映深杯。
> 江天小舍风灯乱，雨夜丛林篝火催。
> 此别酣谈愁论后，何时襟抱得重开。

九月二十日　星期三

看报，侵桂之敌数路而来，似将越过桂林而取梧柳。以前闻战事紧急，辄以为援至即好，改取有利阵地即好，盖以我兵可用为前提也。今经各方揭穿，乃知我兵虽多，实如无兵。敌惟意所之，苟欲蛮干，由湘桂而黔桂，而入黔入川，又何不可。历年以来，此时可谓最黯淡矣。而外瞻欧洲与太平洋，则盟方节节胜利。我不克与配合，致成牵累，何以对己，何以对人。此皆腐朽之政治有以致之，我今乃深信矣。时时念及此端，遂无好怀。

作一短文，入店中新添之同人通信（油印）。午后睡一时。达君来言四川省银行之车无望。寿康为作一书，托侍从室某君设法。王亚南小姐亦为托人致一介绍笺与公路局。而出外接洽，皆托韵锵。李儒勉来，知余尚未成行，约明晚至其家小饮。

傍晚，与山公、达君在店中小酌，洗公有应酬外出。达君买电影票十余纸请店中同人。七时至国泰，片名《歌场魅影》，歌舞片也，无意义，而彩色殊悦目。椅子有臭虫，余被咬几不可耐。返店即睡。

九月廿一日　星期四

写信寄家中，告欲归未成。

到凯旋路，与彬然、必陶、知伊、清华同校《中志》七十八期之三校样。自强印刷所初次排我店之杂志，一切俱生，虽名三校，犹是满纸错误。五人竭竟日之力，每篇由两人看过，至晚而毕。

中午彬然邀饭于紫竹林。傍晚至儒勉家，长谈。其夫人煮番茄牛肉汤，绝佳。小饮，别无他客，遂成家庭风味。

九时返店，洗、山、彬、达方为闲谈。余谓七年抗战，今始云整军建军，可谓绝大贻误。值此最危急之秋，虽有美人援助，苟无实事求是之精神以赴之，整建亦难望有成。思之殊忧虑。

韵锵持王亚南小姐所得介绍笺，代余奔走数个机关，结果得重庆局副局长之亲笔批注，言有班车时即售与余车票一张。日来已数日无班车，明日亦无之。

九月廿二日　星期五

买我店所出语文书二种，送与儒勉之夫人，夫人在景海女学（苏州之校在渝复校者）任国文教师。

看报，侵桂敌五路进攻，梧州一路已与我军战于郊外。有一军长因擅自放弃全州，被罪枪决。以此推之，敌人进展之速，实缘我方之不为力战。岂所有军队悉已变质，我国真成有兵如无兵乎！此至可怕也。

韵锵为余往车站探问，知明日无车，大约尚须待三四日。又以最高国防委员会秘书处之介绍信为山公、达君二位登记，轮到买票当更在余之后。成都有电来，询余与山公行未，知家中盼余归甚殷，即复电告尚未行。士佼到蓉后来信，言墨脚患湿气，不便行动，知之深念。

傍晚与洗、山二公在店中小饮。晚饭后彬然、士敦、清华等加入聚谈，无非谈国运前途，战事倾向，大家无好怀。九时睡。

九月廿三日　星期六

写一信寄家中。竟日抄杨东莼《高中本国史》稿，得四千余字。此稿决送教部审查，由同人分章复写三份，以期早日抄完。余欲归不得，闲坐无聊，因以此为遣。下午五时歌川来谈，邀出吃酒，与洗、山、达偕至对门酒店。饮罢，饭于粤香。仍同返店，共品恩施清茶。今日托同事马君往车站，询知明日无车。

华莱士返美，其评我国以三个 no 字，谓无战争，无法律，无民主也。或言此次美派专家二人来，系进一步考察我之实况。及知其糜烂不堪，则提出改革要点若干，谓苟不遵循，则美之实力由我国撤退，将来再从海面攻进我国，击溃日兵（如是则置我于全不对等之地位矣）。此近乎要挟之词，我亦不得不听，于是报纸发表对于美专家提供之关于经济之意见，当局全盘采纳云。其军事专家尚留此未去。

或言洛阳敌增兵，且已发动，意似在侵陕。越南亦增兵，似欲窥滇。我既无精兵，又受敌之四面攻击，处处牵制，七年以来，今日又遇一大危局矣。

九月廿四日　星期日

晨与洗公、彬然访达君于陕西省银行办事处，共出进早餐于苏式点心馆。返店，余续抄杨之高中史稿。洗公倡议打牌，因与达君、彬然同入局。在三楼寿康之室中，局促一角，阳光照背，可谓苦中作乐。打八圈，余负焉。即在寿康处午饭。饭后余退局，小睡一时许，起来仍抄文稿。

韵锵为余跑车站两次，归来言明日有车，可以得票，站长已面允。因即整理杂物，汇成三件，韵锵、士敫、清华三人助之。清华

219

特购酒菜，供余与洗公小酌。饮罢，出外饭于大吉楼。返店谈有顷，返宿舍者皆去。此别之后，时局推移，不知重见之日为悲为喜，亦颇感怅惘。又与洗公谈店事有顷，九时就睡。

九月廿五日　星期一

四时起身，旋韵锵亦起。五时离店，诸友皆在梦中，遂成不别而行。到两路口车站，韵锵为余买票，排在行列中至一时许。及得票，座次为第六号，系第一排靠窗，算是佳座，不知是站长预为排定否。既而达君乘人力车至，特来相送，盛意可感。

七时半车开行，觉此车行驶甚速，为之心喜。但行二十余公里而一轮之内胎爆裂，遂抛锚。附近有一修理厂，司机托其补缀，粘橡皮一小块于破处，用火力贴合之。工作殊缓慢，大家不要不紧，至上好轮子，已耗去约三小时。开至青木关，宪兵检查旅客之行李，亦费一小时。再开至璧山，停车进午餐，观车站之钟，已下午二时过矣。余吃饭一碗。下午太阳益烈，汗出如蒸，至不可耐。日将没，抵永川，遂歇宿。今日仅行一百二十公里，不过全程四分之一强，本料两日可以抵蓉，今知不可能矣。

入一旅馆，开一单人房间，茶房力言无臭虫，余未之信。洗身毕，出游街市，其城无电灯，而街上行人殊夥。恐不识路，少行即返身，在旅馆楼下喝茶。忽传警报（打钟），旋即传"紧急"，旅客出避者众，余则坐于室中，油灯悉灭。邻室有一皖人任下级军官者与余攀谈，言任事数年一无所成，其志在积钱。余含糊应之。历两时许而解除，遂就睡。臭虫出袭，满身起大块，痒不可耐，遂起坐。倦而复卧，痒甚复起，最后决坐以待旦。

九月廿六日　星期二

天明即携行李下楼登车。车以七时许开。一路小修理，几次停车。进午饭于安富镇。车至榉木镇，发觉电瓶已坏，不能发电，遂入榉木镇车站之修理厂修理。余从旁观之，觉此辈于机械原理不甚了了，做工皆极苟简，于器材不知爱惜，任意消耗或损坏。此种做事态度与其他各界之一般情形相同。所谓转移风气，必须于此等处多下功夫，我国始有面目一新之望。修理约三四小时，算是完工。装上汽车试之，仍不能发电。遂宣告明日抛锚，今日且勉强开到内江歇夜。余闻此言殊为不快，明日又不克到蓉矣。

到内江入一小旅馆，与茶房说明为余铺一木板，上铺一席，以避臭虫。遂上街买糖食品，入一酒肆，饮大曲两杯，吃饭一碗。即归旅馆早睡。余计仍失败，板上席上亦有臭虫，不过比昨夕较少耳。忽又传警报，亦放"紧急"，旅客走尽，余与茶房二人独留。坐庭前仰视明月，四无声息。坐久倦甚，返室而睡，痒甚，始终在蒙眬之中，不知何时始解除警报。

九月廿七日　星期三

清早即入车站，知昨夕未将电瓶修理，司机与站员皆若无其事，不以从速修理、从早开车为意。有人问站长，站长言大致可于午刻修竣。余遂入肆剪发，消磨时间。又入茶馆喝茶，入一下江馆子吃面。余时则徘徊站中，盼外出修理者持完好之电瓶归来。候至十二时过，始见其来，装上汽车试之，仍不灵，卸下再修。如是者数次，居然可以发电。大家欣然，如获生望。二时许开行，抵球溪河，已近日落时候。

入一小客店，所谓"鸡鸣早看天"之类，室容一榻，屋几及顶，明知必不能安睡，亦只得忍之。即在旅店中喝茶吃饭，在店前徘徊，仰望明月。少顷即归宿。臭虫立即来围攻，全身皆遍，红块坟起，按之心作恶。起来检视，得吸血已饱者十数枚，一一扑灭之。复睡，仍有继至者。块上加块，全身火烫，较之发风疹更难受。复起而扑灭之。如是数四，竟无肃清之望，遂决心坐以待旦。而倦不可支，瞌睡时作。及闻鸡鸣，以为天明有望，然听更锣尚是四更也。

九月廿八日　星期四

清早开车，计程尚有一百三十公里，如无阻障，午刻可到成都。车至简阳，下车吃饭。司机卸下轮子检视并打气，费一时许。闻人言前夕之警报，敌机来炸成都，城东近郊曾落弹。车再开，距龙泉驿尚有十数公里，而一轮之内胎又爆破。大家大失所望，以为今日将仍未能到达。司机与机匠无可奈何，停手且去休息闲谈，如无其事。最后乃得一勉强之办法，即将爆破之轮子卸下，后面一边为双轮，一边则单轮，勉强开行。此事明知其甚险，然亦无人愿留居荒野，且等待亦无较善之法。行至龙泉驿下，司机命男客下车，步行登山，以免危险。此自当遵从，余遂随众人登山。山颇高，上升复上升，余喘不可止，汗出如流。忽而云起雨至，霎时全身淋漓。足穿皮鞋，山路滑不易走，更费气力。行一时许，到山顶，据言有十华里矣。重复登车，缓缓下坡，而雨势亦杀。天气突冷，风来如刺，余知殆将受病矣。抵龙泉驿站，受宪兵之检查，又停车一时许。于是直驶牛市口，到站时已四点半。急乘人力车到家，家中已接重庆电报，知余以二十五日启行，候而不至，颇为慌虑矣。

自老母以下皆安好，为慰。墨患烂脚，渐就痊可。三午已能作简短语三四句，此是一月以来之进步。三官管理店中货栈，自谓尚有兴致。小墨、二官皆在校中。饮大曲二三两，吃面一碗。雪舟来谈。王冰洋来谈。八时就睡。微微发烧，今日上龙泉驿之影响也。一夜困睡，沉酣如死。

222

出川日记

（一九四五年十二月廿五日至一九四六年一月十四日）

　　这二十一天的日记是《东归江行日记》（已经收在《日记三钞》中）的前半截：从重庆上木船起，到宜昌登岸止。有了这一段出川的经过，那么从一九三八年年初写"渝沪第一号信"向上海的亲友报告入川经过起，抗战期间在四川度过八年的记录就有头有尾了。

　　关于那一回旅行，我在《东归江行日记》前面的自记中有一段说明，现在抄在下面："那次乘木船出川完全是不得已。飞机、轮船、汽车都没有我们的份，心头又急于东归，只好放大胆子冒一冒翻船和遭劫的危险。木船是开明书店雇的，大小两艘载了五十多人，有开明的同事，有搭载的亲友，有全家老小，有单身一个。年纪最大的是我的母亲，过了八十居然还能出川，看望她昼夜惦念的女儿——我的妹妹。最小的章建昌出世才一个来月，他是士敄和清华的孩子，锡琛先生的孙子，伯祥先生的外孙。伯祥先生还有一对女儿女婿在船上，就是汉华和卢芷芬，他们也带着儿女。即此可见上海有多少亲友的心系在这两艘木船上了。"

　　《东归江行日记》的后半截记的从宜昌到上海的经过，行旅虽然稍为顺利，但是已经感到内战迫在眉睫，前途仍旧渺茫。二月九日到达上海，阔别了八年的亲友，彼此历尽忧患，总算都见了面，高兴自不待说，可是也没有不为时局担忧的。至于我的亲家丏尊先生，他已经病得十分衰弱，两个半月后，就怀着满腔忧愤与世长辞了。

一九八三年三月廿二日

一九四五年十二月廿五日　星期二

晨间方起，店中工友老李来，为我家打铺盖。搬移一阵，由力夫运至码头。于是全家到店取齐。

四时，码头监视之同事来言可以上船，即往临江门。夏宗禹及店中诸友皆送行。下许多之石级，至于船旁。母亲与墨以肩舆下坡。自此恐与重庆市不复会面矣。

船甚长，首尾约六丈余，其宽则适容两人抵足而卧。余家睡于中舱。中舱置一写字桌，日间做事，夜间睡两人。燃四盏油灯。以油布遮两旁，用以挡风。八时，大家就睡，余傍母亲而卧。江声汩汩，船家相呼，别有风味。

半夜，风甚厉，自油布之缝隙而入。寒甚，颇以以后之二十余日船上生活为虑。

十二月廿六日　星期三

晨早起，壮年人重行整理舱中杂物，较见宽舒。又分批登岸购物。

饭由船上供给，菜则由老李煮之。

船未开，据云老板尚未发工钱与伙友。木船往往如此，亦心急不得。幸太阳甚好，晴光满目，居船中竟日，不觉厌烦。

十二月廿七日　星期四

船仍不开。上午，船主与棹夫议工价。摊钞票若干叠于船头，中间人为两方说合。结果，每一棹夫得工价二万八千元，到宜昌。宜昌以下，另雇棹夫。棹夫得钱，云将往贩白术，每百斤万余元，到下游可卖二三万元。船所以不开，缘船主与驾长之交涉尚未办好。又言驾长之凭证尚未领到。又言今日为阴历二十三，不吉利；王知伊有一热水瓶破裂，亦不吉利。总之，船家对于开船迟早初不关心，而乘船者则心焦甚矣。

下午，与三官登岸，巡行市街，亦辞别重庆之意。三时，视电影于美工堂，片名《美目盼兮》，平平。

舱中加若干防风设备，以棕垫为前门，两旁亦加张油布。夜间颇暖。

十二月廿八日　星期五

船居然以十一时后启行。解缆撑篙，亦费数十分钟。舵手之工价犹未谈妥。离码头正为十二时。自此与重庆别矣。

午后晴光渐露，嫩阳照江山，似此行之兆殊佳。伏桌上写信。致山公，以"东归"字编号，又致元善、仰之告别。

二时到唐家沱，停船，云为三十五华里。我店之船两艘，及另一艘，皆船主杨姓所有，同行同止。到埠则互相往来，或共话于沙滩，颇不寂寞。诸人多登岸游市街。傍晚饮酒，未黑进餐，七时即就睡。

十二月廿九日　星期六

晨雾甚浓，待雾消已十时许。棹夫二人得工资而逃，船主作书寄重庆告中间人。检查机关一人来船检查，颇马虎。解缆已十一时许。晴光渐放，眺望颇怡心。

舟行无可记。五时半歇于洛碛，已进晚餐。偕小墨、三官登岸，入镇，至国立女子师范。余谒章伯寅先生，小墨访其同学李杏宝，李在校中为训导员。伯寅先生精神仍矍铄，授余小册子若干份，叙其一生办教育经历者。坐半小时辞出，观洛碛市街，颇热闹。

洛碛距重庆八十华里，属江北县。

十二月三十日　星期日

晓雾甚浓，船不能开。杏宝女士来言，其校中有胡女士，系墨三十年前同学。墨遂登岸访之，获知少数同学情况，亦复难得。候至十一时后始开船。所过市集不详其名。傍晚泊于石家沱，地属涪陵县。

老板缺米，借钱与之。

王亚南病疟。甫琴之子小宝患腹疾。深冀一路平安，无复有人患他种疾病。船中小儿多，时时哭闹，看书作文皆不甚方便。预计种种，恐将"黄落"耳。

十二月卅一日　星期一

雾不浓，船以七点后开。略见小滩，水皆平稳。经蔺市、李沱，午刻至涪陵。青年人皆上岸游观，余未上。午后一时许复开船。棹夫停手休息时，青年人往替之。初不熟习，历二三回，居然合拍，上下一致。傍晚歇于南沱，为一小市集，无甚可观。

今日除夕，犒舟子以肉六斤，令"打牙祭"。余与芷芬等饮酒，甚酣。铺盖铺齐后，各人坐于铺位，听汉华唱《思凡》《问病》《琴挑》，声音节拍皆合法度，余甚赏之。今夕余与芷芬等四人守夜。余轮到上半夜，但下半夜亦未安睡。一九三七年自汉入川，在宜昌过年。今越八年而东归，过年尚未出川境。我生居川盖足八年矣。

一九四六年一月一日　星期二

晨早开，午前过酆都。人家在山脚，屋颇不少。山上有庙宇，层次至山顶，舟人指为"天子殿"。过酆都若干里，有礁石与岸平行，激起水波甚急。舟子奋力划桨，舵手谨慎把舵，须使船勿近其处。一时邪许声大作，情绪紧张。是名"铁门槛"，约历十余分钟，安然而过。

226

下午四时停泊于一小集，名羊肚溪，系忠县、石柱、酆都交界处。乡名鸿鹤，系属忠县。人言前曾有盗劫船，不无戒心。

一月二日　星期三

晨发绝早，九时后抵忠县。

雨下，前后舱之篷均拉上。但仍漏水，于是于里层张油布。事前备油布颇多，今乃得其用。雨不停，决定今日不复开船。

午后，偕芷芬、三官登岸。于皮鞋外穿草鞋，拾级而上。多橘子行。橘子自万县运来，着地堆成长方形，长丈许，宽五六尺，高尺许。每家行中四五堆，洋洋大观。入城，市店不甚多，街亦狭。见一理发店，余与三官皆理发，价仅二百元。理发店旁设茶桌，泡茶闲坐。对门为县政府，清静如寺院，四时归船，买橘子一千枚，价一千二百元，较重庆便宜一半。日来食橘子甚多，味已甘。大约自宜昌而下，不复能多享此味矣。

复饮酒，诸人皆饮甚多，各有醉意。八时睡。半夜醒来，篷上仍有雨声。

一月三日　星期四

黎明即开船，雨已止矣。十时后过秦良玉石宝寨。巨石矗立，倚石建层楼，愈上愈小，凡八层，最高处有一亭。下午四时半抵万县，歇于西山公园下。沿岸石障有三层楼高。仰望公园，见钟楼树木。

下午将《少年》二月号之第二批稿整理毕，预备明日付邮。自万县转重庆，再从重庆航寄上海，大约十日可达。诸人皆上岸，余与墨与母亲守船。

闻明日将停泊一天，船主欲借钱买米买煤，芷芬允代为购入，不借与现款，以免多生枝节。

晨起见晴光照江山，心神舒爽。诸人皆登岸入城游观。余致书调孚，寄《少年》文稿兼告途次略况。遂与三官上岸，坡子至多，不免腿酸。入西山公园，卉木颇茂密，山茶将开，梅亦含苞。园址颇广，未之周游。钟楼耸峙，建筑甚工。入城（并无城墙），寻邮局，寄信。见《川东日报》，言国民党政府所提避免冲突条件，中共已允接受。大约政局或可有转机。

食豆丝一碗，买汤圆返舟，分饷留舟中诸人。晴光一舱，怡然于怀。

饭后，与三官再度登岸，浴于浴室，竟体舒爽。有一大溪，不知何名，此时水落，急湍自巨石下，犹轰轰作响。溪上见两桥，一曰万安桥，系新式；另一桥穹形甚高，桥面建屋，工整精妙，颇可赏玩。四时返船。下坡时小腿酸痛，徐徐移步，三官扶之。万县市廛之盛，人口之众，信可称川东大邑。

今日两度登岸，在余实为勉力，惫已。小饮进餐后即睡。例当余守夜，仅醒觉数回而已。芷芬亦值班，但亦鼾睡。

我店之另一船，离渝时即发觉舱中漏水。（最低处曰太平舱，看水即看太平舱。）近日渗入渐多，昨夕去水五六回。于是乘者忧心，拟再停泊一天，以观究竟。至八时，仍决定同开。

午后过兴隆滩，水势至急，波浪激荡，一时诸人情绪紧张。三时歇云阳。城市尚大，其高不如万县。对江有张飞庙，又有睡仙楼，供吕洞宾。余未登岸，斟酒独酌，后与舟人尤姓及知伊同饮。

有人传言去云阳四十里许，昨日有行舟遭劫掠，闻之各怀戒心。相约明日诸船同开，亦犹行路结伴之意。

自重庆开船后，遇县城即发电致重庆上海，告平安。

六时开船，晓风甚厉。望前顾后，行船不下十艘。激滩渐多，时时有风声浪声邪许声轰然杂作。晌午风益急，船不能进，泊于沙滩一时许。五时歇奉节。

我店之另一船途中与军粮船相撞。损船舷一板。检视之，后舱入水甚多，货物浸湿，余与三官之书三箓在内。舟中人皆惶惧，云不敢复乘此船。一时欲易船，势不可能，议论纷纷，迄不得决。余主张以后开船时，彼舟之人聚于我舟，停泊时仍归宿。且过三峡，到达宜昌再作计较。

第三舟损一舵，缘过滩时用力过骤，不胜水力，遂至损坏。而我舟亦于停泊时折一前端之大棹。川江行舟之险，今乃亲尝之。

今日不开船，三船皆动工修整。余之主张，彼舟之人表示同意，云至此亦惟有如是。明日开行，只得老小五十余人挤坐一舱，如在公路上乘卡车矣。

九时许，同舟多数人出发游白帝城，余未往。远望夔门，高山莽莽，颇为壮观。白帝城可见，高仅及高山之三之一。下有白烟丛起，云是盐灶煮盐。水落之时，沙滩有盐泉涌出，取而煮之。一年中可煮四个月。据云盐质不多，而费燃料殊甚。

午后一时，游白帝城者归来。谓其地距城十余里，循山腰而往，至山半始有石级。石级凡四百余，乃至其巅。昭烈庙无可观，而地势绝胜，俯瞰滟滪堆，对望夔门，平眺峡景，皆为胜览。然往回奔走，众皆疲劳。三午亦由小墨、三官抱之往，归来由二位邱君与陈君抱持，亦可记也。

三时，与芷芬、清华等入城。城如山野小邑，人口无多，市肆不盛。见有产科医生黄俊峰悬牌，系吴天然之同学，昔尝往来。入访之，告以天然已去世。未坐定，即言别。购酒与零食而归。有卖梳子筷子者，木质白润如象牙，各购若干。饮酒，饭毕即就睡。

一月八日　星期二

晨七时后开船。另一船昨经修理，渗水已甚少。诸人以为移乘我舟，未免拥挤，索性不移动矣。

经白帝城下，仰望亦复巍然。滟滪堆兀立水中，今非如马如龟之时，乃如盆景湖石。夔门高高，真可谓壁立。石隙多生红叶小树。朝阳斜照于峡之上方，衬以烟雾，分为层次，气象浩茫。风甚急，泊于夔门壁下避风。

小墨、三官等爬乱石而上，捡石子，色彩纹理均平常，无如乐山所捡者。又有木片，亦经水力磨洗成圆形，略如鹅卵石，盖不知何年何月覆舟之遗骸也。

停舟二时许复开。大约于下午二时，瞿塘峡尽。复历激滩数处，四时抵巫山，泊岸。人多入城游观，舟中清静，余遂独酌，竟醉。进饭毕，即倒头而卧。半夜醒来，滩声盈耳。

一月九日　星期三

六时半开船。入巫峡，山形似与昨所见有异，文字殊难描状。水流时急时缓，急处舟速不下小汽轮，缓处竟若不甚前进。舟人言巫峡九十里，行约三十里，风转急如昨日，且有小雨，船不易进，复泊岸。

左边连峰叠嶂，以地图按之，殆即是巫山十二峰。以画法言，似诸峰各各不同。画家当此，必多悟入。而我辈得以卧游巫峡，此卧游系真正之卧游，亦足自豪。

泊舟二时许，再开。行不久，泊碚石。地属巫山县，系川鄂交界处。我店另一舟先泊岸，我舟在后数百丈。忽见彼舟之人纷纷登岸，行李铺盖亦历乱而上，疑遇暴客。舟人见此情形，断为船漏。及靠近问询，则知驾长不慎，触岸旁礁石者两次，水乃大入。此驾长好为大言，自夸其能，而举动粗忽，同人时时担心，今果出事。犹幸在泊岸之际，若在江心，不堪设想。于是众往抢救行李与货品，亚南、亚平、小墨、三官、两邱君皆颇奋其勇力。书籍浸湿者殆半，非我店之物，而余与三官之书则有三四包着湿，即晒干可看，书品已不存矣。逮货物取出，水已齐舷，下搁礁石，不复沉。

乡公所派壮丁七八人看守货物，且为守夜。舟中之人则由乡公所介绍一人家，以屋三间留宿。晚饭后商量善后，决依船主之意，破船修好再开，惟不乘人而装货，人则悉集我舟，且到宜昌再说。乘舟十余日，意已厌倦，又遇此厄，多数人意皆颓唐。惟愿此后一路顺利，不遇他险耳。

今夜余守上半夜，倚枕看谷崎润一郎之《春琴抄》终篇。篷上淅沥有雨点，风声水声相为应和。身在巫峡之中，独醒听之，意趣不可状。

一月十日　星期四

早起，知失事之驾长已逃，惧遭拘系。船主雇匠修船。其方法殊为原始，以棉絮塞破洞，钉上木板，涂以米饭，又用竹丝嵌入，如是而已。

午饭后，与芷芬访碚石（云应作"培"）乡长于乡公所。经过街道，清寂如小村落，仅有小铺子数家。坡路或上或下，皆以沿岸之青石铺之。晤乡长易春谷，谢其保护之好意。易约于傍晚款我辈，却之弗得。乡公所旁为中心小学，校长为宋女士，教师六人，多数系二十余龄之青年，皆知余名。啜茗闲谈，题纪念册数本而出。是校学生现仅四十余名。云学龄儿童远逾此数，皆以在家助劳作，不肯入学。乡公所强派，且以壮丁压之至，如拉夫，校中始有学生。

乡僻之区，大都如是。

返舟，舟中正在下另一舟之行李，全舟纷然。俟其毕事，余重整铺位。

乡公所以人来邀，余与芷芬、知伊三人往。易乡长与其属下及校中教师劝酒甚殷，并告以下行程应注意之事项，情意殊可感。酒毕，为乡长书一联一单条。为他人书三联。然后辞出，乡长等送之于舟次，握手道别。又承馈鸡一、酱蹄一、咸菜一罐。受之有愧。

一月十一日　星期五

晨间，留宿岸上之另一舟之人皆来我舟，全船载客至六十人。以铺盖卷衔接直放于中舱，人坐其上。于是如三等火车，众客排坐，更无回旋余地。然较公路上之满载一车，犹觉宽舒。舟以八时开。未几，舟人告已出四川境。十时许，船首一主棹折，泊舟修理。与芷芬、士攽饮酒，自成一小天地。午餐时，人各一碗饭，上加菜肴，由数人传递，他人则坐而受之。

四时许，泊巴东。一部分人上岸宿旅馆。墨以不耐烦扰，亦上岸宿。余上岸观市街，荒陋殊甚，旋即返舟。所有儿童几全集舟中，哭闹之声时作，便溺之气充塞，甚不舒适，余竟夜未得好睡。

一月十二日　星期六

晨以八时开。过滩不少，皆无大险。晴明无风。意较闲适。闲望两岸，总之如观山水画。仍与芷芬、士攽饮酒。

午后三时抵新滩。今日众心悬悬，为此一滩。将到时，即闻水声轰轰。此滩洪水期较好，枯水期危险。通常过此滩，改请当地舵工驾驶，乘客则登岸步行。而我舟之舵工李姓尤姓以为可以胜任，不须别请，乘客登岸则不敢阻挡。于是众皆登岸，惟留三官、亚南数人于舟中。母亲与墨皆乘滑竿，三午由一十余龄少年驮之。余与

232

其他步行者循沿岸石路而行。处身稍高，下望滩势，悉在眼中。此滩凡三截。第一截最汹涌。礁石拦于江中，水自高而下，有如瀑布，目测殆有丈许，未足为准。第二、三两截则与其他之滩无异。我舟顺水流而下，一低一昂之顷，即冲过第一截，有乘风破浪之快。三官、亚南扬手高呼，岸上诸人亦高呼应之。我辈行抵滩尾，舟已泊岸。风势转急，云今日不能再开矣。

母亲登舟，跳板两截不胜重载，由老李驮之涉水，船上四人提而上之。念行程才及四分之一，此后上岸登舟，次数尚多，老母不便行履，殊可忧心。

四时半进晚餐，一部分人上岸借小店宿。入夜风益狂肆，吼声凄然。篷皆张上，且幔油布，乃如无物。寒甚，小孩闹甚，余又未得安眠。

一月十三日　星期日

晨间风狂如昨夕。候至八时后始稍戢，乃开船。晴光照山，以一角一段观之，皆成佳画。十时许过崆岭峡，舵工李姓尤姓请当地舵工操舵。众以为必险如新滩，或萌好奇，或怀恐惧。其处江面不宽，中矗巨石，我舟循巨石之左侧而行，约十分钟许，当地舵工即去。至此各爽然。盖李姓尤姓不熟其处航道，审慎，故请人代庖。熟习者临之，则轻松无事矣。行未久，又停泊扎风（舟子谓避风为"扎风"）。越二时许再开。峡势渐尽，西陵峡殆已过矣。经三斗坪，为抗战期间转口要地，未能上岸一观。四时许，歇南沱。其地距宜昌或言四十里，或言六十里，不知确数。岸上仅幺店子数十家，上岸者分头借宿。

就睡后灭灯，月光映于两旁之油布，如张玻璃。杂然一舟，至此乃归幽寂。听江流潺潺，念及《春江花月夜》之诗句。

晨以八时开船。行程艰难，今日可抵宜昌，众心咸慰，几视宜昌为目的地矣。水险已过尽，诚属可慰。作书致山公，详告奉节以下经过。与芷芬、士敫、小墨等共饮。十二时到宜昌，大家快慰。

饭后登岸，访新生书店，承借与房间，留宿另一船之人。于是我舟可以恢复旧秩序，稍见舒畅。打听下驶办法，知可由小轮拖带，约三四天抵汉口，但其价甚昂，拖木船一艘云须一百五十万元。宜昌市屋十去七八，系为寇兵拆去充作燃料，故皆留屋顶墙壁。碎瓦颓垣之处亦颇不少，不知何因而毁。现皆新筑木板小屋，或居家，或开小铺子。得见当天之《武汉日报宜昌版》，始知国共避免冲突，恢复交通，已成立协议。政治协商会议已开会，报载昨日之会为第三次。

返舟，吃鱼杂豆腐下酒。老李昨在南沱买一大鱼，体长与三午相仿。吃晚饭即吃此鱼。就睡时心绪甚适，缘宜昌已到，舟中旧秩序已恢复。夜眠亦酣适。

旅川日记

（一九六一年四月二十四日至五月十日）

抗战胜利后乘木船出川的时候我曾经想："蜀道如此之难，重来恐怕无望了。"谁知不然，解放以后三十多年间，我入川已经四次，每次像回到了故乡一样，处处感到亲切。

头一次是一九五八年一月间，与周有光先生结伴。其时《汉语拼音方案》刚通过，周总理作了关于文字改革的方针任务的报告，胡乔木同志也做了报告，就《汉语拼音方案》设七问，逐个予以解答。为了赶快传达，立即分几路派出人员，有光先生和我被派往西南一路。我们带着周胡二位报告的录音带在成都重庆两地传达，逗留了一个星期。到成都乘的是飞机，离开重庆往昆明也乘飞机，跟抗战时期的旅行相比，真可谓"不亦快哉！"但是究竟太匆促，旧地不能畅游，反而增添了留恋。

第二次是休息旅行，在一九六一年四五月间，陪伴我的是史晓风同志，从西安乘火车入川。我初次走宝成路，火车在丛山叠嶂中穿行，正好碰上下雨，朦胧变幻的景色给我留下了深刘的印象。在成都逗留了十来天，旧游之地都到了，还看了几所学校，气象跟抗战期间大不一样。后来经成渝路到重庆，乘轮船出川，为的是重温三峡风景。江水初涨，轮行甚速，航道中的险滩暗礁大半已经清除。一路上与晓风谈当年乘木船东归的经历，心情自然有特殊的欣快。

第三次是一九六五年十一月间，我参加中共中央统战部组织的学习参观团，去四川参观内地新建的工业和成昆铁路工程。同往的朋友很多，到了十来个大工厂和几处铁路工地。刚度过三年困难时期，看到处处是兴旺景象，大家的兴奋自不待说。可是在出川的轮船上就读到了那篇所谓批判海瑞的檄文，第二年动乱开始，四川遭到了极严重的破坏。

第四次是一九七八年五六月间，也是由中共中央统战部组织，去参观学习的。其时距离打倒"四人帮"已经一年有余，四川由于执行政策得力，工农业生产已经开始恢复，在这个当口去参观学习，对辨认"左"倾路线和增强拨乱反正的信念都大有好处。可惜我在出发那一天就感到腹内轻微作痛，旅行中总提不起精神，后来竟发起低烧来。回到北京进医院检查，发现胆道阻塞，并且已经发炎，马上动手术，取出一颗黄豆大小的胆结石。这次大病卧床竟达一百天之久。

以上四次入川，第一次日子比较短，日记中主要记事务；后两次到的地方多，涉及的方面广，日记不免丢三落四，有些部分还得作一些必要的整理。惟独一九六一年那一次是个人活动，不带任何任务，到哪儿都比较随便，日记也记得比较随便。也许正因为随便，自己读来觉得颇有回味，于是叫至诚把这一段日记抄了下来。

一九八三年三月廿二日

一九六一年四月廿四日　星期一

昨夜又雨，较久较大，今晨未已。

八点半冯老、孙主任、陈家兴、杜静四位来，陪我至一家孙姓泡馍馆吃牛肉泡馍。余饮西凤酒约二两许。牛肉煮之甚烂。余食小馍二，已极饱。

于是往参观八路军西安办事处纪念馆。在抗战时期，党与国民党有联合有斗争，又招收一批革命青年送往陕北，此办事处起极大作用。国民党监视此办事处，特务之机关与居家环绕左右，经常作暗中斗争。董老、林老、朱委员长、周总理、刘主席皆尝驻此，而林老居此之时间为多。各室皆保持当时原状，陈列当时之书报文件，观之甚有意义。

参观毕，返人民大厦小坐，即共往车站。北京开往重庆之快车已到站，即登车。十二时半开车，与四位招手为别。

四点后到宝鸡。火车头于此改用电机车，前挽后推，越过秦岭，俟至凤州再改用蒸汽车。自宝鸡开出，停车之站为杨家湾、观音山、青石岩、秦岭、凤州。停时皆甚久。观音山停至五十余分钟。殆以青石岩一段为最高处，及至秦岭站已见平田矣。车常行于山洞中，洞有几何，不能确计，殆有四五十个。出洞入洞之间，时见瀑布湍涧，削壁断崖。惜雨甚，停车时不能下车眺望。铁路盘旋而上之总形势，未能观之清晰。宝成路初成之时，此一段亦用蒸汽车推挽。改用电机车未知始于何时，或是去年乎。工程之大而难，思之即觉可惊，而以短期成之，诚可赞叹。

晚餐进面条，购五加皮酒一小瓶，饮数小杯。旋即就寝。

四月廿五日　星期二

晨醒未久即抵中坝。眺窗外麦子茂盛，菜籽将熟，稻秧葱绿，大似我苏。而慈竹丛丛，楠木幼苗时时可见，铁道两旁则桉树成行，此是川省特色，唤起回忆，如返故乡。车停绵阳、德阳，再停时即到成都，时为十点半。教厅二位同志在站相候，引导入城，住于永兴巷招待所。此招待所现居外国专家为多。

午后三时张秀熟、曹振之、杨立之三位厅长来访。张、杨皆旧相识，曹为初见。坐有顷，张言可往观青羊宫花会，余欣然从之。余以为花会犹是从前模样，而不知殊不然。青羊宫旁拓地三百亩，广栽花木，并种蔬菜，谓之花菜并举。花木多引来他地品种，且用

237

人工催花早开。于梅则延迟其花期，俾与春花同开。技术员刘君相告，现有木本一百余种，草本二百余种，共四百余种。巡行花径未能周遍，已觉其为洋洋大观。盆栽陈列极多。成都之盆栽，余觉其较少画意。植盆栽之银杏盘屈殊多，他处所少见。又有手工艺品陈列室，美术作品陈列室，皆入而观之。见"诗婢家"之木刻水印大有进境，印名家画幅不亚于荣宝斋。前闻荣宝斋中人言，其处曾派技术人员帮助诗婢家改进技术。游览二小时，与三君为别，径归招待所。此间饭食极好，食之有过奢之感。八时半如在家时之例，听各地电台联播节目。知我国与老挝建交，下月将召开十四国会议，讨论老挝问题云。

四月廿六日　星期三

上午九时半到新南门外龙江路小学。杨厅长与市教育局马局长先在。听袁丽华老师教六年级语文，课文为《詹天佑》，教法颇不错。袁为先进工作者，去年曾到北京出席文教群英会。课毕，与数人共谈约一时许，并商定明后日参观程序。

午饭后睡四十分钟。两时半杨厅长与陈同志来，询余何往。余主闲步市街，遂共出至祠堂街，入少城公园，今名人民公园。此园规模已大变，整洁逾于前。茶馆只余一家，乃共啜盖碗茶。杨君健谈，雅安人，年六十一，余于其谈话中知之。五时后仍步行回寓。于春熙路购石烟嘴四个，成都之水印木刻画八幅。

晚餐后康副省长来访，叩门而入。余乃不知其何名（后知名乃尔）。招待所放电影，观之。新闻片为乒乓球赛之下集，继之为苏联片《风》。此片甚杂乱，虽译为汉语，亦不明其详细，仅知为苏联初期之事而已。

今日放晴。观报上所叙，川省下雨数日，已嫌其多。而黄河流域一部分地区旱象严重，抗旱斗争为当前要举。

四月廿七日　星期四

晨九时到新南门外第七中学，此校有三十二班，学生一千五百多人。张秀老、杨厅长、马局长先到。第二节课时参观萧曼倩老师教初中一年级语文，课文为《延安求学的第一课》。萧之范读甚佳，能使学生听而增进了解。第三节课时参观全校一周，设备颇端整。师生菜地八亩，略嫌面积小，所种菜蔬皆好。第四节课时参观白敦仁老师教高三年级语文，课文为胡绳所作之《又红又专为世界观的问题》一文。此是议论文，一般老师往往感议论文难教，而白老师讲得甚好，约言之，即如余平日所怀想，按作者之思路为学生指点之。要言不烦，思想内容与文章技法兼顾，学生静听一遍，必比自己玩索更多理会。余深佩之。白老师尝被派往波兰教汉文二年，固成都之优秀教师也。课毕已十二时，即归招待所。

午后未外出，在寓中看杂志为遣。晓风患牙痛已数日，往医院治疗，归来言居然止痛。

晚餐后至锦江剧场看川剧，张老、杨厅长、罗承烈厅长同观，尚有高教局之副局长二位，未记住其姓名。锦江剧场即从前之"悦来"，建筑甚宽舒，休息处所作回廊，廊外有树木花卉，为他处所少见。戏名《王三巧》，即《蒋兴哥重会珍珠衫》，川戏之传统节目，今为改编，使王三巧为一坚贞不二之女子。此剧唱词特多，演王三巧者为竞华，演蒋兴哥者为谢文新，皆中年名演员。听之观之，甚觉"过瘾"。至于此剧之意义则无足称。十时散，为时整三个钟头。

四月廿八日　星期五

晨九时偕张、杨、马三位共出老西门，至于茶店子。沿路景色，仿佛犹能记忆，余在茶店子做事，盖历一载有余也。入二十中，此校有农地六十亩，以搞好生产见称。观语文课两节。一为女教师王镜蓉教初三《陈涉起义》，王由小学教师改教初中，讲此篇不甚透彻，然知其备课已费相当力气。余于此惟觉如《陈涉世家》之文殊不宜用于初三。又一节为某君教初一《公社的一家》，能讲说，而头绪杂乱，离开课文而提问，而发挥，此殆亦是一般情形。课毕，巡行校舍周围，观菜地，然后驰车返城。

日来以菜肴较好，进食略多，胃部不舒。今日注意少吃，饭罢得酣睡。起来作诗，得二绝，拟合若干首题曰《成都杂诗》。

入夜，招待所请看川剧，再至锦江剧场。戏名《金玩钗》，其中穿插人面桃花故事。及观数场，乃悟前曾在北京看过。此戏非高腔，无帮唱。唱作俱佳，殊为赏心。九时五十分散。

四月廿九日　星期六

晨九时到东城区第一中心小学，杨、马二位已先到。第二节课时听陆姓女教师教二年级语文，课文为《李春花的话》。第三节课时听毛姓女教师教三年级语文，课文为《怎样预防传染病》。二位皆中等水平教师，教法陆胜于毛。此校学生由教师领导养兔甚多，且做试验，改进兔之品种，或使毛皮丰厚，或使毛色如意之所欲，以便纺织之前节约染料，皆有所成就。据云自一年级至六年级皆参与此事。余闻之深感兴味。十二时归寓。饭后得好睡一时许。

三时杨厅长来，偕游武侯祠南郊公园。天气阴沉，刮风颇烈，盖有北方之冷空气袭来，高树枝叶，吹落颇多。南郊公园树木葱郁，是其佳胜处。原刘湘墓之祭堂与墓台，望之颇形恶俗。又经华西坝沿锦江而至望江楼。其中种竹视前为多，且拓地颇广。有一处陈列国内外各种竹一百余种，多栽于盆中，少数种地上，竿枝叶各异其形状，观之至有味。以风大，未登楼，茗憩于茶座中。杨厅长为余谈四川工农业前途。坐一时许，遂归。

六时半胡赞平来，余先与通电话约晤。渠任事于博物馆，近则出至生产基地治农事。共饮，杂谈种种，至八时半而去。余乃洗澡，水热，出汗不少。

上午看报而外与晓风闲谈余生平杂事。午饭后胡赞平来，与其夫人子女偕。渠索得锦江剧场之日场票，邀我们往观。日场由青年演员表演，所演为折子戏，计《磨房放奎》《玉莲刁窗》《做文章》《折红梅》《桃花村》五折。青年演员唱工较不纯熟，声音不甚清亮，做功亦有生涩处，然假以时日，皆可有大进。所见几个小生皆面目清秀，体态温文。各种剧种均感小生难得，而川剧似无此虑。川剧多以背景描写衬托人物之心情，在各种剧种中可谓最富于诗趣者。未到四时即散场，且是白天观看，不若观夜场之吃力。赞平到余寓稍坐即为别。

今夕在省人委红照壁礼堂举行庆祝"五一"大会，余收到一柬，乃以七时往。休息室中六七十人，余所识殊少。既而朱委员长来，众皆起立相迎，朱与诸人一一握手。于是入会场开会。市长某君讲话，讲毕即休息。继之为文娱晚会，音乐、歌唱、舞蹈、川剧、清音、杂技、京戏皆颇精妙。于此又得观川剧之折子戏曰《胡琏闹钗》。散场已十一时，为时过久，余感疲惫矣。

昨夕雨，今日天气转凉，夜眠兼盖棉被与绒毯。

五月一日　星期一

今日天气晴明，庆祝"五一"，令人心喜。十一时到北校场参加庆祝大会。成都全市分数处举行集会，而规模以北校场为大。朱委员长到此参加庆祝。会上讲话者四人，工会代表，先进工业生产者，公社代表，学生代表。讲话毕，在广场上作文艺表演。分三处同时表演，锣鼓并作，唱声齐起，殊有应接不暇之感。迄于十二点半即散会，为时不长，亦复令人舒适。

为庆祝"五一",招待处备菜特好,并吃饺子。食罢酣睡一小时,颇酣,连日如此,夜眠不好而午睡较酣。起来与晓风至春熙路闲步,购木刻水印笺二十余张,又购林则徐书对联一副,其字颇工整。

夜间有焰火,有戏剧电影,余得票而未往观,与晓风对坐闲谈。招待所有跳舞会,乐声时作。下望草地周围,缀以五色电灯。放焰火之声蓬蓬相继,亦略可望见火花。过节情景,颇为齐备。十时半就寝。

五月二日　星期二

九时张老、杨厅长来,同来者有处长董君与厅中人员二人。董君为余述川省有关教材之各种情况。末后对部中提出数点希望。谈两小时而毕。俟诸君去,余即作书致董副部长,以川省所提数点希望告之。

午后睡起,杨厅长来,陪我们出北门游昭觉寺。此寺占地甚广,有田地与树林,僧众六十余人,种地足以自给。大殿之前有两座前殿。前一座中居弥勒,旁列四天王。后一座中间似为地藏,旁列十余塑像,不知何名。如此布局,前所未见。一和尚名能真,导我入观大殿。殿系明建,五大开间,屋顶盖瓦而无衬砖,日光下漏,据云并不漏雨。中间佛像极好,旁之十八罗汉则不好,头部特大,与身体不称。悬有竹禅和尚所绘巨幅画三,以竹枝一幅为佳。又观大殿西侧之观音殿。佛龛前蟠龙为饰,极精工。观音像极好。观音背面则塑其寺之历代祖师,面貌各各不同,想当肖其本相。此殿之塑造工作,据云由三个匠人以数年之时力完成之,良可赞叹。又至其方丈,庭植卉木,室宇洁静。橱中有藏经。陈列各种古玩不少。余最爱一幅缂丝,作一雁俯飞状,姿态生动,画笔苍劲,殆是较旧之物。至五时半辞出。回身而望,寺之周围树木郁然。

晚饭后闲谈少顷，至九时过就寝。日来睡而不酣，易辞言之，四肢百体感紧张而不得松弛，因而入睡而不甚得入睡之益。不知究以何故也。

五月三日　星期三

昨托杨厅长与李劼人约，往访其郊外之居。晨九时杨来，遂驱车出东门，至沙河堡，问道数次，乃抵李之菱寓。高柳当门，屋内简雅。促膝同谈，李君风度依然。云写《大波》叙辛亥革命预计须四卷，今方写第三卷，仅成其小半。四卷完成，当在数年之后。其职务为副市长，似管事不多。谈及昭觉寺，李君告余今之昭觉寺系吴三桂出资重建，方丈内陈列僧鞋一双，系陈圆圆赠与当时之方丈者。全寺惟方丈之屋未遭兵燹，为明时之建筑云。李君导登其楼，楼藏书籍，所收字画颇富。壁间悬挂者颇有佳品，一一观之。谈至十一时半辞出，约于下半年人大开会时在京再晤。

午后睡起，与二十余位小学语文教师座谈（男教师仅一人耳）。张、杨二位亦来参加，并有市教育局中人。教师谈课本之取材与安排者为多，皆注重于政治思想方面，于语文教育方面不甚措意。谈至五时，余就教法方面谈约四十分钟，观诸人之面部表情，似尚觉有味。张老杨君亦谈话，然后散，已六时半矣。明日下午与中学语文教师座谈，后日休息一天，六日即往重庆矣。

五月四日　星期四

上午无事，与晓风闲步近处市街，未久即回。日来于闲时构思作诗，到今日共得八绝句，谓之《成都杂诗》①。

午后二时半与中学语文教师十余人座谈，张、杨二公亦到。发

---

① 诗见本集第四辑。

言者皆优秀教师，多及教材教法，认识与言辞皆胜于昨日之小学老师。余杂谈所怀约五十分钟，张、杨二公亦谈有顷，六时半散。白敦仁君以自波兰携归之波兰文译《稻草人》一篇相赠，余深谢之。

晚饭后写字为遣。写《成都杂诗》两份，一赠晓风，一呈张秀老。又单书听讲之一首致白敦仁君。

五月五日　星期五

致一电于至善，告行踪。九时过与晓风出门，雇得三轮车往人民公园。入博物馆陈列室观之，近年新出土之陶俑为多。又观盆栽，于小桥边照相。及归欲雇三轮车，车固不多，偶遇之，则皆谓将往吃饭，不复载客。于是步行而归，晓风虑余劳累，而余步行甚缓，未觉劳累。午饭后睡较久。起来与晓风闲谈，晓风询余作旧体诗之方法。夜间张秀老来叙别，谈一时有余。渠主持四川省志之编撰，谓动员全省各部门共为之，将分册出书，全书完成当在数年之后。又谓湖南省为此较早，完成将先于四川。九时半张老去，殷勤握手而别。

我人原拟游湘，今以省旅程之周折，决自重庆直达九江，游庐山，下山即往南京。闻广播言湘省五月内将多雨，亦为改变游程之一因。

近来各剧种争编越王勾践之戏，旨在鼓励群众自力更生，发愤图强。前日李劼人为余言，川戏编《卧薪尝胆》不用伍子胥与西施之情节，专从越王图自强着笔，迥不犹人。又言提出"尝胆"极有力，开场即为越王自吴获释而归，归即告庙，祭毕分胙肉，越王独取牲畜之胆。余觉李言诚是，因记之。

五月六日　星期六

晨起整理行李。与服务员二人共拍照。将十时杨厅长与陈同志来，亦共拍照。于是驱车往车站，少憩即登车。此车自北京至重庆，软席卧车之客到成都皆下，余乃与晓风占一间，颇为舒适。及开车，与杨、陈二位招手而别。成渝车于一九五八年初坐过一次，系夜行，沿路景物一无所见。今乃知成渝线自成都到内江一段，山洞亦不少。洞皆不甚长，穿小丘陵而过。沿铁路两旁均种桉树，他则油桐洋槐。竹树弥望，丘侧丘面几全种植。麦已黄。秧田嫩绿，已插秧之田亦不少。包谷长约一二尺。此一路所经，盖皆川中富饶之区。铁路先与沱江并行，后乃贴近长江。傍晚眺望长江，安流不惊，至日没而已。午饭晚饭后皆小睡，颇酣。十时另五分准时抵重庆站。教育局长刘、张二位（刘名西林）在站相候，导我人驱车至人民礼堂，居三楼甚为宏大之两间。刘、张少坐即去。

天气甚热，已是夏令情形（今日立夏）。余擦身而后睡。

五月七日　星期日

竟日未外出。此巨厦朝西，午后甚热，室内至华氏八十三度。上午理发。写信致杨厅长，致至善。午饭时购五粮液一瓶，饮一杯。饭罢酣睡一小时。起来写一信致三官、姚澄。看《人民文学》。

四时刘局长来，略谈重庆市学校语文教学概况。刘谓重庆近决定天然气化，以天然气代煤，后年可以完成。完成之后，采煤运煤方面之劳动力可以改为别用。刘又告余，宝成路秦岭一段改为电气化系今年三月间事。以前过山洞时煤烟熏塞，颇为难受。余颇喜此行适逢初改电气化，得一观电气车头之效能。刘去时约以明日同游南温泉。

已购得民众轮之票，船以后日上午开。此轮为次等船，所定舱位并不在船边，似乎不太满意。此间无直达上海之船，到九江须在汉口换船，亦只得在汉口小住耳。

五月八日　星期一

晨八时半刘局长来，即相与驱车渡江。渡江仍用轮船所带之驳船载汽车。观候渡车辆等待需时，公路大桥必当从早修筑。现在重庆之大桥，仅成跨江之铁路桥一座，据云按远景规划，重庆之大桥将不止二三座。过江后一路见学生背负行李而步行者甚众，刘局长相告，中学以今日始放农忙假，此辈皆往各个公社参加农忙劳动者。一路见山上隙地无不栽培作物，土地之利用率可谓达于高度。到南温泉时为十点。两面山作浓绿，中流一道花溪，观而神怡。小憩于招待室，然后出而闲行。天气极热，而竹树浓荫中颇凉爽。众绿映水，花溪亦作深绿。高树有法国梧桐，有檫树。檫树系初识，其叶作羽状。我意此字作"栎"即可，无须再加木旁。又种樟树甚多，他年长大成为高林必增此处之幽深。梅树亦多，据云冬腊间来此观梅，亦为一景。溪旁有垂钓者。溪上有划船者，歌声方已，忽改而作川江号子，良有别趣。来浴者不少。露天游泳池中有男女青年游泳。我人信足而行，避免登山。见石凳即小坐，亦徘徊于回廊溪桥间。既而进食于餐厅，小休于招待室，然后入浴室洗浴。此为硫黄泉，温度似高于临潼之泉。余洗最久，遍体细擦，起而复横卧，殊感畅适。盘桓至三时半即驱车而返。于江边待渡较久，阳光照射，汗出不止，车座发烫。车至市区，下车观市容，访百货商店二家。一家名"三八"，全部人员皆女子。刘局长言重庆人已做到充分就业。余观路上从事运输工作者，女子殊不少。到旅舍已将六时。晚餐后完成五绝四首[①]，书之赠刘局长，为同游之纪念。晓风云彼甚爱第三首。

---

① 诗见本集第四辑：《重庆南温泉》。

246

四月九日　星期二

晨起较早，整理行装。八时半刘局长来，谈语文教学约四十分钟，然后动身赴磨儿石码头登轮。刘局长为我人找到舱位，即为别。余觉刘君甚可亲，直爽，毫无矫揉之意。我人之舱位系二等，实为此轮之头等。二人共一室，较火车软席房间宽畅得多。有小桌，有椅子，可凭而写字。室外走廊颇宽，移椅而坐，凭栏眺望江景，当是一乐。余谓晓风，余以前乘江轮皆当心中愁烦之际，心无牵萦，适然畅然，盖无如今日者也。

船以十时开行。长寿于余午睡时经过。泊涪陵在下午三时许。夜十一时到万县，停四小时而后开。闻船上广播，重庆到汉口之航程为一千三百七十公里。询之服务员，云后日下午六时左右可抵汉口。

沿线布置航标颇密。航标以木条构成粽子形，涂以红色，顶端装红色电灯，他时灯光昏暗，而天黑时甚为明亮。航标或装在小舟上，或装在竹筏上。赖有此设置，故能夜航。

初上船时热甚，下午亦复须开电风扇，入夜则风渐大，居室内不复出汗，倚栏则嫌其太凉爽矣。

船上饭食一律，每人素菜一盆，饭一盆。素菜为腌菜煮萝卜，饭较硬，余仅食少许。服务员见余弗习，来相问询。晓风因与言可否照顾，服务员商之于领导，得允可。夜餐即送来室中进食，三素菜一汤，皆系特做。而饭硬依然。余乃小饮，进饭半碗。服务员之关切，殊为可感。

船上睡眠极酣畅，为出门以来所未有，大为欣快。

五月十日　星期三

晨起甚早，缘有饱观三峡之兴。约七时半入峡，凭栏而望，应接不暇。滟滪、瞿塘不知于何时经过。闻说炸去险滩多处，亦不知所去者何滩。惟夔门确能辨认。高壁临江，诚为壮观。巫山十二峰无人指点，亦不知孰为何峰。余以为不知名固无妨，第观山川气势，即为眼福。高峰下腰划线一痕，细观之乃是凿山填平之路，有人行其上。画家常作蜀山行旅图，此乃真图画矣。左右山脚错互，望之如将碰壁。航向一折，前路复开。远观似窄甚不能过，及近则尚宽，可容三舟并行。山根之石，形态种种，殊可观玩。或如枯木之纹理，或如叠卷帙，或如列镟，或如和豆之蒸糕，可谓难以描状。巫峡之山多洞穴，瀑布所经之道作白色，当是石灰也。大概近日少雨，万道流泉，仍未之见，憾惜与前两回同。峡中之山，低处多种麦，坡面有极斜者。麦已黄熟，界画成块，望如和尚之袈裟。

将出西陵峡而下雨。峡中风甚大，扑来令人作呃，出峡后风仍肆。午后两时半到宜昌，登船离船之旅客皆满身淋漓。既不便眺望，则偃卧作诗，得《出峡》[①]一律。

午餐晚餐均在室中小饮，舟中特为我人供黄鱼咸鸭，饭则易以馒头，如此照顾，甚为可感。

入夜雨益大。九时许泊沙市，我人已入睡而醒矣。

---

① 诗见本集第四辑。

第三辑

生命和小皮箱

空袭警报传来的时候，许多人匆匆忙忙跑到避难室防空壕里去。其中有些人，手里提着一只小皮箱。小皮箱里盛的什么？不问可知是金银财物证券契据之类，总之是值钱的东西，可以活命的东西。生命保全了，要是可以活命的东西保不住，还是不得活命。带在身边，那就生命和可以活命的东西"两全"了。这样想法原是人情之常，无可非议。

我现在想猜度各人对生命和小皮箱的观念。

也许作这样想吧：——既已有了生命，别的且不管，生命总得保住，直到事实上再也不能保住的一瞬间。敌人的轰炸机来了，当前有避难室防空壕，当然要躲到里头去，因为这是保住生命惟一的办法。待听到了一声拖得很长的解除警报，走出避难室防空壕一看，假如满眼是坍毁了的房屋，翻了身的田园，七零八落的肢体，不免点头自慰，生命过了一道难关了。其时看看手里的小皮箱，好好的，没有裂开一道缝，更不免暗自庆幸。有这个小皮箱在，那么一个地下室毁了还有别的地下室，一个防空壕炸了还有别的防空壕，敌人炸到东边，自己可以逃到西边，旅馆总有得住，馆子里的饭菜总有得吃。有得住又有得吃，不是生命仍然可以保住吗？

也许作这样想吧：——自己的生命是与别人的生命有关联的，自己的小皮箱是与别人的小皮箱"休戚相共"的。仅仅想保住自己的生命，生命难保；仅仅想依靠自己的小皮箱，小皮箱毫无用处。

因此，要保住生命就得推广开来保住"四万万同胞"的生命，要依靠小皮箱就得推广开来依靠整个中华国土这个其大无比的小皮箱。（整个中华国土不是我们的小皮箱吗?）敌人的轰炸机来了，当前有避难室防空壕，自然要往里头躲，血肉之躯拼不过炸弹，这是常识。手头有个小皮箱，自然不妨提着走，化为灰屑究竟是可惜的。但是在听到一声拖得很长的解除警报之后，见到自己的生命和小皮箱都还存在，并不觉得有什么可以安慰庆幸之处，只觉得一种责任感压在心头，非立刻再去操心思，流血汗，干那保住大众的生命，守护其大无比的小皮箱的工作不可。

我只能猜度，不能发掘人家的心。重庆人口头惯说"要得""要不得"，提着小皮箱跑进避难室防空壕的人不妨问问自己：哪一种想头"要得"，哪一种"要不得"？还不妨问问自己：自己的想头属于哪一种？

一九三八年二月二十六日刊于重庆《新民报》

我们的骄傲

我们四个四十五以上的人一路走着，谈着幼年同学时候的情形：某先生上理科，开头讲油菜，那十字形的小黄花的观察引起了大家对自然界的惊奇；某先生教体操，说明开步走必须用力在脚尖上，大家听了他的话，连平时走路也是一步一踢的了；为了让厨夫受窘，大家相约多吃一碗饭，结果饭桶空了，添饭的人围着饭桶大声叫唤，个个露出胜利的笑容；为了偷看《红楼梦》一类的小说，大家把学校发给的蜡烛省下来，到摇了熄灯铃，就点起蜡烛来，几个人头凑头地围在一起看，偶尔听到老鼠的响动，以为黄先生查寝室来了，急忙吹灭了蜡烛，伏在暗中连气也不敢透……

重庆市上横冲直撞的人力车以及突然窜过的汽车，对于我们只像淡淡的影子。后来我们拐了弯，走着下坡路，那难走的坡子也好像没有什么了。我们的心都沉没在回忆里，我们回到三十多年以前去了。

邹君拍着戈君的肩膀说："还记得吗？那一回开恳亲会，你当众作文。来宾出了个题目，你匆忙之中看错了，写的文章牛头不对马嘴。散会之后，先生和同学都责备你，你直哭了半夜。"

戈君的两颊已经生满浓黑的短须，额上也有了好几条皱纹，这时候他脸上显出童稚的羞惭神情，回答邹君说："你也哭了的，你当级长，带领我们往操场上运动，你要踢球，我们要赛跑。你因为大家不听你的号令，就哭到黄先生那儿去了。"

"黄先生并不顶严厉，可是大家怕他；怕他又不像老鼠见了猫似的，是真心地信服他。"孙君这么自言自语，似乎有意把话题引到别的方面去。

我就接着说："他的一句话不只是一句话，还带着一股深入人心的力量，所以能叫人信服。我小时候常常陪父亲喝酒，有半斤的酒量，自从听了黄先生的修身课，说喝酒有种种害处，就立志不喝，一直继续了三年。在那三年里，真是一点一滴也没有沾唇。"

"教室里的讲话能在学生生活上发生影响，那是顶了不起的事。"当了十多年中学校长的孙君感叹地说。

我们这样谈着走着，不觉已到了黄先生借住的那所学校。由校工引导，走上坡子，绕过了两棵黄桷树，校工指着靠左的一间屋子，含糊地说了一句什么，就转身走了。我们敲那屋子的门。

门开了，"啊，你们四位，准时刻来了，"那声音沉着有力，跟我们小时候听惯的一模一样，"咱们多年不见。你们四位，往常也难得见面吧？今天在这儿聚会，真是料想不到的事。"

我在上海跟黄先生遇见，还在十二三年以前，那十二三年的时间加在黄先生身上的痕迹，仅仅是一头白发，一脸纤细的皱纹。他的眼光依然那么敏锐有神，他的躯干依然那么挺拔，岂但跟十二三年前没有两样，简直可以说三十多年来没有丝毫改变。我这么想着，就问他一路跋涉该受了很多辛苦吧。

黄先生让我们坐了，就叙述这回辗转入川的经历。他说在广州遇到了八次空袭，有一次最危险了，落弹的地点就在两丈以外，他在浑忘生死的心境中体验到彻底的宁定。他说桂林的山好像盆景，一座一座地拔地而起，形状尽有奇怪的，可惜没有千岩万壑茫茫苍苍的气概，就只能引人赏玩，不足以怡人性情了。他说在海棠溪小茶馆里躲避空袭，一班工人不知道利害，还在呼幺喝六地赌钱，他就给他们讲，叫他们非守秩序不可。

他说得很多，滔滔汨汨，有条理又有情趣，也跟三十多年前授课时候一个样儿。

等他的叙述告个段落，邹君就问他从家乡沦陷直到离开家乡的经过。

"我不能不离开了，"他的声音有些激昂，"我是将近六十的人了，不能像他们一样，糊糊涂涂的，没有一点儿操守。我宁肯挤在公路车里跑长途，几乎把肠子都震断；我宁肯伏在树林里避空袭，差不多把性命跟日本飞机打赌；我宁肯两手空空，跑到这儿来，做一个无业难民；我再不愿留在家乡了。"

听到这儿，我才注意那个房间。以前大概是阅报室或者学生自治会的会议室吧，一张长方桌子七八个凳子以外，就只有黄先生的一张床铺，床底下横放着一只破了两个角的柳条提箱；要是没有窗外繁密的竹枝，那个房间真太萧条了。

黄先生略微停顿了一下，就从家乡沦陷的时候说起。他说那时候他在乡间，办理收容难民的事，一百多家人家，男女老少一共四百多人，总算完全安顿停当了，他才回到城里。于是这个也来找他了，那个也来找他了，要他出来参加维持会。话都说得挺好听，家乡糜烂，不能不设法挽救啊，不入地狱，谁入地狱啊，无非那一套。他的回答非常干脆，他说："人各有志，不能相强。你们要这么做，我没有那种感化力量叫你们不这么做，可是我绝不跟着你们这么做。"接着他愤慨地说："这些人都是你们熟悉的，都是诗礼之家的人物，在临到考验的时候，他们的骨头却软了，酥了。我现在想，越是诗礼之家的人物，仿佛应着重庆人的一句话，越是'要不得'！"

一霎间我好像看见了家乡那些熟悉的人的状貌，卑躬屈节，头都抬不起来，尴尬的笑脸对着敌人的枪刺。"在他们从小到大的教养之中，从来没有机会知道什么叫作民族吧！"我这么想着，觉得黄先生对于诗礼之家的人物的感慨是切当的。

黄先生又说拒绝了那些人的邀请以后，他们好像并不觉得没趣，还是时常跟他纠缠不清。县政府成立了，要请他当学务委员，薪水多少；省政府成立了，要请他当教育厅科长，薪水多少；原因是他以前当过省督学多年，全省六十多县的教育界人物，没有谁比他更熟悉的了。他为避免麻烦起见，就在上海一个教会女学校里担任两班国文；人家有职务在这儿，你们总不好意思再来拖三拉四的了。于是他到上海去，咬紧了牙对城门口的日本兵鞠躬，侧转了头让车站上的日本兵检验良民证。说到这儿，他掏出一个旧皮夹子，从里边取出一张纸来授给我们看，他说："你们一定想看看这东西。这东西上贴得有照片，我算是米店的掌柜，到上海办米去的。你们看，还像吗？"

我们四个传观之后，良民证回到黄先生手里，黄先生又授给孙君说："送给你吧。你拿到学校里去，也可以叫你的学生知道，现在正有不知多少同胞在忍辱受屈，让敌人在身上打着耻辱的戳记！"

孙君接了，珍重地放进衣袋里。黄先生又说他到了上海以后，半年中间，教书很愉快，那些女学生不但用心听课，还知道现在是个非常严重的时代，一个人必须在书本子以外懂些什么，做些什么。但是，在两个月之前，纠缠又来了，上海的什么政府送来了一份聘书，请他当教育方面的委员，没有特定的事务，只要在开会的时候出几回席，尽不妨兼任，月薪两百元。事前不经过商谈，突然送来了聘书，显而易见的，那意思是你识抬举便罢，要是说半个不字，哼，那可不行！

"我不能不走了。我回想光绪末年的时候，一壁办学校，一壁捧着教育学心理学的书本子死啃，穷，辛苦，都不当一回事，原来认定教育是一种神圣的事业，它的前程展开着一个美善的境界。后来我总是不肯脱离教育界，缘故也就在此。我怎么能借了教育的名义，去叫人家当顺民当奴隶呢！我筹措了两百块钱，也不通知家里人，就跨上了开往香港的轮船。”

"我们有黄先生这样一位老师，是我们的骄傲!"戈君激动地说着，讷讷然的，说得不很清楚。

我心里想，戈君的话正是我要说的。再看黄先生，他那敏锐的眼光普遍注射到我们四个，脸上现出一种感慰的神情。他大概在想我们四个都知道自好，能够做点儿正当事情，还不愧为他的学生吧。

一九四四年作

邻舍吴老先生

一天早晨，太阳很好，可没见同院的吴老先生出来晒他的手提皮箱。一打听知道他病倒了。说是病其实不大贴切，既不发烧，又没什么痛楚，不过头脑有些儿发涨，胸口有些儿发闷，就懒得起来。他那儿子任夫先生，一个公务员，对我解释道："只为昨天表兄来了，随随便便说了一句话。"

"什么话呢？"

"家父问他家乡情形怎么样，他说秩序还不错，地方上跟日本人处得很好，日本人常常说，你们这儿的人是最出色的中国人。就是这一句话。"

"他老先生听了怎么说？"

"他听了闭上眼睛皱着眉，不说什么。半晌才看定了我，'我决意做迁川第一世祖了，'他说，'最出色的中国人，日本人亲口评定的，咱们不能跟他们一伙儿住。我是老了，无所谓，你还年轻，还有小林儿，我希望你们的骨头有些斤两。四川也好，就住四川吧。往后有人问你贵处哪儿，你就说敝籍四川。千万不要把家乡的名儿说出来。打这会子起，我对家乡的名儿感到羞愧，我不好意思再说我是某地方人。'他老人家说了这么些话，到夜就没有吃晚饭。"

"他老先生原是最巴望回去的，听说成渝铁路又将动工他高兴，听说盟国在计划发展民航事业他高兴，今儿胜利等不到明儿动身似的。"

"你看他见着太阳总不忘晒他的手提皮箱，只怕动身日子一到，为了晒皮箱耽搁。"

"他老先生真的就横了心，不想回去了吗？"

"我想也不过说说罢了。昨天他说了，我当然顺着他，说做四川人也好。到那一天把日本人赶了出去，我们还不是钻头觅缝想办法，最好挤上头一班下水船？我们为什么不回去？你想，人家是动也没动一动，死守在本乡本土，当顺民，当小汉奸，到了那个时候，他们哪儿还说得嘴响？我们可完全不一样，我们是吃尽辛苦，跑了几千里路，跟着政府内迁的，我们是义民——谁说的，一下子想不起来了，总之没有错，我们是义民。地方上有什么事啊务的，还不该由我们来承当？就是说两句公众话，我们的当然也特别有力量。我们为什么不回去？"

我虽然跟他们吴氏父子一样，家乡还在沦陷中，自己是寄寓在四川，可没有想到将来回去可以享受特殊权益，像任夫先生说的。我想这个想头有些妙，一时说不下去，只见任夫先生嫌他的身材不够高似的，狠狠地挺了一挺。

两天过去，吴老先生好了，可是从此以后，太阳虽好，再没见他晒他的手提皮箱。廊沿前他种着两盆石斛，以前几乎见我一回说一回，石斛这东西滋阴，清内热，煎汤喝是最妙的饮料，回去的时候一定要带着走，哪怕多花些脚力，川石斛，在下江是太名贵了，这些话现在他也不再说了。

他改变了不出门的习惯，正月初七游草堂寺，春二三月青羊宫赶花会，四月初八望江楼看放生，有什么应景的名目他都要去看看。回来就气吁吁地躺在廊下那张竹榻上，见着我或是他儿子，往往说"成都确也不错，成都确也不错……"有时还加上说："只是菜吃不惯，住了足足六个年头还没有惯，样样要加些花椒面和辣子，还有葱蒜，简直是跟舌头鼻子为难。"

门前有挑着树苗卖的，随便讲价讲成了，他老先生买了两株橘树苗。他叫他儿子种在院子里，他在一旁相度，两株该距离多少远将来才可以各自发展。种停当了，他坐下来，自言自语道："开花，总得七八年，结果，总得十来年吧。不过没关系，反正有人闻它的花香，吃它的橘子就是了。"

从橘子谈到了四川省的水果。他说除了橘子、广柑、苹果、龙眼以外，其他都不好吃，尤其是枇杷，一层厚皮包着几颗核儿，单单忘了长肉。他说他们家里有两株大枇杷树，每年结上五六担，红毛白沙，个儿有核桃大，甜得胜过冰糖，冰糖没有它那股鲜味。他说现在是采枇杷的时令了。

他沉默了一会儿，突然朝我说："叶先生，古人说到处为家，你看是不是有些道理？"

"人不比树木，树木生根在地里，移动不得，人当然可以到哪儿住哪儿。"我迎合老先生的意思。

"你看，这儿四川这么多人，打听他们的祖先，都是旁的地方来的。他们来了，住下了，一样在这儿成立了家业，长养了子孙。"

任夫先生朝我看看，同时擦掉他手掌心的土。

吴老先生低下头，喃喃地念着不知道哪儿来的文句："其俗柔靡，人轻节义……"

一九四四年五月五日作

辞　职

　　一天黄昏时分，刘博生来了，带来个破皮箱，说改行了，那个皮箱带着麻烦，准备寄存在我这儿。

　　"已经辞了职吗？"

　　"辞了。前星期就跟您说过，要不依从他的意思，拿他分给我的二十万，就只有走路。你要保住清白，又要继续干下去，那是不可能的。他会把你看成眼中的钉，心中的仇敌，借个什么名儿把你开除了，才倒霉呢。不如早些辞职，落得干净，让他也觉得痛快。"

　　刘博生是个会计员，干了两年，没出什么毛病。今年他那个所里调任了个新主任，看他年纪轻轻，不声不响，每天八个钟头的办公时间内，不写私信，不看小说，总是弄那些阿拉伯数字，拨他的算盘珠儿，就中意了他。曾经找他谈过话，说："你靠得住，我知道。旁人也许要调动，你的位置是牢靠的，安心做事就是了。"刘博生听了自然高兴，不免格外熬好，办公时间内有若干放不下手的事情，就带回宿舍里去做，宁可牺牲了杂志和小说的阅读。约莫过了一个多月，主任又找他了。起初是闲谈，问他的家世，问他的生活状况，又说到物价飞涨，公务员一些薪津实在没法维持，对于他那身补了好几处的灰布学生服以及那双张开了嘴的皮鞋，表示十分同情，说应该换穿新的才好。最后才来了正文，说所里有八十几万的积余，白白缴出去也是呆，不如把他开销了，只要账目做得仔细，神不知鬼不觉的。他愿意分二十万给刘博生，说也可以补贴补贴，

261

缝几身衣服，买一双新皮鞋。刘博生一时回答不上来，主任又提醒他说，"这算不得一回事，有麻雀子的地方都有。况且，账是你做的，你要做得怎样周到就怎样周到，那些办事员全是女孩子家，什么也不懂得，哪儿会有漏子让人家找出来？"后来刘博生把这个事儿告诉我，他说他也知道自己干得来，可是不知道怎么的，他总不愿意干。也不是怕坏了声名，也不是怕吃官司，只觉得干了就像掉在一个深坑里，一辈子也爬不起来。又说他原以为这类事儿好比故事里的魔窟，实际上不会碰到的，谁知道又真实，又切近，就在自己身边，主任说得不错，"有麻雀子的地方都有"，使他觉得害怕。我听了他的话肃然起敬，像对于一切认得清义利之辨的人一样，因而夸奖他几句，说不干自然是一千个对，一万个对。可是主任催他来了，问他到底同意不同意，言语之间带着威胁的意味，同意，到手二十万，不同意，亏有你吃的。刘博生也想过把这件事宣扬开来，但是一转念间就知道行不通；自身抓在人家手里，哪儿分得清个青红皂白？于是来了退缩的想头，辞职。他把这个想头告诉我，是前个星期天，现在他果然辞职了。我问道，"所长就一口答应了你？"

"所长问到主任，主任没说别的，只说'让他辞了也好'，所长就批准了。今天下办公室的时候，我向主任告辞。他似乎关心似乎不关心地看了我一眼，那一眼藏着许多的话，'你傻子！''你不识抬举！''你熬好，要清白！''你道我没有了你就干不成事！'诸如此类。"

"他的愿望总之可以达到的，"我说，"只要你的后任随和些，没有你那股傻劲儿。"

"后任已经来了，不然我怎么能够办了交代跑出来？是主任的同乡，听说还关些亲，一个能说能笑的漂亮人物。"

"那就得其所哉了。"

"我也明明知道我这么做毫不彻底。无论如何，那八十几万的积余总之不是公家的了，我不帮他拿，自有人帮他拿。不过我总算对他表示了抗议，虽然没有什么实际效果，至少叫他感到一丝一毫的不痛快。就是这一丝一毫的不痛快，不能说对他绝无影响。同时，我也代表了许许多多的人警告了他。他不要以为有麻雀子的地方尽是些与他一路的货色，要知道比较正派的人到底还有，例如我。"

我听了刘博生这些话想得很远，转过话头问他道，"现在你准备往哪儿去？"

"一个同学在外县中学里当教务主任，他招我去教数学。我想学校总该好一些，跟一班少年在一块儿，该不会有那种不三不四的事儿吧。"

我想说话，可是止住了，只点点头，暂时维持他的想望。

一九四四年五月十三日作

春联儿

　　出城回家常坐鸡公车。十来个推车的差不多全熟识了，只要望见靠坐在车座上的人影儿，或是那些抽叶子烟的烟杆儿，就辨得清谁是谁。其中有个老俞，最善于招揽主顾，见你远远儿走过去，就站起来打招呼，转过身子，拍拍草垫，把车柄儿提在手里。这就叫旁的车夫不好意思跟他竞争，主顾自然坐了他的。

　　老俞推车，一路跟你谈话。他原籍眉州，苏东坡的家乡，五世祖放过道台，只因家道不好，到他手里流落到成都。他在队伍上当过差，到过雅州和打箭炉。他做过庄稼，利息薄，不够一家子吃的，把田退了，跟小儿子各推一挂鸡公车为生。大儿子在前方打国仗，由二等兵升到了排长，隔个把月二十来天就来封信，封封都是航空挂。他记不清那些时常改变的地名儿，往往说："他又调动了，调到什么地方——他信封上写得清清楚楚，下回告诉你老师吧。"

　　约莫有三四回出城没遇见老俞。听旁的车夫说，老俞的小儿子胸口害了外症，他娘听信邻舍妇人家的话，没让老俞知道请医生给开了刀，不上三天就死了。老俞哭得好伤心，哭一阵子跟他老婆拼一阵子命。哭了大半天才想起收拾他儿子，把两口猪卖了买棺材。那两口猪本来打算腊月间卖，有了这本钱，他就可以做些小买卖，不再推鸡公车，如今可不成了。

　　一天，我又坐老俞的车。看他那模样儿，上下眼皮红红的，似乎喝过几两干酒，颧骨以下的面颊全陷了进去，左边陷进更深，嘴就见得歪了。他改变了往常的习惯，只顾推车，不开口说话，呼呼的喘息声越来越粗，我的胸口，也仿佛感到压迫。

"老师，我在这儿想，通常说因果报应，到底有没有的？"他终于开口了。

我知道他说这个话的所以然，回答他说有或者没有，同样嫌啰唆，就含糊其词应接道："有人说有的，我也不大清楚。"

"有的吗？我自己摸摸心，考问自己，没占过人家的便宜，没糟蹋过老天爷生下来的东西，连小鸡儿也没踩死过一只，为什么处罚我这样凶？老师，你看见的，长得结实干得活儿的一个孩儿，一下子没有了！莫非我干了什么恶事，自己不知道。我不知道，可以显个神通告诉我，不能马上处罚我！"

这跟《伯夷列传》里的"天之报施善人其何如哉！""倘所谓天道是耶非耶？"是同样的调子，我想。我不敢多问，随口说："你把他埋了？"

"埋了，就在邻舍张家的地里。两口猪，卖了四千元，一千元的地价，三千元的棺材——只是几片薄板，像个火柴盒儿。"

"两口猪才卖得四千元。"

"腊月间卖当然不止，五千六千也卖得。如今是你去央求人家，人家买你的是帮你的忙，还论什么高啊低的。唉，说不得了，孩子死了，猪也卖了，先前想的只是个梦，往后还是推我的车子——独个儿推车子，推到老，推到死！"

我想起他跟我同岁，甲午生，平头五十，莫说推到死，就是再推上五年六年，未免太困苦了。于是转换话头，问他的大儿子最近有没有信来。

"有，有，前五天接了他的信。我回复他，告诉他弟弟死了，只怕送不到他手里，我寄了航空双挂号。我说如今只剩你一个了，你在外头要格外保重。打国仗的事情要紧，不能叫你回来，将来把东

265

洋鬼子赶了出去，你赶紧就回来。"

"你明白。"我着实有些激动。

"我当然明白。国仗打不赢，谁也没有好日子过，第一要紧是把国仗打赢，旁的都在其次。——他信上说，这回作战，他们一排弟兄，轻机关枪夺了三挺，东洋鬼子活捉了五个，只两个弟兄受了伤，都在腿上，没关系。老师，我那儿子有这么一手，也亏他的。"

他又琐琐碎碎地告诉我他儿子信上其他的话，吃些什么，宿在哪儿，那边的米价多少，老百姓怎么样，上个月抽空儿自己缝了一件小汗褂，鬼子的皮鞋穿上脚不及草鞋轻便，等等。我猜他把那封信总该看了几十遍，每个字都让他嚼得稀烂，消化了。

他似乎暂时忘了他的小儿子。

新年将近，老俞要我给他拟一副春联儿，由他自己去写，贴在门上。他说好几年没贴春联儿了，这会子非要贴它一副，洗刷洗刷晦气。我就给他拟了一副：

有子荷戈庶无愧

为人推毂亦复佳

约略给他解释一下，他自去写了。

有一回我又坐他的车，他提起步子就说："你老师给我拟的那副春联儿，书塾里老师仔细讲给我听了。好，确实好，切，切得很，就是我要说的话。有个儿子在前方打国仗，总算对得起国家。推鸡公车，气力换饭吃，比哪一行正经行业都不差。老师，你是不是这个意思？"

我回转身子点点头。

"你老师真是摸到了人家心窝里，哈哈！"

一九四四年五月二十二日作

谈成都的树木

前年春间，曾经在新西门附近登城，向东眺望。少城一带的树木真繁茂，说得过分些，几乎是房子藏在树丛里，不是树木栽在各家的院子里。山茶，玉兰，碧桃，海棠，各种的花显出各种的光彩，成片成片深绿和浅绿的树叶子组合成锦绣。少陵诗道："东望少城花满烟，百花高楼更可怜。"少陵当时所见与现在差不多吧，我想。

登高眺望，固然是大观，站在院子里看，却往往觉得树木太繁密了，很有些人家的院子里接叶交柯，不留一点儿空隙，叫人想起严译《天演论》开头一篇里所说的"是离离者亦各尽天能，以自存种族而已，数亩之内，战争炽然，强者后亡，弱者先绝"，简直不像布置什么庭园。为花木的发荣滋长打算，似乎可以栽得疏散些。如就观赏的观点看，这样的繁密也大煞风景，应该改从疏散。大概种树栽花离不开绘画的观点。绘画不贵乎全幅填满了花花叶叶。画面花木的姿态的美，加上留出的空隙的形象的美，才成一幅纯美的作品。满院子密密满满尽是花木，每一株的姿致都给它的朋友搅混了，显不出来，虽然满树的花光彩可爱，或者还有香气，可是就形象而言，那就毫无足观了。栽得疏散些，让粉墙或者回廊作为背景，在晴朗的阳光中，在澄澈的月光中，在朦胧的朝曦暮霭中，观赏那形和影的美，趣味必然更多。

根据绘画的观点看，庭园的花木不如野间的老树。老树经受了悠久的岁月，所受自然的剪裁往往为专门园艺家所不及，有的竟可以说全无败笔。当春新绿茏葱，生意盎然，入秋枯叶半脱，意致萧爽，观玩之下，不但领略它的形象之美，更可以了悟若干人生境界。我在新西门外住过两年，又常常往茶店子，从田野间来回，几株中意的老树已成熟朋友，看着吟味着，消解了我独行的寂寞和疲劳。

说起剪裁，联想到街上的那些泡桐树。大概是街两旁的人行道太窄，树干太贴近房屋的缘故，修剪的时候往往只顾到保全屋面，不顾到损伤树的姿致，以致所有泡桐树大多很难看。还有金河街河两岸以及其他地方的柳树，修剪起来总是毫不容情，把去年所有的枝条全都锯掉，只剩下一个光光的拳头。我想，如果修剪的人稍稍有些画家的眼光，把可以留下的枝条留下，该可以使市民多受若干分之一的美感陶冶吧。

少城公园的树木不算不多，可是除了高不可攀的楠木林，都受到随意随手的摧残。沿河的碧桃和芙蓉似乎一年不如一年了，民众教育馆一带的梅树，集成图书馆北面的十来株海棠，大多成了畸形，表示"任意攀折花木"依然是游人的习惯。虽然游人甚多，尤其是晴天，茶馆家家客满，可是看看那些"刑余"的花树以及乱生的灌木和草花，总感到进了个荒园似的。《牡丹亭·拾画》出的曲文道："早则是寒花绕砌，荒草成窠"，读着很有萧瑟之感，而少城公园给人的印象正相同。整顿少城公园要花钱，在财政困难的此刻未必有这么一笔闲钱。可是我想，除了花钱，还得有某种精神，如果没有某种精神，即使花了钱恐怕还是整顿不好。

一九四五年三月五日作刊于《成都市》创刊号
一九八二年五月十日修改

茶　馆

　　看见副刊的名称叫作"茶座"，就想到茶馆，想到前几年禁止新式茶馆。坐茶馆废时失业，是一。乱"摆"闲扯，容易造言生事，是二。那架起了一条腿悠然抽烟卷的样儿，很不像抗战时期的紧张情况，是三。茶馆确实该禁。不过单禁新式茶馆，放过旧式茶馆，未免美中不足。这且不去说它。单说若把所有的茶馆都禁绝了，是不是就会收到预期的效果，只怕也未必。时间根本不值钱，事业呢，有些人是想干没得干，有些人是要干不许干。你不容人家在茶馆里废时失业，人家自会找到种种的地点，想出种种的花样，实做他们的废时失业，你又怎么办？再说，造言生事确乎讨厌，可是把茶馆关光了，人家有嘴有耳朵，还是可以造言生事。即使做到极点禁止偶语，人家还是可以在房间里，放下窗帘儿偶语起来，你又怎么办？至于不像紧张情况，又何尝限于茶馆？坐在办公室里，画几个"行"，盖几个私章，算是紧张情况吗？抬起了形体上以及精神上的头，等待有朝一日胜利在握，太平实现，算是紧张情况吗？如果都算不得，又怎么能单独责备坐在茶馆里，架起了一条腿悠然抽烟卷的那些朋友？

　　这样说来，似乎是主张茶馆不须禁止了。事实上，如今茶馆与以前一样的多，只有想发横财开了新式茶馆的人倒了霉。然而我是极端赞成禁止茶馆的，不过据我想，要收禁止茶馆的效果，在禁止茶馆以外还得干些最关重要的什么。类此的事，都可依此类推。

　　　　　　　　　　　　一九四五年六月十四日刊载于重庆《商务日报》

269

我坐了木船

从重庆到汉口，我坐了木船。

木船危险，当然知道。一路上数不尽的滩，礁石随处都是，要出事，随时可以出。还有盗匪——实在是最可怜的同胞，他们种地没得吃，有力气没处出卖，当了兵经常饿肚子，没奈何只好出此下策。假如遇见了，把铺盖或者身上衣服带了去，也是异常难处的事儿。

但是，回转来想，从前没有轮船，没有飞机，历来走川江的人都坐木船。就是如今，上上下下的还有许多人在那里坐木船，如果统计起来，人数该比坐轮船坐飞机的多得多。人家可以坐，我就不能坐吗？我又不比人家高贵。至于危险，不考虑也罢。轮船飞机就不危险吗？安步当车似乎最稳妥了，可是人家屋檐边也可能掉下一片瓦来。要绝对避免危险就莫要做人。

要坐轮船坐飞机，自然也有办法。只要往各方去请托，找关系，或者干脆买张黑票。先说黑票，且不谈付出超过定额的钱，力有不及，心有不甘，单单一个"黑"字，就叫你不愿领教。"黑"字表示作弊，表示越出常轨，你买黑票，无异帮同作弊，赞助越出常轨。一个人既不能独个儿转移风气，也该在消极方面有所自守，帮同作弊，赞助越出常轨的事儿，总可以免了吧。——这自然是书生之见，不值通达的人一笑。

再说请托找关系，听人家说他们的经验，简直与谋差使一样的

270

麻烦。在传达室恭候，在会客室恭候，幸而见了那要见的人，他听说你要设法船票或飞机票，爱理不理地答复你说："困难呢……下个星期再来打听吧……"于是你觉着好像有一线希望，又好像毫无把握，只得挨到下个星期再去。跑了不知多少回，总算有眉目了，又得往这一处签字，那一处盖章，看种种的脸色，候种种的传唤，为的是得一份充分的证据，可以去换一张票子。票子到手，身份可改变了，什么机关的部属，什么长的秘书，什么人的本人或是父亲，或者姓名仍旧，或者必须改名换姓，总之要与你自己暂时脱离关系。最有味的是冒充什么部的士兵，非但改名换姓，还得穿上灰布棉军服，腰间束一条皮带。我听了这些，就死了请托找关系的念头。即使饿得要死，也不定要去奉承颜色谋差使，为了一张票子去求教人家，不说我自己犯不着，人家也太费心了。重庆的路又那么难走，公共汽车站排队往往等上一个半个钟头，天天为了票子去奔跑实在吃不消。再说与自己暂时脱离关系，换上别人的身份，虽然人家不大爱惜名器，我可不愿滥用那些名器。我不是部属，不是秘书，不是某人，不是某人的父亲，我是我。我毫无成就，样样不长进，我可不愿与任何人易地而处，无论长期或是暂时。为了跑一趟路，必须易地而处，在我总觉得像被剥夺了什么似的。至于穿灰布棉军服更为难了，为了跑一趟路才穿上那套衣服，岂不亵渎了那套衣服？亵渎的人固然不少，我可总觉不忍。——这一套又是书生之见。

抱着书生之见，我决定坐木船。木船比不上轮船，更比不上飞机，千真万确。可是绝对不用请托，绝对不用找关系，也无所谓黑票。你要船，找运输行。或者自己到码头上去找。找着了，言明价钱，多少钱坐到汉口，每一块钱花得明明白白。在这一点上，我觉得木船好极了，我可以不说一句讨情的话，不看一副难看的嘴脸，堂堂正正凭我的身份东归。这是大多数坐轮船坐飞机的朋友办不到的，我可有这种骄傲。

决定了之后，有两位朋友特地来劝阻。一位从李家沱，一位从柏溪，不怕水程跋涉，为的是关爱我，瞧得起我。他们说了种种理由，设想了种种可能的障碍，结末说，还是再考虑一下的好。我真感激他们，当然不敢说不必再考虑，只好带玩笑地说"吉人天相"，安慰他们的激动的心情。现在，他们接到我平安到达的消息了，他们也真的安慰了。

一九四六年四月七日刊于《消息半周刊》一期
一九八一年十月十四日修改

驾　长

　　白木船上的驾长就等于轮船上的大副，他掌着舵。

　　一个晚上，我们船上的驾长喝醉了。他年纪快五十，喝醉了就唠唠叨叨有说不完的话。那天船歇在云阳，第二天要过好几个滩。他说推桡子的不肯卖力，前几天过滩，船在水面打了个转，这不是好耍的。他说性命是各人的，他负不了这个责。当时就有个推桡子的顶他，"'行船千里，掌舵一人'，你舵没有把稳，叫我们推横桡的怎么办！"

　　在大家看来，驾长是船上顶重要的人物。我们雇木船的时候，耽心到船身牢实不牢实。船老板说："船不要紧，人要紧。只要请的人对头，再烂的船也能搞下去。"他说的"人"大一半儿指的驾长。船从码头开出，船老板就把他的一份财产全部交给驾长了，要是他跟着船下去，连他的性命也交给了驾长。乘客们呢？得空跟驾长聊几句，晚上请他喝几杯大曲。"巴望他好好儿把我们送回去吧，好好儿把我们送回去吧。"

　　舵在后舱，一船的伙计就只有驾长在后舱做活路。我们见着驾长的时候最多，对于驾长做的活路比较熟悉。一清早，我们听驾长爬过官舱的顶篷到后舱的顶篷，一手把后舱的一张顶篷揭起，一片亮就透进舱来。我们看他把后舱的顶篷全收了，拿起那块长长的蹬板搁在两边舱壁上，一脚蹬上去，手把住舵。于是前面的桡夫就下篙子，船撑开了。

驾长那么高高地站在蹬板上，头露出在顶篷外，舵把子捏在手里，眼睛望着前面。我们觉得这条船仿佛是一匹马，一匹能够随意驰骋的马，而驾长是骑手。你要说这是个很美的比喻吧？可是，他掌着舵只是做活路，没有大野驰马的豪兴。我们同行有两条船，两条船上的驾长都喝酒。我们船上的年纪大多了，力气差些，到滩上，他多半在蹬板上跺脚，连声喊："扳重点！扳重点！……就跟搔痒一样！"有一回，舵把子打手里滑脱了，亏得旁边几个乘客帮他扳住。他重新抓住舵把子的时候，笑了笑说："好几个百斤重呢。不是说着耍的。"另一条船上的年轻人什么时候都喝酒，他夸张地摆给我们听："不喝酒可有点儿害怕呢。脚底下水那么凶，不说假的，你们看到就站不住。喝点酒，要放心些。"我们的驾长就不然，做活路的时候他决不喝酒。这不是说他比那年轻人胆大，对于可怕的水他们两个抱着不同的害怕态度。

　　木船上禁忌很多，好些话不能说。偏偏那些话关于航行的多，我们时常会不知不觉地说出来。推桡子的听见了，会朝我们说："说不得，说不得。"驾长听见了，会老大的不高兴，好像我们故意在跟他捣蛋。是的，人家把性命财产交给了他，他把这个责任跟他自己的性命一半儿交给了"经验"，还有一半儿呢，不知道交给什么，也许就是交给那些禁忌吧。船上的伙计们说："船开动了头，就不消问哪天到哪里。这是天的事，你还做得到主啊？"

　　川江的水凶，水太急的地方，单凭一把舵转不过弯来。所以船头上还有一根梢子，在要紧时候好帮帮舵的忙。扳梢子的大家也把他叫作驾长。到滩上，他总站在船头比手势，给掌舵的指明水路，好像是轮船上的领江。他拿的工钱跟掌舵的一样。

一九四六年四月十八日刊于《消息半周刊》四期

一九八一年十月十四日修改

桡夫子

川江里的船，多半用桡子。桡子安在船头上，左一支右一支地间隔着。平水里推起来，桡子不见怎么重。推桡子的往往慢条斯理地推着，为的路长，犯不着太上劲，也不该太上劲。据推桡子的说，到了逆势的急水里，桡子就重起来，有时候要上一百斤。这在别人也看得出来，推桡子的把桡子推得那么重，身子前俯后仰的程度加大了。过滩的时候，非使上全身的气力，桡子就推不动。水势是这样的，船的行势是那样的，水那股汹涌的力量全压在桡子上。推桡子的脚蹬着船板，嘴里喊着"咋咋——呵呵呵"，是这些沉重的声音在教船前进呢。过了滩，推桡子的累了，就又慢条斯理的了。

这些推桡子的，大家管他们叫"桡夫子"。

好些童话里说到永远摇着船的摆渡人，他老在找个替手，从他手里把桨接过去；一摆脱桨，他就飞一样地跑了，再不回头看一看他那摇了那么久的船了。在木船上二十多天，我们天天看桡夫子们做活，不禁想起他们就是童话里说的摆渡人。天天是天刚亮他们就起来卷铺盖。天天是喊号子的一声"喔——喔噢——噢"，弟兄伙就动手推桡子。天天是推过平水上流水，推过流水又是平水。天天是逢峡过峡，逢滩过滩。天天是三餐干饭。天天是歇力的时候抽一杆旱烟。天天听喊号子的那样唱："哥弟伙，使力推，推上流水好松懈，""弟兄伙，用力拖，拢到地头有老酒喝。"这样，天天赶拢一个码头。随后，他们喝酒，耍钱，末了在船头上把铺盖打开，就睡在桡子旁边。

275

那个烧饭的（烧饭的管做饭，看太平舱，是船上的总务，他的工钱比别的桡夫子大）跟我们说起过，"到了汉口，随便啥子活路跟我说一个嘛，船上这个饭不好吃。"他说："岸上的活路没得这么'淘神'，一天三顿要做那么多人吃的，空下来还顶一根横桡，清早黑了又要看舱，是不是？船漏了是你的责任嘛。"他说："这么点儿钱，哪儿不挣了？"他年纪还轻，人很精灵，想要放下手里的桨，换个新活路。在他看来，除了自己手上的都满不错。

别的桡夫子们，有好几个已经三十多了。一个十六七岁的，上一代也吃船上饭，也是推桡子的。这些人却不想放下手里的桨，都是每天不声不响地提起桡子，按着节拍一下一下推着。他们拿该拿的钱，吃该吃的饭，做该做的活。推船跟干别的活无非为了挣钱，他们干这一行，就吃这一行饭，靠这一行吃饭，永远靠这一行吃饭。"钱是各人各挣的嘛，做得到哪一门活路，吃得成哪一门饭，未必是说着要的，随随便便就拿钱给你挣了！"他们这样说。

我们下来的时候，从重庆到宜昌推一趟，每人拿得到四五万元。

在船开动的前一天，就散了一些工资。这是给桡夫子们安家买"捎带"的。"捎带"各人各买，有买川连的，有买炭砖的，有买柴火的，也有买饭箕的。买了各自扛上船，老板有地方给他们安放。老板说："我不得亏待你们，总有钱给你们办'捎带'的。"桡夫子们说："牲钱（工资）拿来有屁用！不办点'捎带'，回来扯不成洋船票，还走不到路呢。"这些"捎带"有赚有蚀。听到底下哪门货色行市，他们就办哪门。也许这已经是几个月前的信息了，也许根本就没有这回事。不过他们总是高高兴兴地把"捎带"办了来，找个顶落位的地方放好，心里想，也许在这上头可以赚一笔大钱呢。

一九四六年七月四日刊于《文汇报》

一九八一年十月四日修改

第四辑

宜昌杂诗

一

宜昌日日啖川橘①，聊作椒盘献岁新。
战讯忽传收杭富，悲欣交并愿他真。

二

对岸山如金字塔，泊江轮作旅人家②。
故宫古物兵工械，并逐迁流顿水涯③。

三

下游客到日盈千，逆旅麇居待入川。
种种方音如鼎沸，俱言上水苦无船。

一九三八年一月

---

① 川橘大于福橘，甘美亦过之，一毛钱可买十三四枚。另一种名广柑，价相同，味胜于花旗橘子。

② 招商局与民生公司之旧轮泊于江中，改为水上旅馆。

③ 故宫古物与兵工厂器材之木箱若干，于汉口尝见之，今于宜昌重遇矣。

江行杂诗

一

犹嫌郦注落言诠，三峡岂容文字传。
一事此行微憾惜，冬晴未睹万重泉。

二

尽日看山如读画，宋元工笔绝精奇。
纤毫点染具深味，何数倪迂小品为。

三

故乡且付梦魂间，不扫妖氛誓不还。
偶与同舟作豪语，全家来看蜀中山。

一九三八年一月

长亭怨慢·颂抗战将士

最前线炮声含怒，赳赳桓桓，如潮奔赴。此役光荣，寻常征战岂其伍？众心无二，拚血淹东方虏。义胆与忠肝，保每寸中华疆土。　　艰苦！尽忍饥耐渴，况复弹飞如雨。伤残死灭，尽都替国人担负。未愿任正义摧颓，又挑上双肩维护。问两字"英雄"，此外伊谁堪付。

一九三八年

281

卜算子·伤兵

　　莫致慰劳辞，准耐闲消遣！快与咱家去弹丸，心急回前线。　　　留臂创难治，去臂魂先断。岂似新丰折臂翁，独臂怎重战？

一九三八年

卜算子·难民

　　齐视死和生，那问恩和怨？荡析伤夷任惨凄，犹颂今回战。　　紧紧咬牙根，炯炯睁双眼。身份无分共一舟，民质从今变。

一九三八年

题伯祥书巢

五千里外不寂寥，好音时时堕云霄。
伯祥孤岛意仍豪，语我陈书欣有巢，
分别部居引朋曹，整治逮夕未觉劳，
曲斋旧观复今朝，坐拥奚啻南面骄。
遥想拂拭日数遭，长帚秃尽雄鸡毛，
酒贵未容醉酕醄，犹搜俭囊饮三蕉，
酡颜展卷读中宵，神与古会百虑消。
念我书兴损君饶，堆书懒读欲自嘲。
客秋避寇别皋桥，行箧惟携一卷陶，
架书掉头一旦抛，不惜令随焦土焦。
今来渝州课群髦，看书乏味如啜糟。
心驰苏鲁豫晋交，举首蜀山森然高。
小倦偃卧任市嚣，乱插瓦瓶芍药娇，
摘鲜饱啖红樱桃，晚来犹复斟越醪。
闻说春回期匪遥，会见贼势逐退潮。
届时狂喜料难描，应效杜老发长谣。
大江水涨没百篙，楼船东去如轻舠。
巴峡巫峡疾于飙，便下吴郊向沪郊。

过君书巢不待招，见面握手牢复牢，
剧谈痛饮笑呼号，君乎此乐券可操。

一九三八年

上海业余剧人协会来渝将演
《民族万岁》为题二绝

一

救亡宁独临前线，剧艺真堪张一军。

多少酣嬉迷昧者，发蒙正复俟诸君。

二

累月奔波殊未倦，联翩今又入夔门。

伫看揭幕登场候，表出坚刚民族魂。

一九三八年

今 见

来时霜橘拦街贱，今见榴花满树朱。
汉水蜀山行路远，江烟峦瘴寄麈孤。
情超哀乐三杯足，心有阴晴万象殊。
颇愧后方犹拥鼻，战场血肉已模糊。

一九三八年

287

闻丐翁回愁为喜奉赠二律

一

颇闻春讯令翁喜，翁喜能回朋辈春。

三驷安排操胜算，五年计画启维新。

残墟胥现庄严相，弱子犹呈锤炼身。

念此牢愁那复有，轩眉意欲举千钧。

二

自今想象十年后，我亦清霜上鬓须。

既靖烟尘生可恋，欲亲园圃计非迂。

定居奚必青石弄，迁地何妨白马湖。

乐与素心数晨夕，共看秋月酌春酤。

一九三八年

288

自北碚夜发经小三峡至公园

初上月微昏，孤舟发野村。
江流惟静响，滩沸忽繁喧。
浓黑峡垂影，深凹石露根。
何能忘世虑，休说问桃源。

一九三八年

策　杖

蜀道何尝萦昔梦，吴人忽遣住山城。
不胜陟降腰肢惫，未老先教策杖行。

一九三八年

自重庆之乐山

渝州十月今当别，烟影轮声又一番。
南望可怜焦粤土，西行直欲尽江源。
秋阴漠漠思无际，暮雨潇潇天不言。
来日未知复何似，蔗青橘赭此山村。

一九三八年十一月

鹧鸪天·初至乐山

　　忽讶生涯类隐沦，青衣江畔着吟身。更锣灯蕊如中古，翠嶻丹崖为近邻。　　搔短发，顿长謷，雁声一度一酸辛。会看雪冱冰坚后，烂漫花开有好春。

一九三八年

檐　月

檐月如积雪，更锣警独醒。
谪奸快昔梦①，纵眺感新亭。
小廇舒梅白，初霜点鬓青。
客中春再值，归路尚冥冥。

一九三九年三月

---

① 尝做梦大骂潘某，自觉舌无阻滞，畅快之至。

游乌尤山

乌尤耸翠接凌云，石磴虚亭并出尘。
差喜名山随老母，顾非美景值良辰。
江流不写兴亡恨，云在自怜漂泊身。
木末夕阳淡无语，归樵渐看下前津。

一九三九年

至善满子结婚于乐山
得丐翁寄诗四绝依韵和之

一

艰屯翁叹淹孤岛，漂泊我怜尚蜀居。
善满姻缘殊一喜，遥酬杯杓肯徐徐？

二

合并何年重切磋，中原佳气见时和。
两翁窥镜朱颜在，未欲岩阿披薜萝。

三

儿贤女好家之富，不数豪华金满籯。
忠厚宅心翁与我，倘酬此愿慰平生。

四

为道今春四月时，未婚小耦上峨眉。
荡胸云气没腰雪，避地犹承造物私。

一九三九年

自成都之灌县口占

锦城晓雨引新凉，聊作清游适莽苍。
沟浍贯通怀蜀守，田畴平旷胜吾乡。
水声盈耳宏还细，禾穗低头绿渐黄。
差喜今秋丰稔又，后方堪以慰前方。

一九三九年八月十二日

游青城口占

愤慨岂因好景平，"八一三"日入青城。
高树低树相俯仰，下泉上泉迭送迎。
古内海于望中证①，天下幽非浪得名②。
药坞丹房常道观，避灾人集沸市声③。

一九三九年八月十三日

---

① 地质学家言，成都盆地古为内海。
② 人称"青城天下幽"。
③ 避空袭者僦居常道观几满。

乐山寓庐被炸移居城外野屋

一

避寇七千里，寇至展高翼，
轰然乱弹落，焰红烟尘黑。
吾庐顿燔烧，生命在顷刻。
夺门循陋巷，路不辨南北。
涉江魂少定，回顾心怆恻。
嘉州亦清嘉，一旦成荒域。
焦骸相抱持，火墙欲倾侧，
酒浆和血流，街树烧犹植。
国人方同命，伤残知何极。
死者吾弟兄，毁者吾货殖，
惊讯晨夕传，深恨填胸臆。
吾庐良区区，奚遑复叹息。

二

遭难见友情，感极乃欲涕。
杯酒为压惊，假室容暂憩，
或抱衣衾至，或以盆盎惠，
微劳辄与分，慰语未嫌赘。
吾今无所有，得此富绝世。

298

土布既已量，湖棉白复细，
老母与弱妻，低头勤纫缀。
赁屋小山麓，风雨聊可蔽，
修葺亦已完，炉灶重新制。
古洞汉蛮遗，蒙络多薜荔，
于焉避空袭，当免值危厉。
吾复何所求，一笑堪卒岁。

三

溪声静夜闻，晴旭当门入。
绿野堂前望，苍壁后檐立。
菘芋朝露滋，山栗晚可拾。
野人歌相答，力耕复行汲。
乌鸢知自乐，鸡豚亦亲习。
篱内二弓地，栽植聊充给，
种竹移芭蕉，气暖时犹及，
海棠丐一株，仁想春红浥。

四

劫余有可欣，颇领山野趣，
非敢效隐遁，庶以养贞固。
春秋无义战，御侮宁反顾。
夷夏孰不辨，军民共赫怒。
独彼贱丈夫，昏妄失故步，
甘谓他人父，奸言时一吐。
是直蚍蜉耳，焉能撼大树？
近传湘北捷，穷寇断归路，

歼旗逾三万，夺获亦无数①。
彼老我方壮，胜负岂无故？
行见下江汉，神京扫妖雾，
卷书喜欲狂，细味老杜句。

一九三九年

---

① 后知此全是国民党反动派欺骗民众之虚伪宣传。

水龙吟

　　举头黯黯云山，秋心飞越云山外。风陵渡口，洞庭湖畔，捷音迟至。战士无衣，哀鸿遍地，西风寒厉。听连番烽警，惊传飞寇，又几处教摧毁！

　　怅恨良朋悠邈，理舟车愿言难遂。雨窗剪烛，春盘荐韭，谈何容易。江水汤汤，写愁莫去，觳尝滋味。更何心怀土悲秋，点点洒无聊泪？

一九三九年

浣溪沙

一

曳杖铿然独往还，小桥流水自潺潺。数枝红叶点秋山。　　渐看清霜欺短鬓，稍怜瘦骨怯新寒，中年情味未阑珊。

二

野菊芦花共瓦瓶，萧然秋意透疏棂。粉墙三两欲僵蝇。　　章句年年销壮思，音书日日望遥青。可堪暝色压眉棱！

三

尽日无人叩竹扉，家鸡邻犬偶穿篱，罗阶小雀欲忘机。　　观钓颇逾垂钓趣，种花何问看花谁？细推物理一凝思。

四

几日云阴郁不开，远山愁黛锁江隈。乡关漫动庾郎哀。　　风叶飘零疑急雨，昏鸦翻乱似飞灰。入房出户只徘徊。

一九三九年十二月

画日无叩竹扉　家鸡邻犬偶穿
篱　罗阶小雀欲忘机　观钓颐
垂钩趣种花何问看花谁细推物理
一凝思

几日云阴黯不开　远山愁黛锁江
隈　乡闾漫动庾郎哀　风叶飘零
疑急雨　昏鸦翻乱似飞灰　东入房出户
祇徘徊

曳杖铿然独往还　小桥流水自潺湲
数枝红叶点秋山　渐有清霜欺鬓短
鬓稍惆怅瘦骨怯新寒　中年情味未
阑珊

野菊芦花共瓦瓶　萧然秋意透疏
棂　粉墙三两欲僵蝇　章句年年销
牡思　书日日望远青　可堪暝色
壁眉棱

《浣溪沙》四首作于 1939 年底，寓所被焚，于是迁居城外祝公溪畔野屋。此四首词可谓当时生活写真。朱笔眉批是俞平伯所书。

金缕曲·赠昌群

　　八表昏尘雾，又何期青衣江畔，故人重遇。君近家乡吾益远，各受艰辛无数，幸未改生平襟素。半剪淞波曦月共，更芳春并辔兰亭路，情似昨，笑相顾。　　鸿光偕入深山住，喜登堂成行儿女，翳如林树。展诵藏云盈尺稿，此是超超玄著，枉见讽无涯驰骛。名士经师犹尔尔，叹知人论世纷何据。君默默，守贞固。

一九四〇年一月八日

题苏稽喻仿陶新居

小隐效鸥夷，卜居沫水湄。
开窗何所事，晨夕望峨眉。

一九四〇年

将去乐山之成都题赠
钱歌川夫人

竹公溪上经年住，欣与鸿光为比邻。
别去未须深怅惜，春回欢叙在淞滨。

一九四○年

306

和佩弦

几经转徙兴非悭，休咏哀时且未还。
杜老草堂欣涉想①，青羊深树望如山②。
野居渐看群芳发，溪钓聊赊半日闲。
敝褐犹完饭差饱，敢言艰厄损容颜？

一九四一年四月二十三日

---

① 工部草堂原址当在余所居农舍直南二三里。
② 青羊宫乔木特深郁。

307

采桑子·偕佩弦登望江楼

　　廿年几得清游共，樽酒江楼？樽酒江楼，淡日疏烟春似秋。　　天心人意愈难问，我欲言愁。我欲言愁，怀抱徒伤还是休。

一九四一年四月二十六日

仿古乐府书满子所闻车夫语

咿咿轧轧，行弗克疾，
车重轮涩，无如今日。
车犹是车，我犹是我，
两皆不异，所异我腹未果。

东家道肉贵，西家道布又昂，
与我无关痛痒。
割肉量布，何敢作是想？
我惟欲食饭，免使饥肠辘辘响。

米价益高，不知何底！
推鸡公车，亦有二三元，
换不得一升米。

阿母谓我，"汝须推车，非同寻常，
汝当往食饭，吾与汝妇在家啜菜汤。"

我往饭店，一元六，饭一碗。
何敢独食？相邀同伴。

言之亦复奇，饭味乃如初尝。
往时食饭，安得如是甘香？

只恨半碗，未足充饥肠。

咿咿轧轧，行弗克疾，
车重轮涩，无如今日。
车犹是车，我犹是我，
两皆不异，所异我腹未果。

一九四一年五月一日

偶　成

天地不能以一瞬，水月与我共久长。
变不变观徒隽语，身非身想宁典常。
教宗堪慕信难起，夷夏有防义未忘。
山河满眼碧空合，遥知此中皆战场。

一九四一年五月九日

次韵答佩弦见赠之作

年近知非无一长，敢与狷者为雁行？
学道靡由迷路旁，春鸟秋虫岂文章？
铅刀那复有锋芒？美欠充实奚所藏？
免为乡愿谅无方，制行安足论柔刚？
念兹未欲黯然伤，我生碌碌自相徉。
君毋缪推登上床，气类感应共翱翔。
往昔南北苦参商，尺素时烦双鱼将。
一旦洪涛掀大洋，锦城乃获把酒浆，
君谓牢愁暂遁亡，我亦欢然解结肠，
细雨檐花意飞扬，酡颜不减少年狂。
惠我诗篇效柏梁，友情肫挚滋益彰。
我今与君皆异乡，故乡迢遥不可望。
屯蒙当前殊穰穰，归欤莫得谁能详？
未须白发悲高堂，惟期天下见一匡。
遑问蓍龟否耶臧，待欲如何不自强？
死填沟壑亦寻常，逝者如斯已难量，
攘夷大愿终当偿，无间地老与天荒。
人生决非梦一场，耿耿此心永弗忘。

一九四一年五月二十三日

312

湘春夜月·忆家园榴花

短墙阴，一株还擢琼英。忍问旧日清嘉，犹未洗蛮腥！巷角后庭闲唱，又阘闾台畔，尺八箫声。料萼羞蕊赧，虚廊悄对，无限愁生。　东流逝水，西斜夜月，应诉余情。忆汝频年，赢得是带宽途远，行复行行。中原引领，但莽然云失遥青。有昔梦，尚开轩见汝，依前照眼，邀我壶倾。

一九四一年六月十三日

313

送佩弦之昆明

一

平生俦侣寡，感子性情真。
南北萍踪聚，东西锦水滨①。
追寻逾密约，相对拟芳醇。
不谓秋风起，又来别恨新。

二

此日一为别，成都顿寂寥。
独寻洪度井，怅望宋公桥②。
诗兴凭谁发？茗园复孰招③？
共期抱贞粹，双鬓漫萧条。

一九四一年九月二十一日

---

① 君居东郊，余居西郊。
② 君居曰宋公桥，每造访，必共过薛涛井，登望江楼。
③ 常相约于少城公园茗叙。

314

半醒闻水碾声
以为火车旋悟其非

半醒乍闻声辘辘，韵律谐和调急速。
念此当是夜车过，望齐门前虎丘麓，
飙轮势如不辗轨，西趋南京东沪渎。
顿忆入蜀且四年，吾身宁在家园宿？
亦几遗忘乘载便，惟睹喘息推独毂。
摩托车病滑竿顽，百里之行有额蹙。
辘辘者何盖村舂，奔湍激碾碾新谷。
杜老曾咏雨外急，繁声从知秋来熟。
此声虽好乱吾肠，安得诚如吾思俶。
朝来开窗面庭园，手栽一一娱心目。

一九四一年九月二十六日

315

二　友

郁伊莫与诉，积怀成重负，
负重罔获释，焉不摧蒲柳？
非为生事艰，茹苦良难受。
此日不茹苦，其日复何有？
欣然啖麦饼，一笑吟止酒。
非为战不解，远窜今已久。
信美非吾土，拘虚吾则否。
蜀中亦吾土，奚必傍虎阜？
所感心寂寞，解慰者谁某？
庸言与庸行，商量无其偶。
时或嗤以鼻，时如耳塞鞋，
言之只取厌，自戒惟缄口。
缄口实难任，宛若鲁滨叟，
虽居稠人间，何殊孤岛守？
于此孤岛中，差幸得二友。
二友伊谁欤？手杖并烟斗。
慰我无聊时，伴我郊野走，
所思默语之，不违感意厚。
点地声铿然，一缕烟蚴蟉，

始信吾不孤，未落他人后。
友乎长毋忘，迄吾终年寿，
孑然吾独往，永息脑若手，
至亲亦莫挽，缘尽便当剖，
而友将殉我，相从即昏黝，
生既宽吾怀，死复共速朽。

一九四一年十月四日

317

彬然来成都见访
同登望江楼

成都不异逃空谷，几得开颜闻足音？
千里远存君意重，五年杂诉夜谈深。
干戈敢厌艰难日？笔舌希回陷溺心。
聊与望江楼上坐，碧天春树见遥岑。

一九四二年四月二十二日

重庆不眠听雨声杜鹃声

终日驰车不见津，滔滔江水未归人。
渝州万籁一时寂，夜雨啼鹃听到晨。

一九四二年五月十二日

319

自重庆之贵阳寄子恺遵义

始出西南道，川黔两日间。
凿空纤一径，积翠俯千山。
负挽看挥汗，驰驱有愧颜。
怅然遵义县，未获叩君关。

一九四二年五月十五日

木兰花·游花溪听雨竟夕
示同游晓先彬然两兄

五年彼此西南寓，颇异寻常愁寄旅。无多意兴作清游，却借清游聊晤叙。　　瀑流泻玉堪延伫，稍爱麟峰能秀举①。良云草草亦难忘，一夕花溪同卧雨。

一九四二年五月二十四日

---

① 麟山为溪边小山，峰顶石颇奇秀。

321

公路行旅

自古难行路，今难倘有余。
临程谈黑市，过站上黄鱼①。
蚁附颠危货，麋推老病车②。
抛锚愁欲绝，浑不傍村墟。

一九四二年五月二十七日

---

① 纳费高于票值，曰"黑市"。额外附载之客曰"黄鱼"，"黄鱼"须于站外登
车。
② 汽车有故障，旅客共推之。

桂林赠洗翁

相见都教躁妄捐，飘飘杖履望如仙。
开荒跃马豪犹在，闻警捻髯神故全。
对饮榕湖欣匝月，同寻淞浦怅何年！
存心一语应垂许：且尽人谋莫问天。

一九四二年七月七日

自居乐山与上海诸友通信
重行编号今满百通矣

岷畔邮书今满百，五年况味此泥鸿。

挑灯疾写残烧夜，得句遥怀野望中。

直以诸君为骨肉，宁知来日几萍蓬！

一书便作一相见，再托双鱼致百通。

一九四三年五月三十一日

题草堂

十载重来访草堂，玉兰初绽绿梅香。
千秋工部留遗迹，爱国诗心垂久长。

一九五八年一月十六日

成都杂诗

一

慈竹垂梢见异裁，护溪桤木两行栽。

成都郊景常萦想，第二故乡今再来。

二

花会青羊异昔时，辟园拓地众营之。

广罗异域珍奇种，妙改诸花前后期。

三

菜与花兼尚厚生，园林规制创新型。

舒红夹径随心赏，积翠连畦亦眼明。[1]

四

楼边丛竹势干霄，江上烟波入望遥。

顿忆佩弦埋骨久，隔江忍对宋公桥。[2]

---

[1] 以上观青羊宫花会二首。

[2] 登望江楼。

五

文心思绪逆而通，赏析融于一贯中。

奚谓论文难指授，白君固已得其宗。①

六

畜兔连笼诸种名，毛丰体硕各殊形。

旨归人择创新品，为教如斯我意倾。②

七

构思善寓情于景，时出诙谐余味深。

我语定知非武断，应推川剧富诗心。

八

川剧多源悉融化，自成风格衍流长。

能承旧艺开新境，喜见青年竞吐芳。③

一九六一年五月

---

① 听第七中学白敦仁老师讲授议论文。

② 城东区第一中心小学畜兔甚多。引导学生掌握饲养技术，创造优良品种。

③ 以上观川剧二首。

重庆南温泉

一

学子农忙假，负装纷下乡。
新秧明眼绿，小麦叠坡黄。

二

花溪高下绿，舟载笑歌轻。
偶效川江楫，忽传号子声。

三

高栾舒羽叶，樟树郁浓香。
峦影侵衣碧，竹丛护径凉。

四

华清方试浴，今又浴南泉。
一样人纷集，日新喜众贤。

一九六一年五月

328

出　峡

俯仰周旋殊不遑，峰姿江势变难量。
木荣叠嶂连云碧，麦熟层坡铺绣黄。
人力既施滩失险，浮标遍设客安航。
往时两度经三峡，意兴都无此度长。

一九六一年五月十日

工　地

一

工人战士尽英雄，动力源于思想红。

崖壁教张老虎嘴①，风枪拟洞恶狼胸②。

缒绳运凿全忘我，放炮崩山亦制戎。

易地皆然无所畏，复何堡垒不能攻。

二

太阳不到老昌沟③，深峡风凉大渡秋。

穿隧群来如赴敌，削山屋起半临流。

身居工地怀天下，诗满泥墙见劲头。

两字存胸唯革命，乃心建设别无求。

一九六五年十一月二十九日

---

① 工程兵缒绳系身凿高崖陡壁，使崖壁凹陷以便施工，名之曰老虎嘴。

② 众谓以对敌之心情使用风枪凿隧道。

③ 此为当地谚语。

菩萨蛮·重庆中美合作所
美蒋罪行展览馆

　　坚贞勇烈高山仰。凶残狠毒希魔样。两两上心头，深铭阶级仇。　　《红岩》描叙好，斯境今亲到。江姐许云峰，宛然在眼中。

一九六五年十二月一日

观纪录片《成昆铁路》

经始当年入大隧，老昌沟畔亦流连①。
崇山峻岭蚁穿穴，鬼斧神工人胜天。
云表长桥车疾驶，崖间深壑路盘旋。
川滇黔际环游愿，获偿殊欣在眼前。

一九七三年十月

---

① 一九六五年秋参观工地，尝入凿而未穿之隧道二里许。老昌沟在大渡河边，其处工程至艰险。

望江南

一

成都忆，缘分不寻常，四载侨居弥可念，几番重访并难忘；第二我家乡。

二

成都忆，茅舍赁农家，篱外溪流东注水，春来屋隐白梨花——入夏饱听蛙。

三

成都忆，绿野际天宽，慈竹深丛随处是，桤荫活水自潺湲：佳趣颇多端。

四

成都忆，家近浣花溪，晴眺西岭千秋雪，心摹当日杜公栖：入蜀足欣怡。

五

成都忆，得见草堂新，书卷收藏欣美备，园林构筑雅无伦。四季集游人。

六

成都忆，常涉少城园，川路碑怀新史始，海棠花发彩云般，茶座客声喧。

七

成都忆，登眺望江楼，对岸低回怀故友，苍波浩渺记前游——附舸下嘉州。

八

成都忆，看竹望江楼，本土殊方诸品种，高竿丛筱并清幽，人在画中游。

九

成都忆，近邑偶经行，酒试郫筒曾宿店，桥过竹索上青城——一路好泉声。

十

成都忆，几度访离堆。仪式曾来观放水，扩充近复睹宏规。蜀守大名垂。

一九八〇年七月